既見君子

既見君子

趙越勝

OXFORD
UNIVERSITY PRESS

OXFORD
UNIVERSITY PRESS

Oxford University Press is a department of the University of Oxford.
It furthers the University's objective of excellence in research, scholarship,
and education by publishing worldwide. Oxford is a registered trade mark of
Oxford University Press in the UK and in certain other countries

Published in Hong Kong by
Oxford University Press (China) Limited
39th Floor One Kowloon, 1 Wang Yuen Street, Kowloon Bay,
Hong Kong

既見君子

趙越勝

ISBN: 978-988-870245-9

1 3 5 7 9 10 8 6 4 2

謹以此書獻給遠行的正琳兄

風雨如晦，
雞鳴不已。
既見君子，
云胡不喜。

目　錄

卷首語

　　疫情期間在家翻檢舊稿，見不少稿子是寫朋友或為朋友而寫，忍不住想把這些篇什拾掇成集，似乎讓朋友們又聚在一起了。跟道群提，他說好，於是就有了這部《既見君子》。我寫朋友，其實大多是在記載君子懿行。像書中所載輔成先生、張思之先生、徐亞英先生、楊鴻年先生，都是我心中景仰的君子。但談到友誼，則不論序齒，君子就是朋友。因為友誼只存君子之間，西塞羅說得好，「當美德顯露頭角，自身發光，而另一個人身上也散發同樣的光，於是就交相輝映，互相吸引，從中迸發出的激情，可以稱作愛，也就是友誼」。可見友誼來自美德的吸引，它不能不是君子之間的事兒。歐陽文忠公深諳此理，斷言「小人無朋，唯君子則有之」。

　　我先人典籍《詩》中極言君子，「君子于役，不知其期」（《王風·君子于役》）；「君子陽陽，左執簧，右招我由房，其樂只且」（《王風·君子陽

陽》）；「既見君子，云胡不喜」（《鄭風·風雨》）；「既見君子，並坐鼓瑟」（《秦風·東鄰》）。註家多以為言情人相見心喜，我卻不解。此情此景，喻之友朋，亦同樣貼切，那招朋引伴，鼓瑟吹笙的歡樂，豈是情人纏綣所能盡括？及至杜甫懷李白，「涼風起天末，君子意如何」，君子已成朋友的代稱了。而「豈曰無衣」，豪氣干雲，是勇士之間的慷慨悲歌，撫劍長嘯，生死可托。魏瑪墓園靈堂地下大廳中，歌德、席勒雙棺並厝，其蕭穆莊嚴，昭示着友誼的永恆與精神的不朽。真正的友誼，不懼時光消逝，人世變換，翠竹芟夷，白楊茂生。

　　書中所寫的人中，只有顧聖嬰女士與我素不相識，但自從我知道並瞭解了她，便將她視作我未曾謀面的姐妹。黑暗的大地吞噬她，屍骨無存，我冒昧以陋筆記下加害她的罪惡、我的痛惜與她的永生。這黑暗遠未結束，我們仍不配聽到她的琴聲。

　　今天，是正琳兄辭世遠行的週年，我將此卷奉獻於他的靈前，並錄陶潛《停雲》詩以誌：

　　　　翩翩飛鳥，息我庭柯。

　　　　斂翮閒止，好聲相和。

　　　　豈無他人，念子實多。

　　　　願言不獲，抱恨如何。

　　　　　　　　　　　二〇二〇年十月二十一日

歌之翼：音樂書簡

范競馬《浮士德》劇照

盧瓦河谷的回聲

建英吾兄如晤：

　　每年入夏，法國各地的藝術節便紛紛出台，世界一流的藝術家幾乎都要在此登台獻藝，一時間姹紫嫣紅，精彩紛呈。此刻把海明威對巴黎的讚嘆，拿來形容法國便再恰當不過，「一道歡騰的盛筵」。

　　競馬已多次來法國演出，九三年在尼斯歌劇院唱莫扎特的《裝瘋賣傻》(*La finta semplice*)，邀我和雪去聽，因手頭事忙未能成行。那次他住在馬蒂斯當年作畫的公寓內，憑窗望海，美不勝收。他着急，怕我們丟掉這次親炙大師藝術靈氣的機會，來電話催，説不來太可惜，以後就是再來尼斯演出，怕也不能和馬蒂斯的幽靈朝夕相處。等他知道我們最終不能去，在電話中留下一聲長長的嘆息。隨後寄來馬蒂斯公寓的照片，但見藍天碧海，紅瓦白牆，在寶藍色的窗台上，一束嫩黃的玫瑰怒放，着實惹人神往。確實，細算起來已有七，八年時間沒聽競馬唱歌了。如煙往事又浮現眼前。

與競馬相識，是在八七年夏。一天阿堅邀朋友們去黃松峪水庫郊遊，對我説他要帶一個剛剛在英國卡迪夫聲樂比賽中獲獎的朋友來，此人名叫范競馬。那時已有幾位歌手在國外獲獎，我聽過他們的演唱錄音，但離我心目中美聲歌唱的標準還很有距離，所以對阿堅的話並未當真。當夜，朋友們玩得高興，大家扯起嗓子胡唱一通。不知是誰提議，説有位歌唱家在這兒，何不請他來一曲？便有一位面部輪廓頗有稜角的青年走過來，在水邊一塊岩石上站定，屏息片刻，便高歌起來。他是用意大利文唱「我的太陽」。

我永難忘他張嘴發聲的一刻。之前，我正躺在草地上和人閒扯，但這聲音讓我一下子坐起來，心裏喊：「好聲音，真正的 *Bel Canto*。」當時，競馬對着波光粼粼的湖面，對岸峭壁嶙峋，他的聲音穿過暗夜，撞擊在峭壁上隱隱有回聲。一曲終了，餘音仍在，若群星亂墜，又紛紛散入微茫，一時間「波心蕩，冷月無聲」，眾人皆醉，片刻的寂靜中飽含着感動。這時我認識了競馬。

同是這支「我的太陽」，斯苔方諾的演唱聲音亮麗激情似火，貝爾岡奇卻表現得豪爽瀟灑，吉利的 *Legato*（連音）極其自如，唱來頗有些纏綿悱惻的味道，而科萊里，畢約林的聲音卻高貴而奔放，帕瓦羅蒂的高音清澈而方便，使他的抒情似在雲端。當然，也免不了會挑剔地想起斯苔方諾的高音略緊，共鳴偏薄，莫那柯粗

曠得稍過，顯得有點粗糙。而競馬的歌唱特色是什麼？我會忍不住拿他和大師們作比較。

說競馬的聲音好，是純正的意大利美聲，固然不錯。但他的聲音裏似乎有更多的東西，需要時間來仔細體會。聽競馬唱歌，立刻可以感覺到他的聲音直入你的內心，攪動你五臟六腑，讓你沿着脊椎到百會都有感覺。他的聲音能輕易俘獲你，帶走你。競馬聲音的魔力以扎實的歌唱技術為依託，他的氣息控制堅強有力，聲區轉換圓轉自如，共鳴位置準確，在強聲和弱聲時，都能保持較好的喉形。這些技術能力使他的音色有豐富的變化，不管是打開全部聲音還是使用矜持的輕聲，他都能用恰到好處的呼吸來支持他絕佳的樂感。音流無論怎樣起伏迭宕，都能平穩順暢，使他的演唱有強烈的戲劇感和細膩的表現力。此外競馬更有一種天生的衝動，渴望用技術手段來實現藝術的目的，讓藝術作品自身的內涵來揭示人類的某種生存狀況。在我看來，這才是最重要的素質。

競馬是個用心和腦子唱歌的人。對他扮演的角色和演唱的歌曲，都肯用腦子來思考，用心來感悟。和他聊天時他經常會講起某部藝術作品中人物的特質，角色的心理，情感的變化……，因為正是這些內容指明音樂的走向，決定他該如何演唱。當年他的恩師沈湘先生說他是個極富音樂感的人(very musical)，我猜想大約指的就是競馬的這種特質。它是競馬獨特而寶貴的財富。

記得八八年競馬出國之前，我曾在家裏為他舉行過一場小型音樂會，大約是麗達為他伴奏。他唱的第一支歌是博諾奇尼的《多麼幸福能讚美你》。這支晚期巴羅克歌曲很難唱，其難不在技術，而在把握情緒，找到那種感覺。生在市聲紛亂時代的人很難體會巴羅克時期那種虔敬肅穆的感覺，而競馬的演唱卻相當有說服力。他用純正的意大利美聲唱法，把一顆摯愛的心表達的熱烈又含蓄，堅強又溫柔。歌中愛的傾訴是那樣深厚而單純，競馬控制着聲音的力度，絕不出現突兀爆燥的聲音，分句時，呼吸換氣流暢自如，聲氣平衡，使優雅的 Legato 一貫到底，始終保持着一種虔敬的張力，像在唱一首讚美詩。這正是演唱巴羅克歌曲的關鍵。歌曲結尾處「誰能抗拒這魔力，誰能不愛你」反復詠嘆，使這腔痴情在競馬的聲音中顯出高貴的氣度。

後來，有人請競馬唱民歌，我隨即點到 《藍花花》。這支陝甘民歌，應該說這首歌堪稱中國民歌之最。其愛之濃，其恨之痛，被表達的熾熱奔放，痛快淋漓。在主張「溫柔敦厚」的中國，實在是高標特立。競馬開口，「青線線呀那個藍線線，藍個英英的彩，生下一個藍花花，實實的愛死人」。一聲既出，滿座皆驚。與剛才唱博諾奇尼時相比，他的聲音不變。金屬的光澤仍在，但已不似黃金般的亮麗，而若隱若現着鑄鐵般的幽暗。聲音依然高亢有力，但共鳴似乎已不在頭腔，而向下集中到喉器，彷彿共鳴區變得狹窄，結果聲音顯出一種略帶

尖礪的野性，一種真正的「裂帛之聲」。這種變化極為準確地捕捉到「藍花花」一曲所隱含的那種淒苦又激昂的感覺。歌中唱到「藍花花那個下轎來，東望西找，找見周家的猴老子，好像一座墳。你要那個死來你早早地死，前晌你死來，後晌我藍花花走。手提上那個羊肉，懷裏揣上糕，冒上性命我往哥哥家裏跑」。看看這烈妹子熔岩奔突般的激情吧！除了這種唱法，還有什麼更好的表達？

那天，真正是「今夜無人入睡」，競馬唱了很多歌，印象深的有一首加拿大民歌，描寫一位身無分文的小伙子，冒雨站在機場，他所愛的姑娘乘飛機離他而去。競馬唱得瀟灑又詼諧，把痴情小伙兒的傷心無奈表現得維妙維肖；還唱了電影《翠堤春曉》插曲《當我們年輕時》。這本是一首感傷而浪漫的歌曲，競馬用完全鬆弛的聲音演繹，舒緩悠長，氣韻十足。朋友們隨競馬的歌聲從翡冷翠幽靜的深巷神遊到大西北蒼茫的高坡，皆陶醉而忘形。但我卻暗自神傷，知道他很快就要離開中國去遊學他鄉了。

九五年夏，得知競馬要來法國參加聖弗洛朗(St-Florent)藝術節，舉辦獨唱音樂會。那時國平也恰在我這裏小住。老友相聚，自是異常欣喜，相約一定要去聽競馬的音樂會。

出巴黎西行百餘里，過奧爾良城就進入了盧瓦河河谷。這裏是法國歷代王朝的繁息之地。盧瓦河像一條銀

色的項鍊，沿河一座座美如神話的皇家城堡就是這項鍊上滿綴的珍珠。競馬演出的小城聖弗羅朗就坐落在盧瓦河高聳的崖岸上。城雖不大，卻是旺代地區的歷史名城。一七九三年，法國大革命最激烈動盪的年代，旺代叛亂就源於此城。這場叛亂，險些葬送了大革命。雨果的小說《九三年》和巴爾扎克的小說《朱安黨》就是以這個歷史事件為背景的。

競馬的音樂會在城內山頂上的教堂內舉行。黃昏初降，我們沿石塊鋪就的小路，拾階直上山頂，眼前豁然開朗。潔白秀麗的教堂似一隻從天而降的天鵝，棲息在這高岸之上。腳下澄江似練，遠處綠野良疇，夕陽欲墜，天風鼓蕩，令人撫今追遠，感慨萬千。

距音樂會開場幾乎還有一個小時，四方觀眾卻已經漸漸聚來。但見男士西服革履，女賓典雅入時，個個不苟言笑，人人彬彬有禮。據同行的法國朋友講，旺代地區的人較為凝重冷漠，不喜感情外露。大約這裏歷史上是保皇黨的老巢，祖上又多是終生與土地為伍的農民，所以遺傳了持重沉穩的特徵。法國朋友打趣說，要想唱得讓這些人喝采叫好，競馬可是不容易。

競馬開場的第一支歌是亨德爾的歌劇《薛西斯》(Xerxes)中著名的詠嘆調《綠葉青蔥》。這支曲子被改編成管弦樂曲時稱為「廣板」(Largo)，可以想見其風格之遼遠壯闊。全曲只有一句詞「綠葉青蔥，芳草如茵，風光綺麗幽靜，人間難尋」。這是一支從頭到尾都需要以

*Legato*方式演唱的作品，曲中不斷的強弱表情轉換，使氣息控制成為演唱成功的關鍵。氣要足，橫隔膜要降得深，兩肋吸氣飽滿，「若鳥兒展翅般打開」（貝基語）。聲帶肌肉要能夠巧妙地控制着氣流的強弱，做到收放自如。

競馬選這支歌做開場曲，顯示出他的自信。多年未聞其聲，這第一支歌就讓我相信，他這些年遍從名師，確實技藝大進。他的呼吸深而均勻，由於胸腹肌肉控制得法，他的換氣和聲區轉換不着痕跡。聲音飽滿乾淨，鬆而不弛，張而不緊，使這支曲子表現出深情豪邁又婉轉低迴的特色。歌曲中不斷重復的詠嘆像一條綿延不絕，充滿光澤和彈性的綢帶，裹攜着你飄然遠引。教堂內聲響共鳴極好，曲終而聲不絕，裊裊餘音，彌散在穹頂迴廊，彩窗聖像之間，使那神聖的愈顯神聖。

競馬的音樂會上半場都是歌劇選曲。他的才華不僅僅展現在演唱那些傳統意大利美聲曲目上，也展現在他所演唱曲目之豐富，風格之多樣上。以他那樣正統純粹的意大利美聲來唱古典主義時期的德奧歌劇，從藝術到技術上的跨度是相當大的。絕大部份意大利歌唱大師都不常演唱德奧歌劇，就是明證。而在這次音樂會曲目中，競馬放上了莫扎特歌劇《魔笛》中塔米諾的詠嘆調《多美的肖像》。一般說來，莫扎特時代的古典主義音樂同隨後而來的浪漫主義音樂相比，更注重整體秩序和形式美。古典大師們「不把自己的個性和個人體驗作為

自己藝術的主要素材。因而，對他來說藝術作品只是藝術作品自身，而不是自我的擴展」（馬克列斯語）。在這種美學原則之下，古典主義歌劇的戲劇衝突是均衡適度的，情緒的表達也更優雅精緻。反映到歌唱中，則需要以控制而內斂的方法來表達劇中人物的情感。也就是要調整情緒，體會不同的感覺方式。情緒和感覺方式到位了，就能找到恰當的共鳴位置和均衡的聲氣感覺。一般說來，演唱德奧古典派的作品，較之演唱意大利歌劇，需要更細緻敏銳的藝術感覺。這正是競馬的長項。他能迅速調整自己的音樂感覺，以清澈明亮的音色，穩定節制的聲音表達塔米諾對帕米娜的嚮往，深情而不濫情，火熱而不狂熱。讓你確信這是莫扎特，不是多尼采蒂。演唱者不是臨時跑來客串的意大利美聲歌手，而是一位真正扎實的德奧古典風格的詮釋者。

競馬的音樂會曲目中，還有兩首法國歌劇詠嘆調，一支是《卡門》裏的「花之歌」，一支是《曼儂》裏的《當我閉上雙眼》。不用說，面對法國觀眾唱這兩支耳熟能詳的曲目，展現着競馬的自信心。要麼就討彩，要麼就挨噓，端看你的表現如何。不知是競馬法文發音的嫻熟純正，還是這支歌太煽情，競馬開口第一句「那天你扔給我這支花」，就有觀眾略微騷動，輕聲嘖嘖稱奇。當然這和前面唱的莫扎特可是兩個世界的聲音，情感表達方式大異其趣。這裏是碧血黃沙的西班牙，主人公是自由奔放的吉普賽女郎，是出生入死的鬥牛勇士，

是激情迸發的龍騎兵。劇中的情愛濃得像醇酒，熱得像火炭，節奏如同和着響板的弗拉門戈，旋轉得令人頭昏目眩，劇中人物忽而纏綣情深，忽而拔刀相向，愛恨交織，正邪互錯，活生生一幅人間萬種風情圖畫。我心想，競馬老弟，站在這兒唱，您就撒開了造吧。聲音要放，高音要響，共鳴腔從上到下，從後到前統統打開。別含糊，別矜持，想着慾望折磨着你，妒嫉撕扯着你，委屈悶在心裏非發出來不可。一口烈酒，一柄短刀，誰敢餓你愛的女人？！讓你的身體充滿激情，呼吸若滿漲的風帆。情之所至，何妨讓聲音帶上點暗啞嗚咽。美聲不是擺在沙龍裏的里摩日瓷器，它是要你用來展現生存給人看的。一曲唱畢，掌聲雷動。觀眾紛紛交頭接耳，似乎這支歌才讓他們醒過悶兒來。說旺代人不易動情，此言不虛。其實這支歌唱得並不盡如我意。同競馬所擅長的激情演出相比，唱得太文雅，顯出學院派的味道，中規中距，華麗甜美，情抒得不夠濃烈，有些拘謹的感覺。

　　緊接着就是馬斯涅的《曼儂》。這齣戲最受好評的版本是普拉松指揮圖魯茲首府合唱與管弦樂團的演出。飾曼儂的就是那位和競馬在葡萄牙聖卡洛歌劇院搭檔演出《茶花女》的考圖芭斯(Cotrubas)，飾男主角格魯克斯的是克勞斯。此公在歌劇界風評極佳，是位專注於藝術的歌唱家。但我個人卻更喜歡那天晚上競馬演唱的格魯克斯的詠嘆調《當我閉上雙眼》。男主角幻想密林幽

深處，濃蔭庇護下，有座白色的小屋，清溪湍流，落葉翻捲，小鳥啼鳴。而在這天堂之處，卻悲涼而憂傷，因為他的愛人不在這裏。這支歌是典型的馬斯涅風格，甜美中攙着一縷淡淡的憂傷，極精緻纖巧，充滿男性的溫柔。它是幻想風格的詠嘆調，需要像處理夢幻曲那樣去表現它。競馬深深體悟這支歌的風格，他剛才唱「花之歌」不敢打開聲音，怕是他擔心一下子回不到夢中。全曲皆用輕聲唱法，聲帶稍稍拉緊，似乎歌者心靈的顫抖帶出了聲音的顫抖，如泣如訴，如夢如幻。歌曲結尾處，男主角嘆息般地呼喚着愛人的名字「曼儂⋯⋯」，聲音漸弱至ppp，飄飄渺渺，不絕如縷。教堂內一片沉寂，惟有這聲呼喚穿過觀眾席，越出大門，漸漸融入盧瓦河初夏的暗夜中。片刻無聲，隨後觀眾如夢初醒，爆發出雷鳴般的掌聲，喝采聲。我回身四望，見周遭的觀眾都忘情地鼓掌，呼叫Bravo。無疑，競馬成功地征服了這些表面木訥，傲慢的旺代人。

　　從亨德爾、莫扎特到比才、馬斯涅，已經讓人飽享盛宴。競馬卻還給我們藏着更大的驚喜：柴可夫斯基的《葉甫根尼·奧涅金》。這個名字對法國人不知意味着什麼，而對競馬，對國平和我都意味着一份歷史的記憶。那裏有青春的躁動，初戀的憧憬，崇高的承諾⋯⋯。這樣，在歌者和聽者之間就有了一些超出音樂的東西。在俄國之外，演唱男主角連斯基最成功的大約就是美國人尼爾·席柯夫了。他的聲音技術無可挑剔，

演出也極盡力。但聽他唱連斯基的詠嘆調總有些不滿足，覺得他的聲音裏缺點兒什麼。我想缺的就是這點兒超出音樂之外的東西，那種「味道」，而打動我們的恰正是這點兒「味道」。

競馬的父親是精通俄文的西方歷史教授，五七年遭當局清洗後，發配到涼州。即使在那窮鄉僻壤中，他也不忘給競馬用俄文朗誦普希金的詩歌，俄羅斯的旋律也被他選作競馬學習小提琴的練習曲。可以想見，這種「灌輸」會怎樣深埋在童年競馬的意識裏。

世界上大約惟有音樂記憶會帶上歷史感覺，我們都曾有過那種經驗，偶爾唱起或聽到一支歌，一個旋律，會讓人突然沉浸在幾年，甚至幾十年前唱同一支歌，聽同一個旋律的感覺之中。當時的體驗，氛圍，氣息，場景，會真切地湧現出來，彷彿喚醒了深埋的意識，它倒溯時間之流，再現流逝的歲月。你剎那間回到了「那一刻」。我想這些東西都將匯入競馬對柴可夫斯基歌劇藝術的理解和表現之中。

九三年，競馬在莫斯科大劇院(Bolshoi)演唱傑羅姆‧漢斯的歌劇《我就是路》(*I am the way*)，大劇院藝術總監邀請他在劇院的慶典音樂會(gala)中唱連斯基的詠嘆調。競馬頗有點受寵若驚，Bolshoi，那是柴可夫斯基的劇院啊！這個劇院的樂隊曾在柴可夫斯基、魯賓斯坦、拉赫瑪尼諾夫的指揮棒下演奏過！恰巧俄羅斯功勛演員，大名鼎鼎的瓦倫提諾‧加夫特也在同一部歌劇中

擔任角色，他知道競馬要唱連斯基詠嘆調，興奮地拉住競馬，在大台側幕後激情充沛地為他朗誦了普希金的原詩：

> 你遠遠地逝去了，而今何在
> 我的春天的金色的日子？
> 明天啊，為我準備下什麼？
> ……
>
> 清晨，當旭日的朝暉顯露，
> 明朗的白晝開始閃亮；
> 而我 也許，已進入墳墓：
> 進入一片神秘的陰涼，
> 緩緩的勒忒河將會吞去
> 人們對年輕詩人的記憶，
> 世界會忘掉我，但是你可會，
> 美麗的姑娘，把幾滴清淚
> 灑在我夭折的屍骨上，
> 並且想到：他曾經愛過我，
> 他曾經對我一人奉獻過
> 他動蕩生涯的慘淡曙光！
> ……
> （智量先生的譯文）

據競馬事後對我說，當時他完全被加夫特的聲音和俄文中自有的音樂韻律震撼了。他就是帶着這種情緒走上舞台的。他說：「我是恍恍惚惚唱完這支詠嘆調的，覺得自己就是連斯基，明天就要告別世界，只覺得這支

歌是從心裏湧出來的。什麼『呼吸，共鳴，面罩，關閉』，根本就忘得乾乾淨淨，人好像完全在技術之外自發地演唱。但是從台下觀眾的狂熱歡呼中，我知道我唱得肯定特棒。」這次，競馬居然在他的曲目中放上了兩支連斯基的詠嘆調，《我愛你》和《青春啊，你在哪裏？》我急切地想知道，他將呈現給我們什麼樣的連斯基。

在普希金筆下，連斯基是一個純真的青年。他熱愛藝術，珍惜友誼，崇尚正義，愛惜名譽，心中滿懷對未來的希望和對愛情的渴求。當奧爾加出現在他眼中，他感覺彷彿整個世界都充滿了光明，

> 是她把青春歡樂的夢幻
>
> 生平第一次帶給了詩人，
>
> 他的蘆笛的第一聲詠嘆，
>
> 由於思念她才帶上了靈性。

柴可夫斯基的音樂完美地表現了這種純真又熱烈的愛情。演唱者的任務則是領悟和把握音樂的微妙之處，把它創造性地再現給聽眾，引導聽眾一起享受這藝術瑰寶帶來的快樂。

競馬對《我愛你，奧爾加》這支詠嘆調的處理是相當細緻的。連斯基抑制不住心中的激情，向奧爾加傾訴衷腸，他唱道：「我愛您，奧爾加，像一位孤獨的詩人，瘋狂的心靈充滿愛。」這時競馬的聲音略帶拘謹，顯得猶豫不定，欲說還休，透出熱戀着的青年詩人內心

的緊張羞澀。隨後，抑制不住的情感漸漸湧動，「我愛你，這愛惟有詩人的心靈能夠感知！」人稱已由尊稱「您」悄悄換成「你」，競馬的聲音也隨劇中人情緒轉換而激越起來：「你是我唯一的渴望，你是我的夢幻，你是我的痛苦和歡樂。」競馬的胸腔和頭腔共鳴混合得相當好，高音適時關閉，卻不丟掉胸腔共鳴，所以沒有輕飄的感覺，扎實而輝煌。我坐在前排，耳膜隱隱震響。而後，他突然收聲，用輕聲哀求般地吟唱，人依然保持着高傲的矜持，而聲音卻已跪下求愛：「請不要熄滅我心中這神聖的火焰。」戲劇對比之強烈，令人喉哽鼻酸。

連斯基的第二支詠嘆調《青春啊，你在哪裏？》，表現了極劇烈的情感衝突。在剛剛結束的舞會上，他心中的天使奧爾加被他自認為最忠實的朋友奧涅金引誘，在大庭廣眾之下調情，卻不理會他的請求。在高傲敏感的連斯基看來，這是公開的羞辱。原本寬厚而清明的心智渴求報復，他要和昔日的好友決鬥。在決鬥前夜，他獨自空屋徘徊，等待命運的裁決，心中卻充滿對生命的渴望，對愛人的戀眷。明天，當黎明的曙光再次照臨，等待着他的是什麼？競馬對這支歌的把握也極見功力。主人公在歌中詛咒命運的無常，也為生命的脆弱而悲嘆，但情感絕不悲切頹唐。他以略帶迷惘的聲音追問冥冥：「青春，我的青春的金色時光而今安在？明天，你為我準備了什麼？」然而，他似乎揮一揮手，以

男子漢決絕的勇氣平靜地面對命運的安排：「命運總是公正，我將被射倒或與死亡擦身而過，都同樣好。」這時的情緒是無奈但堅強的。競馬將這段行板(Andante)表現得很平靜，但你能感覺到這平靜下面有暗流湧動。果然，此處突然轉調：「當金色的黎明降臨，我或許已不在人間。」競馬的演唱開始急促起來，彷彿命運之神在追逐着年輕的生命，在連續整小節休止之後，競馬的演唱變得溫柔。他此刻牽掛的是仍將活着的愛人：「噢，奧爾加，我唯一的摯愛，來吧，來吧，世界將會忘掉我，而你，可會在我的屍骨上灑幾滴清淚？並想起我曾愛過你，只對你一人奉獻過我動蕩的年華。噢，來吧，來吧，我是你的愛人。」主人公似乎要伸出雙手，越過這生離死別的一線。對奧爾加無望的呼喚，把全曲推向高潮。但競馬並不放聲大唱，相反，高潮被堅韌地壓抑着，隨後而來的最後一次追問「青春，我的金色的青春，你在哪裏？」是預感到死亡迫近的悲嘆，聲音慘淡淒婉，在顫抖的漸弱中結束。競馬的手索取般地伸向前方，靜止不動，在舞台上保持雕塑般的造型，直至餘音徹底消淨。在觀眾的歡呼聲中，他再三鞠躬致敬，我見他眼中隱現着淚光，知道他已是先把自己感動了。

　　那天晚上，競馬還演唱了多尼采蒂《愛之甘醇》中的《多麼美麗，多麼溫柔》和威爾弟《弄臣》中的《這個或那個》。這兩首典型的意大利歌劇詠嘆調和競馬下半場的曲目——意大利藝術歌曲——都特別見出演唱者

掌握意大利美聲唱法的功力。因為意大利歌劇和藝術歌曲（拿波里歌曲是它的重要組成部份）是美聲唱法的發祥地。

一九八八年，競馬出國前，曾在沈湘先生指導下錄過一盤意大利藝術歌曲的磁帶，由中央芭蕾舞樂團伴奏，胡炳旭先生指揮。由於受當時技術設備條件所限，從Hifi的角度看，音響效果乏善可陳，但整體演唱水平卻相當不俗。樂隊在胡先生掌控下，情緒飽滿，與歌唱者配合默契，音樂處理很到位。而競馬的演唱，在當時就達到相當高的水平。磁帶裏有幾支歌，如《明亮的窗》，《請你告訴她》，《悲嘆小夜曲》，是我所聽過的最感人的演唱。就是這盤音響效果不佳的磁帶，曾迷倒過我們多少朋友啊！記得一次酈陽來我家，我放上競馬這盤帶子給他聽，讓他猜這是誰的演唱。以酈陽這位「音樂老泡」的耳朵，竟然一口咬定是帕瓦羅蒂的演唱。當我告訴他是競馬的帶子時，他大吃一驚，說，我還心想，這老帕怎麼唱歌又長進了，比從前聽他的歌更覺有味道了。我們倆人一起琢磨，為什麼這些意大利歌曲從競馬嘴裏唱出來就那麼味道純正？我們一致認為，除了聲音條件，美聲技法，藝術感覺之外，競馬還有一種天賦，就是對語言極為敏感，把握語言特性的直覺極強。八七年，他曾為歐陽江河的長詩《懸棺》做過一次配樂朗誦、歐陽江河的詩配上布里頓的《戰爭安魂曲》。詩的內容現在已經記不大清楚，但競馬的朗誦所特有的那種「聲音形式」卻給我留下了極深的印象。他

　　　　　　　　既見君子｜歌之翼：音樂書簡

準確地捕捉到詩的語言所內含的節奏，聲韻，律動，又同時體會着背景音樂的旋律走向。他的朗誦使歐陽江河的詩與布里頓的音樂相得益彰，宛若天成。

如果說他朗誦以中文寫作的詩歌，仍是在他的母語範圍中，那麼當你聽他用意大利文演唱時，很難想像當時他不過是初學者。競馬的這種天賦對他的歌唱生涯十分重要。因為在深入探討歌唱藝術時，免不了會涉及到語言和歌唱的關係。

聽競馬的這組意大利曲目，同他當年所錄的磁帶比較，可以看出這些年他遊學四方的收穫。他到意大利師從貝爾岡奇，接受的第一條告誡就是去讀意大利文。貝爾岡奇對競馬說，你可以靠模仿意大利文的發音來演唱，但那是碰運氣，因為聲音是有內容的，它的內容在整部歌劇中逐漸展開。你一定要真正懂整部歌劇的結構，人物特性，戲劇衝突，才能知道為什麼一支詠嘆調一定要這麼唱，貝爾岡奇上課總是拿着整部歌劇譜子，從不脫離全劇的音樂，孤立地講一支曲子。他甚至認為，歌劇中最難處理的是那些宣敘調，因為他們沒有迷人的音樂做依託，而正是靠這些宣敘調，整部歌劇的戲劇衝突才得以展開。這些宣敘調彷彿希臘悲劇中的合唱隊，提示、預告、推動着劇情的發展。而把握好宣敘調，很大程度上要靠演員的語言功底。貝爾岡奇對語言的強調實際上是要競馬從歌唱藝術的根本處着手。也就是說，歌唱並不僅是靠技巧訓練出的發聲方法，而是心

靈駕馭着技術，詩歌統治着劇情。我們可以回想卡拉斯所飾的麥克白夫人，她讀着麥克白的來信，聲音陰鷙嘶啞，充滿着燃燒的慾望和不顧一切的決心。那時她並不在唱，但僅是這讀信的聲音就展示了主人公的特性和由此引發的悲劇。同時我們還可以設想一位熱愛中國古代音樂的外國人，用國際音標拼出白石道人的「舊時月色，算幾番照我，梅邊吹笛」，然後循着工尺，唱出來，卻全然不知所唱為何，又怎能表現姜白石那錐心之戀。在這裏，聲音的內容是人性深處所積蘊的情感、慾望、衝動等等，依借語言來形式化，成為可以表現的。歌唱家再用聲音把它傳達給聽眾。正是在這個意義上，我們可以把每一次歌唱看作一次創造。

貝爾岡奇的歌唱以藝術處理細膩蜚聲歌壇。他的教學也注重歌唱的細緻之處，很喜歡「摳細節」。他常常是搬一把高腳凳坐在學生面前，讓學生唱整首詠嘆調。有不滿意處，自己就開口示範，一堂課下來，他比學生唱得還多。他摳細節時，最注重分句和呼吸，尤其擅長Legato的處理。他從來不離開音樂來談技術，他説：「你把注意力全放在找位置上，是永遠唱不好高音的。因為沒有離開音樂的技術，也沒有脱離情感的高音」。他總是結合意大利的語音特點來講歌唱方法。他曾讓競馬專門花時間去體會意大利文的雙輔音及詞尾開口元音的運用。在指導競馬唱「今夜星光燦爛」時，他專門拎出「如慧星劃破夜幕」一句，示範如何分句換氣，如何

用悠長的氣息支持輕聲一貫到底，同時強調運用雙輔音來表達主人公曲折微妙的心理變化。大師的這些寶貴的教誨都反映在競馬的演唱中。

　　音樂會的第二天早晨，當地最大的報紙《法蘭西西部報》的樂評人驚呼：「男高音范競馬的演出超越了看似不可逾越的界線，顯示出願望和勤奮能使人達到怎樣的完美。他生長在中國，但他的意大利文、德文、法文，俄文都同樣運用自如，這種語言才能令人嘆為觀止。音樂會的節目單包括了從莫扎特到柴可夫斯基正歌劇詠嘆調，也包括了從意大利歌曲直到比才、馬斯涅的曲目。在演唱各種風格的作品時，觀眾都欣賞到了他作為男高音歌唱家和表演藝術家的才華。從動作到聲調，時而溫柔，時而厚重，唱到絕望的激情處，他幾乎是用沙啞的聲音來處理，將最隱秘的情感表達得淋漓盡致。他強有力的聲音使他的演唱音域極寬，不論是在低音區還是在高音區，他都能夠嫻熟地表現由微弱至極強的情感。」這位樂評人敏銳地注意到競馬駕馭語言的能力和這種能力對他演唱的幫助。我當時讀到這份評論，頗有他鄉遇故知的感覺。

　　競馬離開意大利後輾轉美國，這其中的曲折一言難盡。臨別前，貝爾岡奇送他一張照片，照片上貝爾岡奇張開雙臂，似乎等待着擁抱。像片上龍飛鳳舞地題着「給競馬」。大師的深情和希望盡在不言中了。

　　到美國後，競馬先入朱利亞，再入國際歌劇戲劇中

心(OMTI)，走上專業演唱和深入學習相結合的路子。這條路儘管備盡艱辛，但我以為是正確的選擇。競馬去OMTI考試那天，科萊里是主考官之一。這位歌劇界無可爭議的白馬王子是競馬心儀已久的大師。除去他藝術造詣方面的理由不談，僅一條理由就讓競馬激動不已：科萊里是由男中音改唱男高音的，而競馬恰是以男中音考入四川音樂學院的。

說起科萊里，我心中總浮現出歌德讚嘆莎士比亞的名言：「說不盡的莎士比亞」。這位科萊里也是探討聲音藝術時最能引發人思索的「主題」。科萊里人英俊魁偉，一雙深邃的眼睛透出淡淡的憂鬱，站在舞台上，高貴氣逼人，真有「玉樹臨風」之況。號稱舞台扮相極佳的多明哥和他相比，整個一鄉下小伙兒。

很多樂評家津津樂道科萊里作為男高音和普通人很難結合的個性。當他作為一個男高音登上舞台時，他是真正的「英雄男高音」的典型。當他作為一個普通人出現時，他害羞、內向、天真、緊張。據說他每次上台前都在幕後徘徊不已，生怕上台忘了詞，要由他妻子推他上去。六十年代初，他和卡拉斯多次同台演出，偉大的卡拉斯經常在台上給他鼓勵，幫助他克服緊張。但只要他張口歌唱，進入了角色，就會展現出震撼人心的英雄氣魄。

提到英雄男高音，我們彷彿在追溯一個消失的世界。它本來是美聲唱法中男高音角色的特徵，在意大利

歌劇大師們的作品中，重要的男高音角色幾乎都具有英雄氣質。在卡萊爾看來，所謂英雄，或是那些君臨天下的帝王，或是傳達神意的預言家，或是佔據語言強勢的文人墨客。這種按照地位和角色來劃分英雄的定義，當然失於偏狹。後來胡克在討論歷史中的英雄時，也不自覺地落入了卡萊爾的巢臼，但他畢竟提出了自由意志在歷史抉擇中的作用。在我看來，英雄並不僅僅標識某人在歷史中的作用，也不取決於權勢地位和社會角色。與其說這個概念是一個歷史政治的概念，毋寧說它更是一個社會倫理的和個人心理的概念，在藝術中尤其如此。

"Hero" 這個來自於古希臘的詞，本來僅指「角色」。那些古希臘悲劇中的主角，就被稱作Hero。而這些主角並不都是帝王將相式的英雄，而是那些遭受命運的劫難、社會的不公、世人的欺侮而仍挺身擔當起道義責任的形形色色的人物。索福克勒斯的《俄狄浦斯王》塑造了一個被命運捉弄的弒父娶母的底比斯國王。但這個人物更具英雄氣概的表現倒是他弄瞎雙目，自我放逐之後。在他流浪於希臘各邦之間，飽受內心煎熬和路人的欺侮之時，他仍歌唱着：「大地衰老，青春消逝。信義蕩然無存，無情之花遍開。誰能在大眾之中，或在自己愛人內心深處，尋到忠誠的惠風不息地吹拂。」真正的英雄並不來自於權勢地位，也不取決於社會階層。它是一種抗拒沉淪的道德勇氣，捍衛人性的內在激情。儘管命運多舛，世道滄桑，但他們始終維繫着終極

價值。在大師們的作品中有以生命的代價忠於誓言的厄爾南尼，有棄王侯功業而殉純真愛情的拉達米斯，有追隨愛人客死天涯的德克魯斯，有以身犯難的卡迪夫王子……。這些人物或剛毅雄揚，或柔腸百轉，但都具有蔑視鄙俗的英雄氣概。按照實用的標準，這些人物的行為都是不可理喻的。但正是這種不可理喻的英雄衝動，給猥瑣蒼白的世界披上絢麗的霞衣。明瞭了這個道理，才能談怎樣演唱這些角色，才能尋找到英雄男高音的聲音本質。

真正的英雄男高音，並不是魯莽滅裂的喊叫，也絕不以眩耀高音C為樂事。他是高亢雄揚的，也是溫柔繾綣的，張弛收放之間，百鍊鋼能化繞指柔。科萊里所飾的安德烈·舍尼埃、卡迪夫、拉達米斯、德克魯斯、卡瓦拉多西等角色，完美地表現了英雄男高音所要求的聲音特質。競馬深深折服於科萊里歌唱的英雄氣質，而競馬的聲音，在我看來，最具英雄男高音所需要的潛質。他能師從科萊里，正所謂天賜良緣。

自九四年六月，競馬開始在科萊里位於紐約57街的工作室跟他上課。工作室不大，十五平方米左右，陳設極簡單，中間一架三角琴，四壁都是鏡子。科萊里有潔癖，工作室纖塵不染。他教學生時，從不長篇大套地講解，只是示範之後，要學生對着鏡子看。他指導競馬橫向擴展喉腔，說：「你要想像在吃梨，大頭在裏，小頭在外，裏面要盡量打開，但外面口型卻保持正常，不要

給人張牙舞爪的感覺」。他聽競馬唱，評價也很簡單，
Non e justo!(不對)，*Quello*(就是它)。每次做完示範讓競
馬唱時，他自己先極緊張，雙手插在褲袋裏，口裏嚼着
口香糖，在屋裏來回踱步。越到競馬快做對了的時候，
他越緊張，臉漲得通紅，鼻子上冒汗。一次競馬準確地
找到了他所要求的位置，科萊里極高興，想和競馬一起
發聲，但口裏正嚼着口香糖，吐出口香糖又找不到地方
扔，拿在手裏左看右看，一下子黏到了鋼琴鍵盤下面，
然後和競馬一起發聲。

　　前面我們提到科萊里是由男中音改唱男高音的，而
且完全是用他自己摸索出的一套方法，所以聽他的高
音，特別能感覺到強大的胸聲支持，但這個胸聲並不讓
人感覺渾濁，而是通透清澈的。所以在高音區關閉以
後，他仍然能夠讓胸聲支持着頭聲，形成完美混響。正
如近代歌唱聲學研究所表明，頭聲與胸聲是由聲帶發聲
時不同的機能運動狀態而形成，所以他們原本就是統一
的。科萊里完美地掌握了聲帶運動狀態的自然過渡，使
聲音既孔武有力又細膩多變。這個特點獨步歌劇界，無
人能比。競馬長期以來就在追索這種方法。因為他正是
以男中音考入四川音樂學院而後改唱男高音的。對於
他的聲音本質，有過不同的爭論，有些人希望他改掉胸
聲，用傳統的方法塑造高音形式。但沈湘先生慧眼識
人，十幾年前，他曾說過「競馬一到高音就發緊，要不
要去掉這個毛病？都去了，他的魅力就沒了，可那正是

聽眾喜歡的。完全保留麼，他的高音永遠是個坎兒。去多少，留多少？既打通他的整個聲區，又開掘他硬中藏韌，柔中透剛的獨特味道，這火候不好把握。」我以為，沈先生沒來得及完成的調教，在科萊里手中完成了。

科萊里喜歡競馬的胸聲，這正是沈先生所言「硬中藏柔，柔中透剛」的東西。科萊里對競馬說，聲音一定要有根，這個根就在胸聲的支持。呼吸的位置要盡量低，但若真想低下去，就必須有胸腔的支持過渡，否則高音不會有形狀。據競馬後來回憶，聲音的形狀(Form or Shape)這個提法給了他很大啟發。他一直在琢磨，聲音這種既看不見又摸不着的東西怎麼會有形狀？後來終於想通了，所謂聲音的形狀就是發聲時的一種感覺，是一種理想或審美意識，是演唱者對聲音的追求和把握。看競馬在《蝴蝶夫人》所飾五郎一角，能強烈地感到這點。這部歌劇電影的導演，是法國大名鼎鼎的影視專題節目策劃主持人小密特朗(因他是法國已故總統密特朗的侄子，故稱其為小密特朗)。此君學富五車，又有極好的藝術感覺，所以他執導的《蝴蝶夫人》頗有新意。看得出，他是站在東西文化交流碰撞的角度來看待這部愛情悲劇的。五郎這個人物本是個拉皮條的，在歌劇中戲並不多。但小密特朗卻把他當成一個穿針引線，貫通全劇的角色。他對競馬說：「記住，在整部戲中，只有你一個是明白人。」電影一開場，五郎給平克爾頓介紹房子，介紹姑娘，簡簡單單的幾句唱，你就能感覺到競

馬聲音所具有的一種類似擴音筒的形狀，集中指向你，貫透你的全身。和扮平克爾頓的美國大兵比，高下立見。這位美國大兵一張口，聲音就是散漫的，平面而蒼白，而競馬的聲音則是凝聚的，立體而有光澤。

記得前年我問競馬向科萊里學習的主要收穫，競馬用最簡單的兩個字回答我「舒服」。我想這是最自然真切的回答。誠然，以競馬那種剛烈的性格，堅毅的氣質，聲音要緊張起來容易，放鬆下來可不容易。科萊里給競馬最大的幫助就是讓他的高音區和中音區圓融地貫通起來，讓他一空，二通，三鬆，同時又保留了競馬極具魅力的高音特色。

九八年，OMTI舉行募捐音樂會，那時科萊里已經回意大利了，特地為這場音樂會趕回美國。參加募捐會的紐約市長朱利安尼是個歌劇迷，更是科萊里迷。那天競馬上台演唱前就打定主意要給科萊里唱《今夜無人入睡》。雖然現在滿世界都聽的是帕瓦羅蒂的《今夜無人入睡》，但行家都知道這支曲子真正是科萊里的活兒。帕瓦羅蒂的《今夜無人入睡》是唱給足球場的，那裏人聲鼎沸，萬頭攢動，人民大眾看雜耍似的聽這支曲子，要睡也難。而科萊里的《今夜無人入睡》是皇宮深殿中的，那裏「樹梢兒不見一絲風影，鳥兒也寂靜無聲」(歌德)。眾人皆在傾聽，傾聽這萬籟寂靜中緩緩升起的命運的詠嘆。歌到高昂處，天邊晨曦嶄露，黑暗漸退。冷酷的天皇貴胄也將消融於愛的照臨。

那晚，競馬滿懷對科萊里的感激，激情充沛地演唱了這支歌。音樂會後，朱利安尼對競馬調侃說，「你小子膽大包天，也不瞧瞧誰坐在下面，就敢開口唱《今夜無人入睡》，不怕人說你班門弄斧。」而科萊里拍着競馬的肩膀說：Bravo, ha, veramente bravo（太棒了，嘿，真是太棒了。）

　　前幾年，競馬給我講過一個笑話：某富翁患腦疾，某曰，非換腦無以治，遂赴腦商店選購所需之腦。見陳列腦無數而標價不一。一腦標一萬金，問何若此？答此腦乃數學家之腦。又見一腦標一萬五千金，問何若此？答此乃工程師之腦。又見一腦標八千金，問何若此？答此乃哲學家之腦。正躊躇間，忽見一腦赫然標價百萬金，大驚，問緣何昂貴至此？答曰，此乃某男高音之腦，余腦皆用過之舊腦，惟此腦從未用過，乃一全新之腦，故貴爾。這個笑話本是用來諷刺意大利歌劇界某些大牌男高音僅以吊高腔為目的，從不專注於藝術本身。而看當今歌劇界諸君，這個笑話似乎並不過時。前些年，國內有些男高音，是「不見鬼子不掛弦兒」，一上台，不管所唱的曲子有多少內容要表達，全當經過句處理，一猛子奔那個高音 C，好不容易熬到那個當口，只見老兄雙拳緊握，挺胸夾股，嗨的一下子，好，上去了，沒唱破，於是大功告成。按克勞斯的說法，這不叫歌唱，叫雜技表演。

　　近幾年，歌劇界噱頭越來越多，而本真的歌唱已難

　　　　　　　　既見君子│歌之翼：音樂書簡

得一聞。這常讓我想起當年老吉利告別歌壇時的話：
「我現在剛懂得該怎樣歌唱，但時光已不再來。」你只
要聽聽他六十歲時唱的《我的太陽》，便能深切地體會
到「嘔心瀝血」四個字的份量。那聲音已顯蒼老，氣息
也不再飽滿，但歌聲起落，宛若銀月下閃光的溪流，那
種至愛心聲的吐露，美得讓你不能不落淚。競馬也是這
樣一位不倦的歌者。

　　只要歌唱，他就以追求完美的精神奉獻出全部身
心。我永遠難忘九九年夏天在法國美麗島音樂節上，競
馬因為躲避幾位突然橫過馬路的老年人，自己從自行車
上摔下來，手臂和臉部嚴重受傷。但在第二天的音樂會
上，他腫着眼睛和嘴，照舊登台演出。那晚所唱的《冰
涼的小手》百轉千迴，令人肝腸寸斷，那極為漂亮的高
音 C，讓人不敢相信是來自一位嘴腫脹得幾乎張不開的
人。為此，我常常對那些執著的持燈者暗懷感激，因為
他們，暗夜中才有一點光，讓跼躅荒野的旅人得見一絲
希望。真正的藝術天才本不是商業炒作所能造就的，也
不是世間凡人所能習得的，那是神賜給人間的寶物。

　　我與競馬相識十五年，這期間見過他或處順境，或
處逆境，或名聲顯赫，或潛蹤匿影。但他獻身歌唱藝
術，作神聖殿堂守望者的初衷，從未動搖。十幾年歲月
流逝，而競馬痴心不改，執著地追索着他的理想：用聲
音來表達愛與美。無論他的技藝怎樣精進，聲名如何響
亮，他依然同十幾年前一樣樸實謙遜。對朋友一如往昔

盧瓦河谷的回聲

地體貼忠誠。他的本性的堅實敦厚，不搖不移，注定了他藝術上的成長扎實穩固，一步一個腳印。我從來不看重他演出履歷上的輝煌，而只注重他天才的靈性，不被日常的凡俗所泯滅，藝術的新鮮感不被謀生的技藝所遮蔽。在這個以實利衡量一切的時代中，依然能時常遠望高天。倘能如此，也就是我們這個不幸時代中的大幸了。

二〇〇二年一月十四日凌晨於Orsay

含淚的微笑

建英吾兄如晤：

　　我們剛從林茨回到巴黎，聽了競馬在林茨歌劇院演唱《微笑的國土》。心情興奮，感想良多，不敢藏美於私，故靜夜援筆，描摹一二，與你及關愛競馬的朋友們共享。

　　三十日晚動身，驅車往海德堡，我們與菲子約好，先在她那裏打一歇兒，次晨一起往林茨。一路上風狂雨急，趕到海德堡已近凌晨，菲子仍在等候。進門一股暖流撲面，柔和的燈光下，一碗熱騰騰的雞湯已擺在桌上。深夜逆旅，好友應門，故人相逢，何等溫馨。雪見湯大喜，連啖兩碗，稍話路途便各自休息。三十一日十一時從海德堡出發，橫穿秋色正濃的巴伐利亞。一路天高氣清，滿山金黃耀眼。這是二〇〇七年盛夏我們所經之路，但時序變換，景色大異，猛然想起吾不見兄已兩年矣。

　　下午四時，抵達林茨，順利尋到聖母大教堂，競馬

住的酒店正對着它。一八五五年，布魯克納來此任管風琴師，一呆就是十幾年。布魯克納是林茨城的驕傲，林茨交響樂團就稱「布魯克納交響樂團」。當然，到了林茨免不了會想起莫扎特，一七八三年，他往維也納途中，在林茨小住，為林茨城寫了C大調第36交響曲《林茨》。此外，上世紀初著名的男高音陶伯爾就誕生於此，《微笑的國土》就是雷哈爾為他量身定做。不過還有一位聞人，林茨人是絕口不提的，他就是林茨技工學校的學生阿道夫·希特勒。少年希特勒就是在林茨歌劇院觀看了《羅恩格林》，首次喚醒了他「內心種族和民族主義感情的衝動」。後來，他從林茨往維也納報考美術學院被拒，歷史學家托蘭說，若希特勒被錄取了，人類歷史或要改寫。

正找競馬的房間，見他已經下樓站在門口，八月北京一別，異國相逢自是欣喜。到他房間，見桌上已按老習慣擺了三隻蘋果，兩青一紅。他演唱前照例不吃飯，只吃水果。今晚首演，他又格外小心。林茨天寒，除非排練，他基本上不出門，自己號稱「坐月子」，真是職業歌唱家的好習慣。雷哈爾的這部名劇被歸為「輕歌劇」。所謂「輕」，倒不是說它容易演，而是和意大利正歌劇不同，其情節展開不靠宣敘調「唱」出來，而靠對話「說」出來。對不使用母語演唱的演員，它非但不「輕」，而且「重」得壓死人。因為在演唱正歌劇時，宣敘調可以「偷懶」，吐字不清，發音不准觀眾也不大

在意。而演唱「輕歌劇」，卻要在台上連唱帶講，有的場景幾乎像演話劇。你試想一下，讓一個奧地利人演《茶館》中的王掌櫃，該有多難。競馬接的就是這麼個活兒。

這齣戲自一九二九年首演於柏林，至今已八十年，還從未有中國人來唱主角。本來這戲中主角是「中國」駐奧國大使，但多年唱紅的角兒是陶伯爾、蓋達等。我想語言困難是原因之一。這幾個月，競馬發瘋一樣練德文。劇院派了一位著名話劇演員指導他，這位老兄說要讓競馬講出「高貴的德語」。競馬自是亦步亦趨，不敢鬆懈。這次他既然以「大使」身份登場，免不了出入社交場合，那裏娥眉雲集，賓朋雜沓，語言周旋便關乎國家體面。若是一口洋涇浜，豈不煞風景？競馬在學語言上是個奇才，儘管如此，他仍是格外用功，為了能講出「好德文」，競馬「請求」同台的奧地利人隨時「折磨」他。

晚七點半，大幕拉開。舞台設計是簡約派的風格，台後一堵朱紅色幕牆，人物進出皆在幕牆前後轉換。舞台四圍及穹頂，用鉛灰色幕布包裹，讓人壓抑。中央有一池清水，從台後一直延伸至台口，隔離兩側，似一道難以逾越的障礙。舞台設計師是來自柏林的亞里珊德拉。我想，莫非她曾涉獵中國古代文學？隔水相望本是中國古代男女情愛中最常見的意象。從《詩經》「蒹葭蒼蒼，白露為霜，所謂伊人，在水一方」，及至漢季「河漢清且淺，相去復幾許？盈盈一水間，脈脈不得

語」。那些刻骨銘心卻終難實現的愛，無不為水阻隔或隨水而去。舞台設計似已預示了這場異國之戀終以悲劇告終。

前奏曲結束，在如泣如訴的提琴聲中，競馬身着潔白的仿唐裝上場了。他隨音樂獨行，突然張口，竟是中文：

渴望驅使我走入這神聖的房間

她住在這裏，我的太陽，我的夢想

雷哈爾原劇中本無這個引子。據說這是導演李六乙先生加的一個小噱頭，為了給聽慣此劇的林茨人一個驚奇。觀眾席中果然有些騷動。緊跟着，眾人簇擁着女主角麗莎上場，她眾星捧月似地昂首台中。競馬本在歡舞的人群中，忽見他緩緩退入幕後，似徘徊一圈，又趨台前。我當時以為是導演安排他在麗莎面前故作矜持。後來他告我，他發現給麗莎準備的那份厚禮，玉刻豬龍沒帶在身上，這是他好不容易從潘家園淘換來的。下面就是送禮訴情的場景，他急中不亂，逡巡至幕後，舞台監督正在幕後手拿玉豬龍急得跳腳。競馬躥過去一把抓起，又穩穩出到台前，竟無人察覺。

場景變換，眾人退下。競馬獨立水邊，開口唱那支著名的詠嘆調「永遠只是微笑」。我素來佩服競馬變換聲音的能力，他總是想好了唱的是什麼才用聲。但今天他一張口，又讓我驚奇。他唱得那樣柔和、憂傷又淒惶。聲音不再有耀眼的光澤，彷彿蒙上了一層柔紗，像光線透過層雲，隱約飄緲。劇中男主角蘇城是個身受傳

統禮教薰陶的中國外交官，如今卻不顧「男女大防」，瘋狂地愛上一位出身大家的異國女郎。在蘇城心裏，這個女子是「我的太陽，我的夢想」。可又不自信，心裏揣摩這女子不過把他看成「一個玩物，一個有異國風味的調情者」。儘管這個女子「像大麻，像紅酒」，讓蘇城「着迷、發狂」，但他卻要用表面上的彬彬有禮來掩飾內心衝動，讓這女子「毫無察覺」。可憐的蘇城只能在慾望的煎熬下，「依舊微笑對人」。他哀嘆：

> 我們中國人也會心碎，
>
> 可又有誰理會？
>
> 我們從不表露，
>
> 只是微笑。

競馬把這種「溫文爾雅」的絕望表現得極有說服力。他認為，由於德文的輔音不能省略，要發得完整清晰。在演唱時，稍不注意就會使樂句顯得「僵」和「斷」，這需要通過Legato技巧來補救。競馬的呼吸技術過硬，所以他的Legato如行雲流水，毫無滯礙，能充分表達主人公內心情感的跌宕婉轉。同時，競馬有意識地控制着高音的力度，彷彿壓抑着幾欲噴發的渴求，逼迫它們蟄伏心底。即便在使用頭腔共鳴的高吭之處，也聽不出絲毫暴烈的聲音。在表達哀怨的情緒時，競馬嫺熟地運用面罩，唱出柔和的半聲，看似藏起了強烈的愛欲，卻使表面的矜持，帶上無奈的悲涼。

比較聽熟了的尼古拉‧蓋達和施瓦茨考夫一九五三

年在EMI錄製的版本，蓋達的演唱就嫌太抒情，缺乏戲劇性的內在張力。這個唱段要表現強烈的內心衝突，不能像唱抒情Lieder一樣，否則就會顯得巧而淺，纖而淡，聲音佈局平鋪直敘，難有起伏。依我看，要體會這種複雜的心理情結，非在中國文化中泡過的人不可。

　　下面是蘇城與麗莎的對手戲「兩人飲茶」。蘇城要請麗莎喝一杯「用取自阿爾卑斯山的水沏就的中國茶」，其實是借清茶一杯來表達愛慕，試探麗莎的感情。所以這段二重唱既要表現微妙細膩，欲語還休的挑逗，又要保持外交官和大家閨秀之間的矜持莊重。一九七四年斯圖加特廣播樂團在愛伯特的指揮下拍攝過一個舞台電影版。男女主角是R. 科羅和B.P. 薩拉塔。那是典型的「真實主義」設計。這場戲上演在豪華的客廳裏，使用精美的茶具，歌唱伴着斟茶、啜飲。但林茨歌劇院的這個版本卻完全不同。舞台上沒有多餘的道具，男女兩人隔水而飲，你斟我奉，眉目傳情的戲全憑借象徵性的身體語言來表現。

　　舞台上只有清水一道，男女主角情深意濃，卻只能隔水而望。正是「所謂伊人，在水一方，溯洄從之，道阻且長。溯流從之，宛在水中央」。競馬每一個身形手式都飽含深情，一顰一笑，一問一答，皆是艷羨之意。似想傾吐，又要掩飾，雙手一掬清水，中有三兩落紅，引臂相送，又側身迴護，輕舉寬袖，猶抱琵琶，欲遮欲彰，欲收欲送，左右顧盼，前後徬徨，身體的張弛全隨

　　　　　　　　　　　　既見君子 | 歌之翼：音樂書簡

細微心理活動，伴着優美的音樂款款深唱，真是風流蘊籍。這種象徵式的表演，想必借鑒了京劇手法，據説當年梅老闆的《貴妃醉酒》就是這種表演的極致。想想競馬也沒在富連成挨過板子，哪兒來的這種感覺？不由想起二十年前看他惟妙惟肖地學米高積遜的太空步，又想起今年八月四日朋友們在京聚會時，他給高燕津子的即興舞蹈當活道具時，那隨意的手勢烘托，只能説競馬有一種敏鋭的舞台直覺。再看對面的麗莎，這位美艷動人的奧地利姑娘就缺了那點兒「娉婷似柳腰，花裏暗相召」的風情。

在這種簡約的舞台背景下表演，最難為演員。有些戲，舞台要素複雜，佈景、道具、燈光，人物動作繁多。這些要素會綜合成一種「氛圍」，一個「場」，來吸引觀眾，歌唱和細膩的舞台表演反而被忽略了。我自己就曾經有過這種體會。你還記得，我們當年看的那盤《鄉村騎士》的錄像帶嗎？奧布拉佐娃和多明戈主演。多明戈飾演的圖里奧要和盧琪亞媽媽告別，出門決鬥。這是戲劇衝突極為激烈的一場戲。多明戈滿台遊走，碰倒椅子，準備刀子，又舉杯豪飲，把氣氛烘托得極緊張。然後再唱：「媽，這酒忒烈了」。當時我被多明戈的演唱深深打動，覺他唱得棒極了。後來再聽同一個演出的CD，眼前沒了舞台，精力集中在演唱上，結果挺失望，覺他唱得淡而無味。我當時就有點奇怪，為什麼看錄像帶時就感覺不同呢？後來想通了，因為被舞台上

繁多的要素分散了注意力。而這次看競馬演出，舞台上空空如也，只注意他個人的表演，所以才能體會到他的形體語言之細膩豐富，歌唱之扣人心弦。

隨後，眾姑娘上場，反覆唱道：「不一樣的膚色，不一樣的眼神，不一樣的風情」，把競馬團團圍住。這群婦女齊聲發問：「難道中國人也調情？」競馬竟然用中文念起了《關雎》，神定氣閒地告訴她們，「窈窕淑女，君子好逑」。跟着就是著名的詠嘆調《蘋果花編織的花冠》。這是一首三拍子圓舞曲節奏的詠嘆調，是全劇最抒情的唱段之一。林茨歌劇院的指揮M‧里貝爾是位年輕的奧地利人，性格拘束嚴謹，對總譜一絲不苟。排練時一定要按照他的節拍指示，一點餘地都沒有。競馬幾次和他爭執，特別是唱到："heiß begehrt Ich dich du meine Welt"(你是我的世界)時，他總斬釘截鐵地切斷，讓競馬呼吸分句極不舒服。競馬希望在這句小字二組的a音上有一點節拍上的餘地，要「偷一點拍子」，其實就是rubato。在美聲唱法濫觴之時，這曾是歌唱家的「特權」，因為它給了那些卓越的歌唱家發揮藝術創造力的自由。但里貝爾照例掐斷。

競馬急了，問他「音樂除了打拍子之外是不是還有些別的東西？我能不能表現一點譜子上沒標明的東西？」你熟悉蕭邦的作品，想必明白這爭執的關鍵。當年蕭邦在巴黎，經常出入歌劇院，極愛貝利尼的歌劇，以致竟有人拿他的F大調夜曲同《諾爾瑪》中的

Casta Diva 相比。可見他的創作深受歌劇音樂的影響。他對rubato的強調，說明他力圖拓展鋼琴作品的「歌唱性」空間。試想演奏他的馬祖卡而沒有rubato，機械的節奏和無變化的速度，又怎能表現其淒艷之美？這關乎藝術家在表演時，根據自己內心感覺「再創造」的權利。這種創造既依照文本，又是自由的。偉大的涅高茲甚至以為，「一個鋼琴家對於節奏結構的感覺越深刻，他就越能夠偶爾自如地，合乎邏輯地不遵守節奏」。巧得很，演出結束後，競馬去維也納，在二〇〇七年我們買唱片的那個小店裏，找到一九二九年該劇柏林首演的歷史錄音，是雷哈爾本人指揮，陶伯爾演唱的。恰在競馬與指揮爭執的這個唱段上，陶伯爾的處理同他想得一樣。雷哈爾則跟着演唱者的速度和節奏走。競馬為此大為得意，說他的直覺太對了。這讓我想起五三年卡拉斯演唱的一場《托斯卡》，她把「為藝術、為愛情」唱段的結尾拖長了四拍。後來有記者問起指揮薩帕塔，他回答說：「您不知道該在哪裏結束，我也不知道，而她知道」。

今晚我相信競馬說服了指揮，因他是那樣自由地演唱：

用蘋果花編織花冠，

放在我的愛人窗前

此刻，主角蘇城正是激情似火，又要刻意掩飾，感覺到麗莎的愛，對這女子卻把握不定。競馬用穩健的呼

吸支撐着柔腸寸斷的傾訴，把樂句的強弱變化融入輾轉起伏的legato。他的聲區轉換如春水無痕，而水下卻激情暗湧。果然，在唱到「你是我的世界，我謙卑地追隨你的身影」這句的小字二組a音時，他巧妙地「偷了一拍」，用rubato處理演唱的速度和節奏，使樂句充滿彈性，漂亮地表現了澎湃的激情中那點隱約的猶疑，讓你聽到劇中人心靈的惶惑困窘。觀眾被深深打動了。一曲唱畢，歡聲雷動，bravo, bravo叫聲不歇。

隨後是蘇城和麗莎定情的對手戲。兩人在陰森低迴的音樂中上場。樂隊奏出的主題不時提醒人們，這場異國之戀將是一場悲劇。麗莎的唱段「親愛的朋友，有一首歌日夜縈繞心頭」，是全劇中最美的女聲唱段。飾演麗莎的克里絲梅爾是個很好的女高音，但與競馬相比，表演略顯平淡。這場戲更是波瀾起伏。蘇城讚美麗莎「這最美的旋律我從未聽過」，麗莎感謝他的誇獎，蘇城似乎保持不住矜持，唱出一句「你是一個春日夜晚的美夢」，競馬把這句唱得朦朦朧朧，像說夢話，彷彿無意中呢喃而出。緊接着又「一本正經」起來，說「我們的世界格格不入，我真高興，我要回中國了」。話是「我真高興」，情緒卻流露出離別的憂傷，競馬略帶哭腔唱出「我真高興」。麗莎似乎察覺，追問「你不為別離傷心？」，蘇城脫口而出：「當然，我有幸福在此」。麗莎再問：「既可輕易放棄，又算什麼幸福？」蘇城回答「微笑着放棄，這是我們學會的戒律」，競馬

的聲音淒愴又無奈。麗莎勇敢地宣佈：「我願隨你到天涯海角」。蘇城仍有猶疑，競馬緊抓他的心理活動，用顫抖的聲音詮釋這種猶疑：「你不介意我的黃面孔？你不介意我的黑眼睛？」麗莎坦然表白：「我只在乎你，我愛你」。蘇城疑雲飛散，夢想成真。競馬再次唱起「蘋果花編織的花冠」。同一支詠嘆調，因心情變化而聲音迥異。

我能感覺到競馬在充分享受高音關閉後那種自在的快感，用沈湘先生的話說，就是「回家了」。而這種自在狀態恰恰吻合劇情的要求。競馬在狂喜與陶醉中，盡情地宣洩愛的激情，高音厚實，有質感，穿透力極強。此時，一位白衣少年自台後緩緩推出一架獨木橋，麗莎和蘇城自兩岸登橋，同聲放歌：

歌聲如銀鈴奏響，

在四月的月夜裏飄蕩

最後相遇橋中，擁抱長吻。一時間天光大開，瑞雪紛紛，已然是秦少游「金風玉露一相逢，便勝卻人間無數」的境界。

在震耳的歡呼聲中，第一幕結束。我獨坐良久，回味競馬在這一幕中的用聲佈局，不由得感慨他的苦心着意。對幾個主要唱段的用聲力度，他都根據劇情發展給予了不同的處理。從開始輕柔朦朧，到最後熱烈奔放，層層遞進。或含蓄不發，或躊躇遲疑，直到勢不可止，噴薄而出，真是處處可見丘壑。幕間休息時，坐在菲子

旁邊的一位德國老太太起身說競馬的德語講得太好了。菲子告她競馬不過學了數月而已，老太太驚倒。

第二幕，故事的背景回到了北京，古老王朝的都城。幕布拉開，舞台像威嚴冷酷的官府衙門，兩側整整齊齊擺了幾行高背木椅，佈局單調，氣氛壓抑。這時，蘇城已被任命為「內閣總理大臣」，前來祝賀的官員個個木偶似地呆坐椅上。美麗的麗莎上場了，她身着鮮紅底子上繡滿墨梅的唐裝，像一朵艷麗的鮮花綻開在陰霾慘布的中國宮廷。蘇城看到麗莎，抑制不住心中激動，唱起「見到你，我心頭又充滿陽光」。麗莎祝賀他「榮升」，又有點埋怨地說：「我若能出席慶賀儀式該多好。在我們歐洲，這種場合，妻子一定在身邊，可在這裏，我只能呆在一旁」。蘇城忙寬慰她，「在我心中你是唯一的，在我的屋裏，你就是女王」。隨後在台口左側的椅子上坐下，開始那支最美的二重唱《誰把愛情植入我們心房》：

　　　　誰把愛情植入我們心房，
　　　　讓我們甜美心醉。

在這段演唱中，競馬不時使用半聲和輕聲，因為他新婚燕爾，尚在夢中陶醉。競馬的聲音充滿憧憬，溫柔甜美，像情人間的絮語。麗莎手執紈扇，且歌且舞。競馬時立時坐，圍繞着艷麗的新人，趨前退後，似訴不盡綿綿愛意。競馬最後唱道：「告訴我，親愛的，你是否和我一樣感受到天空的氣息？」此刻他坐在椅子上，面

朝麗莎，用輕聲吟詩般地送出這句問語。我坐在池座倒數第三排，已是劇場的最後面了，但他的歌聲清晰有力地送入我的耳朵，足見出他呼吸用聲的功力。因為若沒有氣息的堅強支持，這種由半聲過度到假聲的唱法是很危險的，很容易唱破。

代表中國王權和傳統的張公公出場了，他要求蘇城按照中國傳統，再納四房妾。在不明就裏的西方人看來，就是要再娶四位夫人。受了西方教育的蘇城不願意，但張公公搬出祖宗家法、忠君愛國的說教，逼蘇城就範。蘇城心裏對麗莎的愛，在這陋俗重壓之下，似細嫩的小草無望頂翻巨石，只有服從。接下去就是那首著名詠嘆調《我心裏只有你》。蘇城受張公公脅迫，答應納妾，可心裏真是愛着麗莎，這個美麗、單純又痴情的的女子。對祖宗家國的臣服與對愛情的嚮往糾纏一處，他要做違心背叛之後的表白。我期待着聽競馬唱這支詠嘆調，因為我很熟悉蓋達的演唱，心裏想知道競馬會如何詮釋。競馬背向台口，樂隊起後，他猛然轉身放聲，聲音似噴出，彷彿急切地告訴麗莎，我有話要對你說。他唱道：

> 我心裏只有你，
>
> 你不在的地方，
>
> 我也無法呆，
>
> 就如同，
>
> 缺少陽光照耀的花朵，

必會萎黃枯敗。

蓋達的演唱是弱起轉漸強，聲音柔美抒情。可惜這支詠嘆調同他所擅長的《偷灑一滴淚》不同，絕非柔美抒情之作。而他的演唱，在藝術處理上卻沒有變化。這就不能說服我。太抒情的演唱顯得力道不足，像薄情郎尋花問柳之後片刻的懊悔，還是那個字，「淺」。而競馬的演唱波瀾起伏，聲音忽而緊張、剛硬，忽而鬆弛、細弱，音色或明或暗，閃爍不定，表現蘇城內心攪成一團的悔恨無奈、解釋辯白。靠他出色的歌唱技術，真是心裏有什麼話，嗓中出什麼聲。在唱到：

> 我聽到你的聲音，
>
> 如仙樂般美妙

競馬換輕聲，漸弱幾近ppp，但聲音不丟，飄飄裊裊，直入天空，正是袁中郎所說：「一夫登場，四座屏息，音若細髮，響徹雲際⋯⋯飛鳥為之徘徊，壯士聽而淚下矣」。

終於，宮廷命婦簇擁着四位蒙頭蓋臉的女人上場，而麗莎已經知道蘇城要另結新歡。她無法理解，她所摯愛的人，怎麼會服從這種荒謬的決定。他不是口口聲聲說着愛嗎？在她追問下，蘇城讓人扯下蒙布，原來這四個女人竟是木俑。導演似乎想用這個殘酷的象徵來道出真相，在這「微笑的國土」上，女人不過是東西而已。蘇城惱火地告訴麗莎，在這裏，「丈夫可以砍掉妻子的頭」。當競馬喊出「*selbst köpfen lassen*」(砍頭)時，麗莎

驚呆了。她大夢初醒似地質問「這就是你的真面目」？然後憤怒地說「我恨你」！樂隊隨之奏出「蘋果花織就的花冠」這個唱段的主題變奏。這熟悉的、曾伴隨深愛的音樂讓蘇城怔住了，彷彿夢醒，彷彿良心發現。他緩緩轉向麗莎，哀求地問「說，說，你為什麼要選我作丈夫」？麗莎昂首驕傲地回答「為什麼？為什麼？因為我愛你」！競馬聽麗莎說出「我愛你」，似乎抑制不住衝動，他身體前傾，雙手伸出，似要把麗莎攬入懷中，又僵持在半路，緩緩收住雙手，卻聲調悲涼地哀求，「麗莎，請你再說一遍」。麗莎決絕地回答：「絕不！我寧願你揮鞭，也不要你假裝溫柔」。這段極具戲劇衝突的表演，迴腸蕩氣，我幾乎忘記競馬是在演歌劇，這完全是一出舞台悲劇啊！這種舞台氛圍，我們在萊辛的《愛米麗亞》、席勒的《強盜》中也感受過。隨後，就是麗莎的詠嘆調「你羞辱了我」：

> 你用甜言蜜語哄騙我，
>
> 你把我編織進一個充滿謊言的童話，
>
> 你是如此殘忍，就像中國。

克里絲梅爾唱得激情四射，她轉身面對競馬，怒目而視。競馬呆立台中，一副失魂落魄的可憐樣子。麗莎憤怒地推倒椅子，轉身而去。

舞台上片刻的寧靜，蘇城看着麗莎身影遠去。一聲響鑼，樂隊給出一個極強的過門，競馬猛然驚醒，爆發似地唱出「老天爺，告訴我，這是怎麼了」？又一聲響

鑼，餘音未散，單簧管嗚咽而起。競馬一聲哀嘆，唱出那首悲傷透骨的歌《我的陽光不再照耀》。這支詠嘆調淋漓盡致地表現人物內心，其充沛的戲劇感，絕不遜於《丑角》中的那首「穿上戲裝」。競馬從剛才的焦躁轉入痛苦的回憶，哀嘆美好的生活已經毀滅，雖身為顯宦，卻不能與自己心愛的人常相廝守，表面的富貴榮華救不了內心的荒枯寂寞。他的演唱細膩婉轉，真是一唱三嘆，千回百轉。他哀憐自己的不幸，反復悲訴「可憐的蘇城，可憐的蘇城」，聲音幾乎變成啜泣，我在台下也止不住淚流滿面。

片刻休止，樂隊突然躁動，從黑暗中升起陰森殘酷的樂音，中間似有中國編鐘回響，在為蘇城與麗莎的愛情敲起喪鐘。但悠揚甜美的提琴聲飄飄地來了，把音樂引入「你是我的全部」唱段的主題再現。競馬緩步走回橋上，向天空唱出對麗莎的思念。他深情地再次唱起這支詠嘆調，而歌詞已變成過去時。他仍唱着自己的深愛，但韶光永逝，歌聲充滿嘆惜追憶：

　　現在一切已結束，

　　好夢一去不復返。

在唱到句中的降la時，競馬不僅僅使用頭腔共鳴，也帶上胸腔共鳴，讓高音區的聲音厚重而悲壯，極富戲劇表現力。

隨着第三幕的佈景轉換，整個舞台被鉛灰色的幕布遮得嚴嚴實實，讓人想起魯迅筆下密不透風的鐵屋子。

麗莎想從這裏逃走，回到故鄉，去呼吸自由的空氣。但這鐵屋子的唯一出口，竟要通過那堵血色的高牆，而蘇城從這血色中顯身，阻住麗莎的逃路。麗莎請求蘇城「我在這裏無法自由呼吸，放我走吧」，競馬呆呆地望着麗莎，突然唱起兩人曾繾綣情深地同唱的那支歌，《蘋果花編就的花冠》。競馬迷茫地、夢幻般地輕聲吟唱「歌聲將如同銀鈴奏響，飄蕩在月夜裏」，突然哽咽不能語。歌聲戛然而止，競馬開始訴說：「麗莎，我們兩人都想擁有一切或放棄一切，鄉愁早晚會把你從我身邊帶走⋯⋯去吧，我給你自由。」他緩緩吟詠，似在讀一首淒美的詩歌，一支提琴如泣如訴地相伴，競馬沉浸在這吟誦中。我素知他的朗誦功夫了得，但這是我第一次聽他使用歌德的語言。那憂傷的聲調，充滿韻律的吟誦敲擊着我的心弦。麗莎走了，單簧管的悲泣聲孤獨地飄蕩，競馬輕輕唱起：

　　親愛的小妹妹，

　　請不要悲傷，

　　每當痛苦蠶食你，

　　請看我的臉，

　　我不會哭泣。

　　先用中文，再用德文，像在唱一支靜夜中的搖籃曲，聲音哀傷而平靜。最後，在淒婉的提琴伴奏下，合唱隊用輪唱的方式唱出：

　　這就是我們的命運，

始終只是微笑，

總是快樂的樣子，

縱有萬般悲痛

也要微笑面對，

可內心究竟如何，

沒有人關心。

看來劇作者熟知希臘悲劇中合唱隊的點題功能。他讓合唱隊告訴我們，在那片「微笑的國土」上，人的心是泡在淚水裏的。我想，即便這微笑真的掛在臉上，怕也只是契訶夫式的「帶淚的微笑」吧。還是維特根斯坦說得好：「音樂的結構和情緒，同人們生活的方式相符合」。

幕落，劇場內鴉鵲無聲。突然，爆發出一片歡騰的呼喊，竞馬出來三次謝幕，見指揮里貝爾先生一步跨過台中那道清水，與竞馬緊緊擁抱。我猜現在他明白竞馬為什麼與他爭執了。

演出結束後，在劇院的招待會上，我和舞台設計師亞里珊德拉交談片刻，才知她並不熟悉中國古典文學，這個舞台設計的構思全憑與導演交流而來的靈感。真要佩服德意志民族天生的戲劇感。難怪，萊辛憑他在漢堡民族劇院的實踐，成就了戲劇批評理論的奠基性著作《漢堡劇評》。歌德、席勒不必說了，當代又有布萊希特這種鬼才，隨意就拿中國當了戲劇背景，寫出《四川好人》這種不朽名劇。

散場後走出劇場，深深吸幾口林茨秋夜清冽的空

氣，夜幕上繁星數點，想百米之外的多瑙河上該是輕紗柔曼吧？心裏突然有點惱火地想起亨利‧朗。少時讀他的書，見他指責奧斯卡‧施特勞斯把輕歌劇這類「低等歌劇」商業化，並把雷哈爾也列入這類人，這絕對是不公正的。僅這部《微笑的國土》就足以使雷哈爾永垂不朽。評價一件藝術品的優劣實在不能按分類法，而要直入藝術品本身。「大江東去」與「曉風殘月」孰優孰劣？近讀J. 科爾曼《作為戲劇的歌劇》，他以為音樂對戲劇的最主要功能有三：人物刻畫、動作支持、氛圍創造。以此而論，雷哈爾的歌劇實在是上乘之作。

　　第二天早晨，去競馬酒店一起吃早飯，已見到林茨報紙上對競馬的讚揚，除了歌唱之外，有幾家報紙驚訝他講的德文之典雅高貴。飯後一起散步，從聖母大教堂一路走到多瑙河邊，途徑陶伯爾的故居，佇立片刻，向這位上世紀初的偉大男高音致敬。午後返程，天陰沉沉的，寒意襲人。在聖母大教堂廣場上與競馬告別，他突然有點惆悵地說：「你們都走了，又剩我一個人」。是啊，從前，「相逢意氣為君飲，繫馬高樓垂柳邊」，個個倜儻風流，沒時間感傷。現在，書生老去，機會未來，心底那些溫柔的東西就藏不住地流出來了。這可叫我們如何是好？

二○○九年十一月二日草

我們何時再歌唱？

建英吾兄如晤：

去年年初回大陸時，老朋友們聚會，競馬悄悄地來了。自二〇〇三年在巴黎分手，一晃四年，知道他一直在國內耕耘着歌唱的田地，辛勞而執著。這次相見本有很多話題想談，但我去國十七年，偶一回家，朋友雲集，竟沒有充裕的時間和他細談。只在酒痕燈影中聽他說起眼下正考慮出一盤中國藝術歌曲集。我心極喜，想這當然是很好的着力點。眼見大轟大鳴之下，歌唱藝術的細流瀕臨枯竭。我們將面對沒有歌唱只有喧囂的世界。深夜思之，痛徹肺腑。

今年三月，競馬來巴黎。我知道他幾個月前去荷蘭錄完了《中國藝術歌曲集》，但CD尚未做好。那天驅車去Provins，路上他給我聽了這張唱片的小樣，是錄在MP3上的，聲音效果很差，但還是讓我吃驚不小。我所熟悉的那種閃耀金屬光澤的高音不見了，中音區更鬆弛，聲音與氣息的平衡也有了改變，有時略顯得氣大於

聲。由於用中文演唱，吐字行腔也着意收斂，不似以往唱意大利歌劇詠嘆調，腔體大開大合，高音關閉明顯。但是這些變化似乎又沒有脫離美聲的基本唱法，真假聲混合依然均衡，共鳴位置準確，共鳴點豐富，聲區過度自如。儘管如此，競馬聲音的改變還是非常明顯的。以往他用純正的意大利美聲唱歌劇詠嘆調，聽起來如金色黎明中嘹亮的小號，而他唱中國藝術歌曲，聽起來卻像蒼茫暮色中揉動的琴弦。我向他說了我的初步感覺，他說這正是他要追求探索的東西。

上週，收到了製作好的CD。見封面赫然標明「Chinese Lieder，中國經典藝術歌曲和民歌」。這恐怕是我第一次看到Lieder這個字和Chinese連在一起用。競馬這樣命名這張唱片，倒引起我聯翩浮想。中國的Lieder，或者說中國藝術歌曲，這真是個令人興奮的話題。

Lieder 這個德文字，在音樂史中最通常的用法是特指十九、二十世紀繁榮發展的德國藝術歌曲，代表是貝多芬、門德爾松、沃爾夫、舒曼、舒伯特、勃拉姆斯、理查·斯特勞斯和馬勒等大師。它的典型特徵是以詩入歌，以樂和歌。也就是說，這類歌曲的內容都是極為精美的詩作，而歌曲的鋼琴部分已不再是簡單伴奏，而是歌曲整體的一部分。每一支歌曲都是一顆圓潤晶瑩的珍珠。貝多芬極為準確地稱之為「以音吟詩」(dichten in tönen)。這類作品有極強的私人性，更注重內在表達。它往往奉獻於兩三子間，或針對特定對象，如貝多芬之

《致遠方的愛人》，或在摯友之間把酒酣歌，如「舒伯特幫」相聚的那些溫馨的夜晚。

但是，如果尋根淵源，Lieder一詞還有更寬泛的含義。其早期形式可上追十二、十三世紀之交，遊吟詩人們所創作的田園牧歌。在普羅旺斯的驕陽下，在盧瓦河畔的密林中，這些歌者給熱烈的詩行配上樸素的音樂，用來謳歌愛情、哀悼逝者，表達神聖的奉獻和騎士的驕傲。這種遊吟詩歌的變體紛紜繁復，面目多端，在音樂之流中逐漸定型為法蘭西的Mélodie或Chanson，英格蘭的Song，德國的Lieder，斯拉夫民族的Romance。這些不同的名稱，都表達了大致相近的內涵：以詩歌為內容，以音樂為表現的藝術歌曲。我想競馬的這張唱片就是在這個寬泛的含義上使用Lieder一詞的。

競馬在這張唱片感言中給出了他選擇曲目的標準：「人文情懷」。這個提法很大。以我對他的瞭解，我猜他的意思是說他要唱那些經時間長河淘洗而長存不滅的作品。這些作品以高超的藝術形式表達了人類永恆情感和價值。對這些情感和價值，人們有必要也有衝動去「言之不足故嗟嘆之，嗟嘆不足故詠歌之」。亙古及今，「長歌之哀過於慟哭」，能以長歌抒情遣懷，敘意追思，是人類表達方式的至境。競馬想選擇一些中國藝術家的作品，通過他們來彰顯他的人文情懷，在偽激情泛濫的商業文化時代，保住人內心個性的表達權。這種表達或許是柔弱纖細，孤獨絕望的，但卻是真實的。

我們何時再歌唱？

坦白地說，聽競馬這張專輯簡直是一次「藝術冒險」。從內容上看，他所選擇的曲目，時間上跨越古今，空間上縱橫南北。從中國古典詩詞歌曲到中國現代創作歌曲，從新疆、內蒙到雲南民歌。從演唱方法上看，競馬有意避免駕輕就熟地使用他所擅長的意大利歌劇美聲唱法，而在嘗試讓西方聲樂技巧服務於中國藝術歌曲的演唱。對我這個已習慣了他那純正的意大利式聲音的人，在聽覺上反差相當大。但仔細聽下來，他又並未換一種所謂的民族唱法，也就是說在聲樂的基本技術上，並沒有改變。其實，競馬的恩師沈湘先生早就說過：「藝術的歌唱包括很好的民歌，好的歌唱者都是根據所唱的作品選擇唱法」。這就是說，「藝在技先」。沈湘先生把美聲唱法和民族唱法的界限在兩個層次上做了規定。其一，真假聲的比例呈什麼狀態，要混合到什麼程度。其二，共鳴的不同。美聲唱法是混合聲區，聲音真假混合，共鳴同時出現。聽競馬的這張專輯，發現他確實根據不同的歌曲，運用了不同的聲樂技術。憑借他扎實的聲樂基本功，做各種新的嘗試來表現不同風格的作品。

　　在這張專輯中，競馬演唱了三首為中國古典詩詞譜寫的歌曲。在我看，為中國古典詩詞配曲是所謂Chinese Lieder的正宗。馬勒用中國古典詩詞譜寫的《大地之歌》，就叫做 *Das Lied Von Der Erde*。所謂Lieder一定是依詩譜曲。這不同於古時依聲填詞。因為那是已經有了現成

的詞牌套路，而依聲律填詞。競馬所唱的三首中國古典詩詞歌曲，之所以是Lieder，正因為它們都是依詩譜曲。

以《陽關三疊》為例。王維的詩本不題名《陽關三疊》，而題為《送元二使安西》。《樂府詩集》題作《渭城曲》，按照郭茂倩的説法：「《渭城》一曰陽關，王維之所作也。本送人使安西詩，後遂被於歌」。也就是説這首詩被人譜了曲，從「詩」變成了"Lieder"。蘇軾説：「《渭城曲》又謂之《陽關三疊》，蓋二、三、四句皆疊唱，故稱。」看起來《陽關三疊》的名稱又來自這首詩曲的演唱方式。但問題在於，《渭城曲》凝練含蓄，僅二十八字，而現在演唱的《陽關三疊》已逾百字。這固然因為「此辭一出，一時傳頌不足，至為三疊歌之。後之詠別者，千言萬語殆不能出其意外。」所以後人在王維原詩的基礎上添加散聲、泛聲、和聲，而使一首七言絕句成了長短參差的《陽關三疊》。從詩的角度看，添加的那些詞句，純屬「狗尾續貂」，但從歌唱的角度，則是既帶來了方便，又帶來了麻煩。所謂方便，是歌者有了表現的餘地。所謂麻煩，因作品太長，若處理不當，容易給人拖沓重複的感覺。

比較由這首古曲改編的器樂合奏，配器和編曲者解釋説：「『一疊』揚琴、琵琶、柳琴組合顯示出空曠、荒漠的背景。箏以低音八度和音奏出主題，哀怨淒美，『二疊』以二胡演奏主題，深沉柔和，並以揚琴、琵琶

固定切分節奏，模仿駱駝步伐，更是路途漫漫，『三疊』由琵琶演奏，揚琴以原曲後半段旋律與琵琶聲部構成對比複調，尤如友人話別囑託」。此曲還有一個用塤演奏的版本，以古琴、琵琶伴奏。塤以陶土制，聲音本色就是嗚咽悲切。伴以悠緩的古琴，如泣的琵琶，襯托出「明日隔山嶽，世事兩茫茫」的無奈。顯然，用器樂演奏表現主題的手段很多。

但古人又偏偏認定「絲不如竹，竹不如肉」。這當然是因為人嗓可以不假外物，直接表達人的內心世界。在人的演唱中，歌曲的詩句可以對作品的主題有更明確的詮釋。以此看來，可以說競馬成功地演唱了《陽關三疊》。這麼長的一支曲子，要想不給聽者重復、拖沓的感覺，就要有一個好的情緒佈局。競馬對這三疊情緒遞進的處理非常用心。第一疊，惜別之人內心波瀾欲起，但尚平靜。「歷歷苦辛宜自珍」，像殷勤的囑託。至二疊，情緒起伏難平，「依依顧戀不忍離，淚滴沾巾」，已是悲從中來。至三疊，借酒澆愁，悲慟已在不言中，「千巡有盡，寸腸難眠」。最後以悠長的漸弱結尾，「尺素申，尺素申，從今一別，兩地相思入夢頻」，摯友漸漸遠去。這個整體佈局全靠聲音的收放、細緻的音色變化來表現，使演唱長而不拖，復而不煩。

此外，這種古代長調的演唱極倚重於吐音咬字。宋人沈括在《夢溪筆談》中有詳盡實用的說明：「古之善歌者有語：謂當使聲中無字，字中有聲。凡曲只是

一聲，清濁高下，如縈縷耳。字則有喉唇齒舌等音不同，當使字字舉本皆輕圓，悉融入聲中，令轉換處無磊塊，此謂聲中無字，古人謂之如貫珠，今謂之善過度是也……。不善歌者聲無抑揚謂之念曲，聲無含韞，謂之叫曲」。

競馬對這點很用心。可以說無一字不清楚，無一句過渡含混，以詞害聲。特別是那些比較拗口的句子，他都細心做了處理。我相信，如果他不唱，而只是誦詩，也能從中聽出抑揚頓挫的音樂感。我最近和他談起演唱中國藝術歌曲的話題，他甚至認為，以西洋發聲方法為基礎，同時保持中文固有的語感和表現力，就會有一種中國美聲的唱法。他的專輯就是朝這個方向的努力。

在演唱李白的《峨眉山月歌》時，競馬的行腔吐字更為講究。我用「行腔吐字」這個中國戲劇表演的術語來評價競馬的演唱，因為他的演唱古意盎然，韻味十足。該曲依李白的原詩所作，無一字加減，卻是羅忠鎔先生匠心獨運的大手筆。歌曲的鋼琴部分好極了，梅斯女士用足了踏板，充分利用延音器，造成遼遠渾樸的古琴效果，音樂與詩相得益彰，真正滿足了Lieder的核心要求。競馬的演唱僅一分十八秒，卻波瀾起伏。首句起始，聲音平緩沉鬱，氣息的支點向下，深厚堅實。從遠懷人望半月衛山，素影入江，到心念摯友御舟疾馳，一氣呵成。在「夜發青溪向三峽」一句中，「三峽」兩字刻意高調一嗓，頗有「裂帛一聲江月白」的意境。末句

一閃而逝的漸強轉漸弱，拖腔在「下渝州」三字上輾轉搖曳，惜別懷友之思如江水奔流遠引。我聽此曲，不由想起古人描詠三峽的名句：「巴東三峽巫峽長，猿鳴三聲淚沾裳」。

競馬幾次向我講起他在唱這些古典藝術歌曲時，總想起揉弦的感覺。我想這揉動的琴弦不該是一把「斯特拉地瓦里」，而應是一張「九霄環佩」。因為演唱中國古典藝術歌曲，歌者追求的聲音境界應該更近中國古琴的聲之九德，至少也要心懷透、靜、潤、圓、勻的意境。

青主所作的《我住長江頭》已是中國藝術歌曲的經典，但它仍然是今人的作品，而這張專輯未能收入姜白石的那些精美絕侖的歌曲，實在令人遺憾。在我看來，若談Chinese Lieder，《白石道人歌曲》是經典中的經典。姜白石這位曠世奇才不僅以詩詞高標南宋文壇，他的音樂創作更是碩果僅存的宋代音樂瑰寶。《白石道人歌曲》中收有他為自己的詩詞所譜寫的十四首歌曲，優美的詩篇與精妙的音樂相輝映，是嚴格意義上的中國藝術歌曲(Chinese Lieder)。幸有楊蔭瀏先生等諸位前賢多年的苦研，把用宋代俗字譜寫就的白石道人歌曲破譯成現代五線譜，才使我們能親聆詩人久遠的歌唱。

記得上世紀八十年代初，我曾收有李元華女士演唱的幾首白石道人歌曲，那是一盤簡陋的盒式磁帶。其中《暗香》一首令我感到似曾相識。後來發現它和舒曼為

艾辛多夫的詩《月夜》所作的歌曲(作品39之五)有異曲同工之妙。那真是一種奇妙的感覺。一面是「舊時月色，算幾番照我，梅邊吹笛」，一面是「夜空靜靜，吻着大地，銀輝熠熠，幽夢盈懷」。音樂一樣深幽清遠，演唱一樣九轉迴腸，在夜色侵庭、群囂收聲時，它們會回響在星空之下。

八百年前，姜白石將心底流出的詩行付之旋律，被以管弦。數百年後，有貝多芬、舒伯特、舒曼、布拉姆斯諸位大師異地生發再造，始成德奧藝術歌曲之大觀。這種東西方共有的高超藝術形式並非傳承關係，他們橫空出世，在冥冥中交會，遺澤綿遠，惠我後人。正如普雷唱舒曼的《月夜》一樣，《暗香》一曲，「喚起玉人，不管清寒與攀摘」，本該男聲來唱。那時我就想，可有人能跨越畛域，「唱」貫東西？我盼望能聽到競馬用他色彩多變的聲音既唱「森林輕聲低敘，繁星滿佈蒼穹」的歡欣，也唱「何遜而今漸老，都忘卻春風詞筆」的悲涼。

在這張專輯中，競馬挑選的現代創作歌曲也大致可謂一時之選。劉半農、趙元任合作的《教我如何不想她》是競馬詮釋得較為成熟的作品。這支歌沒有戲劇衝突，只有內心的傾訴。不需要任何誇張的表現，因而沒有機會用嗓放聲來刺激聽者的感覺。比較而言，在演唱意大利藝術歌曲時，即使是表現哀傷的情緒，音色也會偏亮。以吉利演唱《明亮的窗》為例，他唱到「小妮娜

已經病故，如今將埋葬。她孤獨離開人間多悲傷」，已經用半聲，但音色不變，依然明亮。這和意大利語的發音有直接關係。在唱以元音結尾的詞時，喉器下降，共鳴自然進入頭腔，形成面罩。而聽競馬唱《教我如何不想她》，感覺色彩是黯淡的。如果唱出音色亮麗的「枯樹在冷風裏搖，野火在暮色中燒」，則與歌曲所要表達的情緒相背。越是這種傾訴性的歌曲，越要求呼吸的功力，有時「吸着點唱」才能表現出那種「被控制住的激情」。收斂的歌唱，黯淡的音色反而襯托出心底波瀾。以往我偏愛競馬錄製的意大利藝術歌曲，尤其那首《請你告訴她》。在唱到「相思折磨我心靈，不如拋棄生命」時，競馬的聲音激情澎湃。如今聽他唱到「西天還有些兒殘霞，教我如何不想她」，聲音變得溫潤，色彩像夜空般暗藍。兩相比較，才知競馬跨越之大，用心之苦。

在當代人創作的歌曲中，競馬選唱的《燭光裏的媽媽》較能表現美聲技法演唱Lieder的特點。為了下面的分析，我想簡略地談一下歌劇唱法與Lieder唱法的差異。我們可以籠統地說西方聲樂的方法就是美聲方法，而意大利歌劇的唱法就是美聲唱法的正宗。這說法固然不錯，但太粗糙了一些。因為除了歌劇詠嘆調之外，還有各種藝術歌曲的演唱方法，其代表就是德奧藝術歌曲(Lieder)的唱法。其實，Bel Canto的本意就是「好的歌唱」，也就是說：你能用正確的方法使用人嗓這件「樂器」去表現聲樂藝術作品。由於聲樂藝術作品種類繁

多，特質各異，演唱的方法自然會有差異。在聲樂藝術史中，我們也看到有些能唱意大利歌劇詠嘆調的歌唱家卻唱不了Lieder。這說明演唱這兩大類聲樂藝術作品，在美聲技巧的使用方式上有相當的不同。沈湘先生認為，在技術層面上，唱歌劇詠嘆調共鳴用的比較亮。靠後的咽腔、鼻咽腔用的多。到高音要「掩蓋」。而唱音樂會藝術歌曲，則共鳴用的暗，很少用後面，到高音也不「掩蓋」。他曾經舉例說，如果要男高音在唱到小字二組升f 時關閉，對唱意大利歌劇是對的，而若唱法國藝術歌曲就根本不要關閉，關閉了就是錯的。

在歌曲演唱的藝術層面上，差別就更大了。舒伯特的好友桑萊斯勒記載：

> 大多數人認為，應該以想像中極戲劇化的誇張手法來詮釋舒伯特的藝術歌曲……，根據這樣的假設，過度渲染的誇張手勢，時而低吟呢喃，時而情感激昂、爆烈以及速度忽快忽慢等等詮釋手法廣為流傳。……他們這些自詡音樂文化素養頗高的女士先生們，正在以各種嚴酷的方式折磨可憐的舒伯特。

> 我曾親耳聆聽他伴奏排練自己的曲子不下一百次。……他絕不允許演唱時有任何過度激越的表演方式。演唱藝術歌曲的歌手只能間接反映他人的經驗和情感，而不將自己的喜怒哀樂融入其詮釋的角色中，也就是說，無論詩人、作曲家或歌手都必須將歌曲視為一種抒情的，而非戲劇性的表達。

這段記錄相當重要，它說明，演唱Lieder，不管從方法上還是從審美訴求上，都和大歌劇追求的效果區別很大。那些孔武有力的英雄男高音難免要追求舞台上的戲劇效果。如果不加節制，這些舞台英雄很容易滑入炫技邀寵的陷阱，而這正是演唱Lieder的致命毒藥。套用戲劇表演理論的概念，Lieder的演唱者要的不是斯坦尼斯拉夫斯基的「角色情感體驗」，而是布萊希特的「表演效果疏離」。

唱Lieder難就難在不能「遮醜」，那些半聲、弱聲、連音、小跳音、呼吸轉換、聲氣平衡、喉器調度的靈活細緻，都和所演唱的詩的韻律、內涵相關，是見真功夫的細活。換個說法，歌劇是唱劇本，Lieder是唱詩。歌劇是唱故事，Lieder是唱心。再以舒曼作品39之五為例：

艾辛多夫詩云：

夜空靜靜地

吻着大地

銀輝熠熠

幽夢盈懷

微風吹過山野

麥穗溫柔地湧動

森林輕聲低敍

繁星滿佈蒼穹

我的心

輕舒高展它的羽翼

掠過寂寂原野

飛向我的故園

舒曼為這樣一首詩所作的音樂是那樣靜謐、透明、纖細，一塵不染，如深夜時分的睡蓮，浮隱於春草蔓生的池塘。面對這樣一件玲瓏剔透的妙品，如何能「放聲高唱」？同樣，克拉斯拉亞唱柴可夫斯基的羅曼司，也同時在唱普希金、托爾斯泰；特麗莎‧Z.卡拉唱蕭邦的Melody，也同時在唱密茨凱維支、維特維奇；艾拉荷唱伯遼茲、拉羅、李斯特、馬斯涅的Chanson(香頌)也同時在唱雨果。普雷、費舍迪斯考唱貝多芬、舒伯特的Lieder，也同時在唱歌德、席勒、穆勒。只有在Lieder的家園中，詩才插上了歌的翅膀。

我們再回過頭來聽競馬。《燭光裏的媽媽》，名字已經給定了氛圍：燭光下，孩子在看媽媽，凝視的眼中有許多細節。每一個細節都打動了孩子的心，但這些話並未開口說出，因為語言無力表現孩子的感動與感恩。全曲都是內心獨白。孩子眼中的細節隨着對媽媽的不斷呼喚而層層遞進：黑髮泛起霜花，腰身不再挺拔，眼睛失去光華，臉頰印着牽掛。競馬巧妙地處理了這些不斷的重複。他用聲音的變化給全曲對媽媽的多次呼喚以不同的色彩。幾次呼之欲出，卻又吞咽下去，彷彿總在內心輾轉反復。聲音的變化配合作品情緒上的轉折，甚至到最後欲罷不能的呼喚也仍然是克制的。全曲動情而不

濫情，適度而不誇張。為了表現作品整體上含蓄又充滿表情的均衡，競馬用聲的「焦點」被「打鈍磨圓」，但聲音依然「不散」、「不白」，反而愈顯渾厚、親切，有着內在的張力。這有賴於競馬嫻熟的呼吸技術。有了堅強的呼吸支持，才可能做到聲色平衡，使換聲點無斧鑿之痕，聲區的轉換「不搖」、「不抖」。他的這個技術得益於科萊里的傳授。在他師從科萊里時，學會了「使聲音自然地漂浮在呼吸上」。而正因此，才使競馬有唱Lieder的本錢。

我們知道，一些重要的意大利戲劇男高音很少涉足Lieder的演唱。讓莫那柯那種粗放型的英雄男高音去唱德奧藝術歌曲，似乎有點「勉為其難」。畢約林曾經唱過一些Lieder，但我以為並不成功。他唱的Lieder脫不出歌劇詠嘆調的味道。阿拉尼亞在當今意大利歌劇界被人看作帕瓦羅蒂的接班人。但他錄製的意大利藝術歌曲令人不忍卒聽。像《明亮的窗》這種哀傷之歌，竟被他唱得那樣雄壯有力，連死去的尼娜也會從墓中驚醒。但我們不要忘記，在意大利美聲大師中，還有吉利。一位在歌唱上進入了自由世界的人。我聽過他演唱的兩支經典Lieder。一是一九三五年錄製的舒伯特的《搖籃曲》，一是一九五四年錄製的勃拉姆斯的《搖籃曲》。聲音變化之大，讓你不敢相信他曾縱橫在意大利歌劇舞台上，飾演過曼里柯、拉達米斯、卡瓦拉多西、卡拉夫等角色。他的聲音是如此的鬆弛、細膩、柔和，甚至帶着親

暱的甜美。《睡吧，睡吧，我的寶貝》，幾乎用氣聲唱出，聽來就是一位慈父在哄心愛的孩子入夢。一九五五年他有一個演唱卡西尼的《阿瑪麗莉》的現場錄音。那時他已告別舞台，聲音顯出老態。在唱「阿瑪麗莉，我愛你」一句時，聲音搖得厲害，幾乎是白聲，你不忍聽，又忍不住要聽，那歌聲直鑽到你的心裏，逼出你的眼淚來。一九三五年，他錄製過一首用西西里方言演唱的《西西里之晨》，純用意大利土語。那才是真正的意大利民歌。歌曲開頭，鐘聲悠然而起，吉利開口兩聲船號子般的呼喚，裹着墨西拿灣帶着海腥氣的晨風，慵慵懶懶地飄來，像退潮的海浪柔弱無力。聲音鬆弛、散漫，你感覺不到他的氣息支撐點在哪兒，也聽不出他的共鳴位置的高低，但歌聲美的令人心碎，你才知道唱歌入了化境，可以如此隨心所欲。難怪費舍·迪斯考最尊崇的歌唱家是吉利，他在吉利的歌聲中找到了演唱舒伯特的靈感。真正的大師總是先知道唱什麼，再想怎麼唱。

競馬走的是意大利美聲的路子，先在國內隨蘭幼青、沈湘先生，再遊學國外，在意大利親炙貝爾岡奇，在美國受教於柯萊里門下，打下了扎實的美聲技術根底。但這是從器物層面上看，換個角度，他的過人之處在於他音樂感覺敏銳，音樂視野開闊，能捕捉到作品中最抓人的東西，所以他的聲音有一種特殊味道，很能打動人。一次我們接一位從羅馬來的客人，車上正巧放着

競馬錄製的意大利歌曲集，這位意大利女士聽着竟落下淚來。老北京人評價某人在藝術上的功力，常說這個人「心裏頭有東西，手底下有玩意兒」。競馬就是這麼一個人。「心裏頭有東西」，才能感動別人，「手底下有玩意兒」，就能幹出好活兒。從這個角度看，競馬的才具潛質更近吉利的路子。我想，他的這張中國藝術歌曲專輯就是個證明。當然，這只是個開始，但學習藝術哪天又不是新的開始呢？因此，我為競馬的這張專輯高興。

很久以來，我們就只會歌頌，不會歌唱了。心中的靈泉枯竭，又怎會有歌聲的流泉奔湧？當下，卡拉OK包房中，煙霧蒸騰，半醉的紅男綠女皆欲一逞歌喉，但真正的歌唱死亡了。一百八十年前，歌德對德國人説：「我們德國人還是過去時代的人。我們固然已受過一個世紀的正當文化教養，但是還要再過幾個世紀，我們德國人才會有足夠多和足夠普遍的精神和高度文化，使我們能像希臘人一樣欣賞美，能受到一首好歌的感發興起，那時人們才可以説，德國人早已不是野蠻人了」。

我們還能有這樣一天嗎？

聖殿在靜穆中屹立

上　篇

建英吾兄如晤：

　　曉玫在香榭麗舍劇院開音樂會了，這是我們一直期盼的。這些年來，我們眼見她在寂寞中持守自己的音樂理念和演奏風格，欣慰之餘，便是思索。就像我們常說的，曉玫的演奏太值得一論。

　　我們早早趕到劇院，天陰陰的，傍晚幾絲春雨飄飄，街旁殘櫻亂落，帶着巴黎暮春的憂鬱。時間還早，劇院門口卻已人頭攢動。今晚曉玫的曲目極單純，巴赫的《哥德堡變奏曲》。節目單上簡簡單單印了這麼一行，也無中場休息，一氣彈全場。從前來聽齊默爾曼和索科洛夫的音樂會，曲目都是滿滿對折兩頁，從巴赫到拉威爾，跨度極大。而曉玫的音樂會曲目簡單到近乎苛刻，她憑什麼吸引觀眾？我站在門廳打量聽眾，從十歲左右的孩子到坐輪椅的老人，從身着晚裝的淑女到穿牛仔裝運動鞋的青年，各色人等齊全。一位婦人氣喘吁吁地趕到售票處問票，票房小姐說已全滿，讓她等開場前

朱曉玫

的退票。看她失望又焦慮的樣子，我對雪說，曉玫的粉絲真有「死忠」的。

香榭麗舍劇院是巴黎的頭牌劇院。劇院每年寄來全年檔期安排，念念演出者的名單，真是群星燦爛。這座劇院在世界音樂史上也是舉足輕重。一九一三年五月三十日，佳吉列夫的俄羅斯芭蕾舞團就在這裏首演《春祭》。斯特拉文斯基的音樂驚世駭俗，更有半裸的尼金斯基激情四射的天神之舞。那時巴黎還消受不了這種新潮玩意兒，結果這座高雅的劇院成了角鬥場。亂陣中，悄悄坐着一位奇女子——可可‧香奈兒，她剛在康朋街開了時裝店，不用多久，世界上的時髦女士就要跟着她的裁剪刀轉。更妙的是，十年之後，她資助了《春祭》的復演，並成了斯特拉文斯基的情人。

進劇場坐好，抬頭看納比派巨擘莫里斯‧德尼手繪的天頂，光彩斑斕，透着幾分異國情調，想一會兒有位東方女子要在此一展琴藝，覺得很合調。劇院三層樓，近兩千座，竟是座無虛席。只為這場總長不過一個小時的《哥德堡變奏曲》音樂會，曉玫的號召力真驚人。燈光漸暗，劇場嘈雜的人聲隨之漸弱，瞬間便是一片寂靜。台上一架斯坦威，台後一簾深棕色幕布，柔暗的燈光灑在黑白鍵上，舞台活脫德拉圖爾畫作的色調。人們屏息等待，時間彷彿凝滯。突然，曉玫靜悄悄出現在舞台上。她穿的仍是那件深咖啡色中式絲質長衫。以前和她說過幾次，讓她置幾件上台的行頭，但挑來挑去最

聖殿在靜穆中屹立

後還是這件。後來才明白，她着裝有音樂上的考慮。人家女演奏家上台，誰個不袒胸露背，光彩奪目？唯獨曉玫，演出服不僅款式簡單，連色彩也選暗調子。她覺得，演奏者不要用外在的東西干擾聽眾。用她的話說，是「人要藏在音樂背後」。她一貫以為，演奏者不是主角，只是一個傳遞音樂的使者。明白她的意思後，我調侃她，「敢情您這大褂兒是上台戰鬥的迷彩服啊」，她大笑說，「就是這意思」。此時，掌聲驟起，依稀聽到有人呼喊。曉玫落座，低頭凝思，其實不過片刻，我卻覺好長。待她手落聲揚，那主題詠嘆便飄然而至。

一九九九年，Harmonia Mundi 唱片公司發行了曉玫的《哥德堡變奏曲》音碟，被各古典音樂雜誌評為震驚(Shock)，五音叉(Diapason 5)，超強(ffff)，十幾年常賣不衰。美國巴洛克音樂專家布雷德利·雷曼(Bradley Lehman)將這張碟和古爾德一九五九年的演奏錄音稱為「並峙的雙峰」。雷曼先生曾在牛津大學《早期音樂》雜誌上撰寫專論「巴赫羽管鍵琴、管風琴、古鋼琴中的律學」，自己亦是羽管鍵琴演奏家。他對曉玫的演奏有許多精闢的評論，待我慢慢說給你聽。

多年聽曉玫的錄音，對她演奏的《哥德堡變奏曲》，可以說是耳熟能詳。但今晚，琴聲一起，我就感覺到變化。十年後的曉玫，煙火氣全消，似是焚香頂禮而來。指下音樂如出自幽林老泉，一粒粒晶瑩的水珠淌過鍵盤，呼吸分句沉着從容，織體表達疏朗有致。要找

個色彩來形容曉玫指觸音色，我取「青翠欲滴」。法國《費加羅報》著名樂評人波蒂(Petit)曾評價曉玫的音色"fragile"，倒與此意暗合。

巴赫稱自己這部作品是「由各種變奏組成的抒情曲」。主題詠嘆的旋律極優美抒情，其中蘊藏着由隨後三十首變奏傾訴的情感。「詠嘆」首先是歌唱用語，這部變奏的首要特徵就是「歌唱性」。其實又何止這部變奏曲，巴赫的音樂本來就立基於他的眾讚歌上。歌唱是巴赫音樂的靈魂。這並不奇怪，路德攪得歐洲翻天覆地之後，竟以創作聖詠為精神歸宿，體悟出「為了領會靈奧的世界，耳朵勝過眼睛」。巴赫是位虔敬的路德教信徒，他浸淫在這一傳統中。這位樸實篤信的人，把自己內心的虔敬化作樸素又炙熱的歌詠。他的精神活動需要內心的歌唱。那些創作手法，賦格、主題擴展、倒影進入……，不過是為了展現「宇宙之和聲」(開普勒語)。所以它要求演奏者心懷敬畏，在心裏和指下歌唱。

曉玫對此心領神會。聽她詮釋的主題詠嘆，你會驚訝巴赫的抒情開始得如此典雅。相比之下，連古典時期的維也納風格都略顯賣弄風情。這是自內心唱出的典雅，深情又矜持。三分多鐘的演奏，曉玫始終保持氣脈的貫穿，分句恰如歌唱換氣的「氣口兒」，複調展示峰迴路轉。各聲部的旋律線清晰分明，又和諧融洽，細膩的指觸做出微妙的力度變化，調整着音色的明暗對比。相比浪漫主義的絢麗色彩，巴赫的音樂更像黑白照片，

仔細體會能見出灰黑層次的深入淺出，雖不眩目，卻經琢磨。曉玫展示給我們的，正是一幅層次豐富的黑白照片，留給我們無窮的想像空間。

當代演奏名家，無人不彈巴赫，但經得住考驗的演奏並不多。原因之一恐怕是這些大家在演奏巴赫時，太多的表現了自己。他們技藝高超，自我超強，自覺不自覺地就把老巴赫撂在一邊，自說自話起來。他們什麼都有，惟欠一點敬畏心。偉大的尤金娜彈奏的巴赫就是顯例。其節奏之飄忽，分句之任意，速度之隨便，整體結構之無章法，簡直讓人不忍卒聽。涅高茲說她「有些任性」，實在是太客氣。她豈止「任性」，簡直就是恣意妄為。當然，這個批評並不稍減我對她的敬意。一個敢對暴君說「不」的人，該有多強大的精神力量。超常的堅韌難免傷及均衡，而詮釋巴赫卻需有強大的平衡感。結果，性格強，卻可能成了彈好巴赫的障礙。

再看被雷曼博士譽為「雙峰」的兩個演奏，古爾德五五年和曉玫九九年的《哥德堡變奏曲》錄音。古爾德的演奏汪洋恣肆，但不出大格。各變奏的處理匠心獨具，整體上卻均衡完整。主題詠嘆中的那些裝飾音急促輕靈，乍一聽，不是巴赫的味道。但設想在巴赫時代的羽管鍵琴上彈奏這些裝飾音，其效果很可能如此，便知古爾德的的詮釋雖顯突兀，卻有道理，有放縱，亦能控制。雖是「六經注我」的彈法，但「經」還在，只是句讀、考訂有別。曉玫的演奏卻是另一番景象。她仔細考

量每一變奏的結構和句法安排，特別是那些「內分句」（inter-phrases），清晰謹嚴，處理裝飾音的手法也有說服力。像主題詠嘆第十、十一小節左右手呼應的波音，做得有種說不出的圓潤典雅，極打動人。她是「我注六經」的彈法，不求新奇怪異，只求自然會意。

在巴赫的音樂殿堂裏，古爾德是排闥直入，坐下便彈，每有興會，便手舞足蹈，就算老巴赫在旁也徒呼奈何，只能認這孩子天縱英才，即使驕縱亦由他去。曉玫卻是三叩華門，裊裊升堂，焚香淨手，澄心濾意，在珠簾四下的雍容靜謐中唱給老巴赫聽。老人家會心地微笑，帶着慈愛與讚賞。我以為，古爾德彈得輝煌，曉玫卻彈得莊嚴。古爾德的巴赫是「他中之我」，曉玫的巴赫是「我中之他」。古爾德天馬行空，曉玫卻執著地站在地上。古爾德和大師時有爭執，曉玫卻只向大師致敬。古爾德對自己的冒犯往往滿不在乎，曉玫卻時常謙遜地心存猶疑。

收束我奔逸的思緒，回到音樂廳裏吧。

第三變奏在我心目中，是巴赫音樂建築美的象徵。從譜面上看，第二、第三行低音聲部似用音符畫出「檐牙高啄」。在錄音中，曉玫彈了1分22秒。今晚她彈得稍慢，顯得更從容自由。右手*non legato*與左手*stacato*配合的天衣無縫。斷奏如飛石落鍵，每擊力道飽滿又清晰，區分出輕重層次，聲音通透，彈性十足。古爾德彈得琴鍵火星四濺之處，在曉玫手下卻如汩汩山泉，歡快地流

淌。古爾德手舞足蹈之處，曉玫卻身形穩定，無任何多餘的肢體動作。力量皆自內而發，手在鍵上動作極小，似與琴鍵連為一體，真如約瑟夫·迦特所言，琴鍵成了手臂的延伸。樂曲幾經折衷迴環，嘎然而止在符點四分B音上，一座堅實恢宏的建築霍然眼前。曉玫卻並不收束，依然靜坐，似演奏仍在繼續。聽眾也在等待，瞬間靜極，落針可聞。巴赫在終止部分標了一個自由延長，不在音符而在小節線上。這個無聲的另度空間，似乎給你打開一扇門，要你進去看看，裏面還有什麼珍寶。一切都妥貼、自然、均衡、理智。這種風格難道能用「巴洛克」這個名稱一網打盡？它同貝尼尼的聖特蕾莎祭壇的迷狂，同維爾茨堡主教堂的奢華，同魯本斯畫作中的肉慾橫飛竟歸同一名下？

那天電話中曾和你談起過這個問題，借這封信再多說幾句。布克哈特用這個詞的本意是概括文藝復興後期意大利繪畫與建築風格中的某些趨向。而後，藝術史家將此詞推而廣之，用來標識一六〇〇年以來近二百年歐洲各種藝術形式的風格。這帶來了時期劃分上的方便，也帶來具體藝術鑒賞活動的混亂。「巴洛克」一詞，究其本意，是誇張、怪誕、奇異，是不均衡、重瑣碎、尚極端。用這樣一個標誌某種特殊藝術風格的詞，來概括一個漫長時期的藝術精神，這有陷我們於空疏的危險。我寧願避開這個詞，從整個藝術史的角度體會每一藝術家的風格氣質和精神歸屬。以巴赫為例，除了時代的吻

合，其音樂的精神氣質和巴洛克一詞的所指很少相似。
沃爾夫林曾就藝術的風格給出兩組原則。其一，古典/
文藝復興，其特質為清晰、冷靜、可控性、理智標準、
和諧與平衡，其二，巴洛克/文藝復興，其特質為明暗
對比、戲劇化、運動感、色彩與激情。論及巴赫的音樂
特質，顯然更近前者。此外，巴洛克風格的興起，是對
宗教改革的反動，我們在研讀巴赫音樂時不可不察它與
路德新教的關係。

　　我更相信巴赫的音樂氣質天生就是溫克爾曼所定義
的「古典」：「表現平靜，但打動人，表現靜穆，卻不
冷漠」。即使是那些極抒情的段落，亦有一種「高貴的
單純」和「蕭穆的偉大」。我甚至猜想，假如巴赫以
《拉奧孔》為題材譜一部清唱劇，一定會同那座希臘
雕像一樣，「痛苦卻不哀號」。亨利・朗似乎也有此困
惑。他以區分早、晚期巴洛克來擺脫這個矛盾，稱巴赫
時代的晚期巴洛克為「古典風格巴洛克」。其實，這是
學問家作繭自縛，巴赫的廣博深奧豈是一個概念所能
盡括。論及巴赫，其質也誠，其器也廣，其魄也雄，
其情也柔，這誠廣雄柔解說不盡，非在凝神聆聽中體
會不可。

　　談及這些涉及藝術風格定性的話題，意在展開「深
度詮釋」的視野，把握更豐富的思考背景。圖里克在講
述巴赫音樂的演奏原則時指出，如今的鋼琴演奏者接受
的大多是十九世紀以來鋼琴技法的訓練，是以現代鋼琴

的技術要求來「反彈」巴赫，但「巴赫的音樂是從一種非常不同的形式感和結構感中成長起來的。」她還說：「幼年時期訓練而形成的下意識思維習慣會自然地在演奏中表露出來。」聽阿格里奇演奏的巴赫，便知她說的極有道理。要體會巴赫的風格，接近「本真」地演奏他的作品，倒真需要離現代鋼琴演奏的「範兒」遠一點。收束浪漫主義喜愛的個性張揚，以敬畏心去眺望遠天。與其不知輕重地「自創一格」，不如深思熟慮地「循規蹈矩」，取法乎上，僅得其中亦不遠矣。

　　曉玫停頓片刻，微微抬頭上視，能見出額上薄汗。後來她對我說，現場演奏的好處是能自由調整每一變奏的間歇時間，把停頓也化為音樂的一部分。而在錄音棚裏，間歇時間都由錄音師掌控，切得整齊劃一。所以聽錄音總感覺有點呆板。在音樂會上，一個變奏結束，可以調整一下自己的感覺，等到靈光來臨的一刹那再下鍵。我想那天她在台上的等待就是為此。突然，第五變奏絕壁懸瀑般直瀉而下，激流翻捲，飛沫掠岸。迅疾之下，卻見出分句的妙處，快速跑動中同樣有色彩光線的微妙變化和清晰的樂句輪廓。高手操琴，越在織體繁密處越能聽出峰迴路轉的空間。這是極高的演奏要求，不下苦功斷不能到此境。細聽曉玫的指觸，竟漾着幾分古意，那些勾抹擊彈的功夫早已化為無形。由於對位的精巧，巴赫的句法有時同旋律線並不一致，巴赫難彈也在此。你不能像演奏蕭邦那樣，憑追隨旋律的起始而自然

分句。同樣是密集音群的快速跑動，巴赫與李斯特的韻味完全不同。我那天在布魯塞爾樂器博物館，看羽管鍵琴、楔槌鍵琴和現代鋼琴不同的機械構造，似乎對巴赫使用的鍵盤音響有所領悟。我猜想巴赫的鍵盤樂作品大部分是為雙鍵盤羽管鍵琴所做，而羽管撥動琴弦的感覺不同於琴槌擊弦，所以它的快速跑動的效果一定更近於嵇康所言：「輕行浮彈，疾而不速，留而不滯，翩綿飄邈，微音迅逝。」

幾年前，曉玫接受法國《鋼琴》雜誌採訪時，開玩笑說，她覺得巴赫的音樂與佛相通。我對此萬不敢從，曾力駁其謬。後來再想，曉玫也有她的道理。她沉浸於巴赫音樂，感受其深邃正大，亦是感受「正觀之心，湛然清淨」的境界，在巴赫音樂自身的崇高感中，體悟「法相莊嚴」。這與康德的頭頂星空，豈非異曲而同工？懷有宗教感的虔敬之心，會超出個人遭際而開啟慈愛的胸懷。在巴赫，這慈愛的胸懷表現為他的音樂，這音樂亦有「普度眾生」的大慈悲。我以為，在《哥德堡變奏曲》中，這悲天憫人的情懷集中體現在第二十一變奏這支七度卡農之中。

曉玫抬起手，又深深吸氣，然後下鍵。指下飄出輕柔的聲音，像一支弱起的詠嘆，輾轉低迴，幾分仰望，幾分祈求，以完美的*legato*奏出婉摯的長樂句，飄飄搖搖。弱音如低首默禱，隨後，適度漸強，似暗夜將退的天穹，殘星閃爍，遠山晨曦卻已緩緩升起。如此深靜內

斂的詮釋，靠內分句的曲迂起伏，編織着經緯分明的壁掛，彷彿勾勒着巴赫心中人子的聖容。這表達尊崇的音樂，無危苦之聲，卻有大哀之情，然大哀無怨有愛，巴赫傾瀉出的人神之愛若汪洋大海。主題幾次卡農式進入處理得精緻妥貼，似要喚你跟上詠唱：「你降自蒼穹／來撫慰人間的憂傷與創痛」（歌德）。一個誠摯、虔敬又高貴的演奏。郎吉努斯曾說：「崇高並不是激情而是偉大心靈的回聲，人們讚賞崇高，而它往往樸實無華，引起我們對世間偉大事物的渴望，這才帶來崇高感」。這正是曉玫對崇高的領會。她最欣賞卡薩爾斯的話，巴赫是把神聖和平凡完美結合的典範。她總強調「要讓巴赫說話，而不是由我來替他說話」。她謙恭地仰望偉大，又把偉人當作自己心靈的朋友，與他們平等對話。她傳遞給我們源自巴赫音樂的崇高感。她在巨人庇護下，耕耘自己的心田。

還記得巴赫那張亡妻後的畫像嗎？一七二〇年，巴赫短期外出，歸家時愛妻芭芭拉已經去世，天人永隔竟在轉瞬之間。或許是「望廬思其人」，畫像上的巴赫一臉愁容，滿眼哀傷，似淚水滿盈。這條硬漢，能拔劍與人格鬥於暗巷，亦能一腔浪漫柔情。貝多芬說他是大海，還有什麼比大海更能接納一切希冀與絕望，收穫與喪失？在這部展示巴赫心中一切歡樂與創痛的變奏曲中，第二十五變奏最體現巴赫的繞指柔腸。我曾私下稱

之為「戀人絮語」，不敢唐突大師，實在是聞其聲而心所至。今晚曉玫真彈得讓人心碎。

　　第一小節右手奏出的音聲深婉搖曳，竟然帶出舒伯特的味道，是Gerald Moore為費舍‧迪斯考伴奏Lieder時的斷腸之聲，是《水上吟》、《菩提樹》憂傷的前奏。低音區若隱若現的三連音不正是蕭邦降D大調前奏曲中滴落屋簷的雨聲嗎？涅高茲說，他每次彈蕭邦都會想起巴赫，說蕭邦根本就是個古典主義音樂家。至少我們可以斷定，蕭邦每日以巴赫為功課絕非徒費時光。這旋律憂傷凄美，在不同聲部間交織纏綿，似訴不盡的柔情。第八節是誰欲言又止？右手兩拍休止卻換來左手無奈的推脫。十二節右手三十二分音符的急切是戀人的挽留，還是分手的絕決？曉玫指觸的柔和細膩營造出氛圍蘊籍，似勾描着紅燭明滅，羅幃掩映中的慵懶。弱奏進入的反復，仍是絮語喁喁，左手不斷的固定音型像極催人更漏。無奈一庭愁雨，半樹梨花，斷腸人終赴天涯。突然的寧靜，一個延長的休止，跟着，以極弱奏處理主題倒影進入，似是最後的叮嚀，凄清柔婉竟直逼美成名詠「城上已三更，馬滑霜濃，不如休去，直是少人行。」

　　曉玫的演奏激起我詩意的聯想，你大概會說我「惡習不改」。這是我們自上世紀八十年代初就開始討論的問題。這個題目要說的話還多，信已太長，下封信我再給你講我的道理。

下　篇

建英吾兄如晤：

　　還記得我們上世紀八十年代初，研讀漢斯利克的《論音樂的美》嗎？你頗喜他的形式主義立場，我卻堅信作曲家的活動必再現某些「內容」。我對漢斯利克有種出自本能的反感，因為他要把巴赫、莫扎特、貝多芬活生生從我們懷裏奪走，關入冰冷的理論牢籠。你反對「描述」音樂，可有什麼辦法？只要想表達我們聽音樂的感受，就非「說」不可。而一切「說」都是用「詞兒」來「說」，一切「話」都是用「字眼兒」組成的「話」。正像一切文學(Littérature)都來自文字(letter)。

　　二〇〇七年夏，我自第納爾乘船往聖馬洛。船行海上，見水天空明，海鷗環翔，波浪輕柔，落霞滿天。海天的瑰麗引我有心試着組織句子。正搜腸刮肚找詞兒，《平均律》中的C大調前奏曲突然鳴響耳畔。聲音真切，如從胸中湧出。剛剛組成的句子便音韻鏗鏘地散落在樂句行進間，這支前奏曲正是眼前景致的最好描述。不是我們想用文字解說音樂，是音樂帶着文字撞進我們懷中。深解巴赫的施韋澤便是從音樂詩學的角度闡釋巴赫的音樂。他用法文寫就的《巴赫傳》第一版，副題就是「詩人音樂家」。他把巴赫看作一位用音符做詩的詩人。其實若要從哲學角度思考音樂，最聰明的辦法是避

　　　　　　　　既見君子｜歌之翼：音樂書簡

開本體論而從語言入手。維特根斯坦對音樂的思考比漢斯利克更深入，這恐怕是原因之一。

你知道，《哥德堡變奏曲》是卡農手法的經典。卡農這個源自希臘的字，其本意就是「規則」。它以聲部模仿為特徵，依循嚴格的規則，表達豐富的樂思，是名副其實的「帶着鐐銬跳舞」。以這種方式作曲，像我們先人依聲律作詩填詞。聲韻有寬窄，格律有平仄，詞牌有長短，但這些規則在詩人手中千變萬化，表現無限豐富的人類情感。以嚴苛拘束的形式，表達自由無涯的想像，是詩人所為。同是五言律，可閒逸如王維「明月松間照，清泉石上流」，可悲涼如杜甫「感時花濺淚，恨別鳥驚心」。同是《賀新郎》，在辛稼軒筆下，能描摹「風前月下，水邊幽影」的淒涼，也能長嘯「看試手，補天裂」的豪放。巴赫一部《哥德堡變奏曲》，以卡農手法寫盡人間悲歡離合，其豐滿卓絕，化卡農的嚴格規則為扶搖九天的巨翼。

沒有幕間休息的音樂會有點「嚴酷」，那些以音樂廳為社交場的淑女名媛無機會一展當季時裝，因為無論你如何打扮，也只落得「錦衣夜行」。今天來這兒聽曉玫的人多是純粹的愛樂人。台下觀眾與台上的曉玫似乎有交流，隨着曉玫的演奏進入了一種境界。第二十六變奏，曉玫又給我們展示了巴赫向奧林匹斯山的攀登。老巴赫轉身之間抖落掉身上的纏綿，又英雄般地站立。這支變奏是高難度的曲子。因為巴赫當年是為雙鍵盤羽管

鍵琴所寫，用現代鋼琴演奏，需雙臂交叉彈奏。身體要在不平衡中求平衡，以處理那些豐富的表情。巴赫似乎想要人們在這支恰空舞曲中酣歌勁舞，曉玫的演奏動態十足，結尾在她手下雲飛海立，我真有些不相信是曉玫單薄的身體操控這撼人的聲音。她俯身鍵盤，在黑白翻捲中左擎右擒，上收下縱，竟能見出《大叔於田》的身影，「執轡如組，兩驂如舞」。

第三十變奏「集腋曲」，曉玫又把巴赫從奧林匹斯山帶回我們身邊，給我們唱出市井叫賣聲「蘿蔔大白菜」和憂傷的德國驪歌「你遠行已久」。巴赫賦予這曲調精美的音樂形式，而曉玫的演奏卻「洩露」了巴赫嚴肅外表下暗藏的幽默。我不知曉玫此刻是什麼感覺，但見 她放鬆地加大了身體動作，像在逗孩子玩兒，又像和朋友開着玩笑，掩飾送別的感傷。而我卻忍不住想起黃昏冷風中的老北京，胡同兒裏有人推車吆喝，「心兒裏美蘿蔔，又甜又脆賽鴨梨」，想起先人傷別的表白，「生死契闊，與子成說」，「執子之手，與子偕老」。

且慢，這最後一支變奏還有更豐厚的內容。巴赫的日常是充滿神性的日常，是上帝不離不棄的日常。在他的音樂中，人性洋溢飽滿，神性親切怡人。這正是曉玫最喜他之處。在我看來，巴赫心中的上帝，就像斯賓諾莎那個「具有一切或無限屬性的存在物」。他低到塵土裏，又遍佈宇宙蒼穹。曉玫以弱奏反復了前九小節，給前段一個對比鮮明的結構。隨後卻轉入莊嚴的風格，彷

彿市場上的人群在結束日常勞作後，又步入教堂，滿懷感恩讚美上帝的慈愛。

這聖潔的情緒，在曉玫手下愈發濃鬱，至第十三節，已匯成眾人合唱的讚美詩。曉玫說過，每彈至此，她都會「渾身發緊，想流眼淚」。結尾處，一個飽滿的自由延長，讚頌之聲，翩然而上。曉玫似在這讚美聲中，循聖母院鐘樓旋梯，緩緩攀登，終達樓頂，推開窗，晚風撲面，鐘樓下逝水悠悠，映着朗月繁星。隨後，主題詠嘆再現，已是「萬物皆備於我」。

音樂會結束了，觀眾起立鼓掌十幾分鐘，曉玫無奈又回到台上加奏了兩首小曲。曉玫退場後，激動的觀眾仍不肯散，聚在大廳等曉玫簽名。長長的隊伍繞大廳好幾圈。我們稍等片刻，想曉玫一時半會兒抽不得身，便先走了。後來得知那晚簽完名已十一點多鐘，曉玫去音樂廳旁的餐廳吃飯，結果餐館中多是音樂會的聽眾，見曉玫進來，又全體起立鼓掌致意，良久不歇。

我前面對你說過雷曼先生極推崇曉玫演奏的《哥德堡變奏曲》。他有一段極妙的比喻來比較佩雷亞和曉玫演奏的區別。他說：

> ✦ 你在一座城市中，懶散而舒適地靠在沙發上。世界堅實而牢靠，《哥德堡變奏曲》開始了⋯⋯音樂美妙地進行。當下此時的體驗是美妙的⋯⋯在此寂靜的冥想中，你美妙地聽了一遍《哥德堡變奏曲》，這是佩雷亞的演奏。

＋　你乘一葉扁舟蕩漾在寧靜的波心。《哥德堡變奏曲》
　　開始了……但你注意到這個過程中多了些什麼……由
　　於小船帶動你的身體，隨水波微微搖蕩。你自身處在
　　這個不斷的運動中。你可以設想音樂在分分秒秒中變
　　動不居，給你展示出《哥德堡變奏曲》中那些微妙變
　　化之處，遠勝於在堅實乾燥的陸地上你所能想像的。
　　作品自身揭示出比你所熟知的更多維度。它不僅僅是
　　完美，它自身帶有某些美的非理性。那起伏跌宕的瞬
　　間正像你的小舟，飄蕩在波浪之間，傾聽者在運動
　　中……你更能感受到超脫控制的自然之力的影響，你
　　的傾聽因此而更豐富。這是朱曉玫的演奏。

＋　聽佩雷亞演奏，時間感是凝固靜止的。聽朱曉玫演
　　奏，時間感是流動的。聽佩雷亞，如果你走了神兒，
　　則一切仍會循規而行，等你回過神來，一切原封未
　　動，你自己回到了原處。聽朱曉玫，如果你片刻迷
　　失，時間自己會輕輕搖醒你。這絲毫無關乎演奏中的
　　節奏的起伏，倒毋寧說是由朱曉玫使聽眾感受時間的
　　方式所至。

　　曾有聽眾對曉玫說，每次聽你演奏，都讓我落淚。
是什麼東西讓一位東方女子演奏的西方古典引得西方聽
眾落淚？非真情所至，不能讓人魂銷魄動。情由心生，
而此「心」卻是我們生死榮辱的家園，它是「經驗」，
歷練，是歷史，是「時間」。曉玫「迫使」西方觀眾感
受到何種不同的「時間」？

人在歷史中感受時間。而個體的歷史不過是經歷自己的生命。戰後的西方人，在寧靜和平的時間之流中，按部就班地出生、成長、求學、就業。所有的離亂和苦難在他們不過是傳說中的歷史。如果他們有才分成為一個音樂家，他們會拜師、考試、競賽、演出，他們從自己的文化背景上去感受音樂。他們習得的是文化中的音樂。在他們，時間是自然的流駛，是外在的生存框架。曉玫感受的時間卻是困惑着聖·奧古斯丁的時間，它不是平靜的時間之流，而是「由心靈去度量的時間」。這時間會彎曲、塞滯、回返。當曉玫硬把一架鋼琴搬到農場，在繁重的體力勞動後，稍撫幾曲時，時間便化作靈肉的一部分，成為純粹「內在」的。如果海德格所説「生存性的本來意義就是將來」真有道理，那麼，曉玫在那一刻因沒有將來而失去了生存性。但這只能是外在的生存性。因為她在悄悄地讀巴赫，這不是為了將來，而只是為在自己的心靈中測度和體味生命。這時間是內在於她的，她經歷着一個沒有過去和將來的混沌的現在。但光卻生自混沌。她偷賞吉光片羽，因時間不再流動而積蓄愈豐，沉澱愈厚。她説那時偷彈一首巴赫的小前奏曲「覺着美得心顫」。這可不是那優雅的濟慈告訴我們的，「美即是真」，這美是難，直教人生死相許。

　　聽眾聽到曉玫演奏的巴赫會掉淚，因為曉玫的巴赫曾在苦難中浸泡，曾珍藏於渴慕着的心靈，曾在沒有時間的黑洞中等待着天地誕生的刹那。在西方鋼琴家隨便

給你一首三度卡農的地方，曉玫卻讓你體會一肩涼霧，滿耳秋聲。眼下時有灌水「教授」教導我們那個時代的「美妙」，但愚鈍的我們卻在他們看到鮮花的地方只看到鮮血，所以死活不肯回到那地方去。儘管悲涼苦難能玉成我們的人格，我們卻更喜春花爛漫處的園柳鳴禽。

以自己的心靈度量時間的曉玫，練得苦，思得深，在演藝界這個名利場中，她極低調，只固守自己的標準，那美的召喚，只建築自己心中的聖殿。她幾乎本能地拒斥一切市場化的操作，對許多讓她揚名立萬的機會說「不」。我有時會翻閱各種媒體樂評人對她的演出和錄音的評語。一次見《法蘭西學院評論》的樂評人說她的演奏是里帕蒂、哈絲姬爾一類鋼琴家「神奇的再現」(Le miracle se reproduit)。我想這個評價夠高，告訴她，曉玫或許會「得意」一下。打過電話去卻被她硬生生一口頂回來，「他太誇張了」，語氣有點惱火。我問，你是不是就怕人誇。她想想說，「有點兒」。前些年，法國最著名的文化節目主持人伯爾納·畢沃，在他的節目中採訪曉玫。採訪結束時，他依照常例，問曉玫一個問題：「如果你有機會向上帝提一個要求，你會提什麼？」曉玫衝口而出：「我要他介紹我認識巴赫」，全場觀眾絕倒。

曉玫住處在新橋橋頭，出門左拐百米，就是藝術橋。橋上終日喧鬧，常有「酷兒」即興表演。搖滾、饒舌、街舞，各呈其能，圍觀者彩聲不斷。曉玫推開窗便

市聲震耳，關上窗煩囂頓失，岑寂襲人。通常，曉玫獨與巴赫對話，倒是一幅陶潛詩意：「斯晨斯夕，言息其廬，清琴橫牀，濁酒半壺。」曉玫不善飲，但巴赫賦格聲起，自是春醪滿堂。日復一日的練習，也夠苦，會有煩躁不舒，肩酸手硬之時。曉玫會下樓，沿塞納河左岸過藝術橋，進盧浮宮。她愛去北方畫派館，在丟勒、布魯蓋爾、維米爾的畫作前靜坐，沉浸在這些大師畫作單純質樸的寧靜中。她愛北方畫派，因為巴赫正是一直往北走，從阿恩斯塔特往呂貝克，步行近四百公里，為了聽布克斯胡德演奏管風琴。在深秋的淒風苦雨中穿越哈爾茨山谷的巴赫，絕想不到三百多年後，有一位中國女子，會獻身於他的音樂。

二〇〇五年，曉玫要去錄《平均律鍵盤曲集》，這是她多年的心願，她開玩笑說：「錄完《平均律》，可以去死了」，頗有「朝聞道，夕死可矣」的古人遺風。臨行前她有點緊張，因為錄音地點是徐亞英先生用明希家族的一座大穀倉改建而成的音樂廳。曉玫不熟悉它的音響效果，租來的琴也不順手，但卻語氣低沉地說「反正拼了」，那堅韌果絕有「風蕭蕭兮易水寒」的味道。先錄好第二冊，聽後她不滿意。這很正常，曉玫對自己要求苛刻是一貫的，我幾乎想不起來她對自己錄製的哪張唱片比較滿意。待聽了樣帶，確實，最後幾首賦格彈得不夠從容，不是她的最好水平。她不說話，又投入第一冊的準備，而這次錄得極成功，總體把握遊刃有餘，

人琴似乎融為一體。我個人以為是《平均律》最好的錄音之一。待她錄製的海頓問世，好評如潮。曉玫送給我們的片子，我沒急着聽，先寄給了你。待夜闌人靜時，我到聽音室獨賞。以我閱片之多，如曉玫這樣典雅、精巧、抒情的演奏，竟想不出有第二人。第三十八號F大調奏鳴曲的廣板樂章美得讓人心醉，那略帶憂鬱的深歌慢吟令我憶起維吉爾《牧歌》的詩行

啊，在什麼遼遠的將來才能回到故鄉
再看見茅草堆在我村舍的屋頂上。

我常想，吾輩何德何能，竟蒙上天垂愛，能在這個不太平的，甚或暗夜將臨的時代一窺天光，聽到競馬的歌唱，曉玫的琴聲？恐怕老天就可憐我們這點「痴」。再想，競馬之歌唱，曉玫之彈琴豈不也痴？痴痴相遇亦是幸事。那位遠在美國密歇根的雷曼先生曾為曉玫引用過詹姆斯·泰勒的詩「誰知我們如何攀至山頂／但只要我們攀登／便能享受旅途的迢遙。」我想他也是一「痴人」，而痴不就是因「知」而「病」嗎？

幾天以後，我們去給曉玫送新烤的麵包。她喜歡，說比麵包房烤的好。濱河大道無法停車，便坐在車中等她下樓。見她匆匆跑過來，寬袍飄飄，知她又在練琴。台下的曉玫素面朝天，憨憨笑着，溫和的像鄰家大姐。河風荏苒，吹亂她的短髮，霞落晚樹，映在她的肩頭。她接過麵包連聲道謝，轉身回返，不停回頭招手，見她常年伏琴的腰背微曲，緩緩消失在人流中，心中漾上感

動。正如巴赫的神聖不離俗常，美與高貴亦藏身於日常操持。生命中所求不多，但執著的那點兒東西卻一定是至高的境界。卡夫卡對此亦悟得深：「我們沒有必要飛到太陽中心去，然而我們要在地球上爬着找到一塊清潔的地方，有時陽光會照耀那塊地方，我們便可得一絲溫暖。」

巴赫埋骨於他服務多年的萊比錫聖托馬斯教堂，沒有雕琢的裝飾，只一塊黃銅牌平鋪地上，注明他的生卒年月。你如不經意，會踩着它走過去。巴赫的胸像安置在瓦爾哈拉聖殿，德意志民族的先賢祠，基座七七號。這座聖殿隱匿在巴伐利亞多瑙鎮的山丘上，周圍松柏滿谷。多瑙河在它腳下靜靜遠去，它俯瞰多瑙平原的綠野良疇，天低樹遠，一派莊嚴。它遠避塵囂，遠避煊赫的聲名，屹立於靜穆之中，因為那些偉大的靈魂知道，靜穆才是永恆。

楊鴻年

天使之聲

建英吾兄如晤：

很久沒有通信了。自你返美，我一直忙於法國思想家的梳理，每日與先哲往還，常不知今夕何夕。前幾日得到消息，楊鴻年先生的合唱團獲奎多‧達萊佐合唱比賽大獎。你知道，這個合唱比賽是世界頂級合唱比賽。一九九六年楊老師的合唱團已經獲得過童聲合唱第二名，這次他們奪得「總冠軍」獎，可見這幾年楊老師培育的合唱團在技術和藝術兩方面愈臻完美。二〇一三年我們一起去聽過合唱團三十週年紀念音樂會，那時我就想找個機會和你談談楊老師的合唱指揮藝術，關於聲樂藝術在音樂中的地位，也是音樂學家爭論不休的問題，這和音樂美學有關。這幾天稍得清閒，就借這個由頭和你聊幾句。

一

還記得那天的紀念音樂會，楊老師拄着手杖上台。他走得很慢，稍顯步履蹣跚，但站到合唱隊前，卻若古

松臨崖，沉靜卻有飛動之勢。他凝視合唱隊，不過一瞬，剎那間似乎凝聚起一個氣場，蓄勢吞吐。他慢慢抬頭示意，手臂輕揚，指示一個弱起，孩子們銀亮的歌聲便漫天潑灑，一片光斑。楊老師瘦弱的身軀，清癯的面容，遲滯的腳步，在歌聲響起的一刻，化作瑰麗的青春，軒然霞舉。我曾見過一個類似的場面，是霍爾紹夫斯基在阿爾伯特音樂廳的演奏會，那年他九十一歲。老鋼琴家也是一步一挪地走向鋼琴，短短幾步路，彷彿走了很久，簡直讓你擔心，能走到嗎？但他坐在琴前，雙手下鍵，琴聲霍然勃發，是巴赫c小調第二帕蒂塔，剔透的聲音自天而降。那清晰的結構，自如的呼吸，透亮的音色，一派青春的律動。第三關courante，在他手下，竟有「逬泉颯颯飛木末，野鹿呦呦走堂下」的意境。眼前楊老師抬手喚起的「春潮」正是獻給春天的。生機洋溢的春潮，要衝破苦寒的冰封，拉赫馬尼諾夫依邱特切夫的詩行「填曲」，以慰藉自己遠在異鄉的寂寥。那一刻我竟有些不能自已。

　　我知道楊老師的名字是很久很久以前的事兒了。一九七五年，我在清河小營北京機械學校內的哲學班讀書。校辦工廠的穆學乾師傅是個很好的男中音，也是個聲樂迷，我們常有往來。一天他帶給我一卷開盤磁帶，上面錄着《塞維爾的理髮師》選段，演唱費加羅的那位男中音聲音輝煌，尤其是那首「費加羅的詠嘆調」唱得讓人絕倒。我問老穆，這是誰唱的，他説帶子是中央樂

　　　　　　　　　　　既見君子｜歌之翼：音樂書簡

團的楊鴻年給他錄的，他要去問楊老師。後來他告我，演唱者是保加利亞男中音吉奧洛夫。這是我第一次從楊老師受教，但我們彼此不相識。

八〇年代中，我覓得一張中國唱片公司出版發行的唱片「森林童話」，是楊老師指揮中國少年活動中心合唱團錄製的，其中大半曲目是由楊老師自己改編或者配伴奏。這張唱片給我嶄新的聆聽感覺，因為我們早已忘記什麼是對美善的謳歌。現在楊老師把它帶回家，像給我們送回了失散的親人。我常聽這張唱片，那支「迷人的維爾姆蘭」旋律多簡單，當楊老師牽着絲絨般的襯腔融入主旋，你也被帶到維爾姆蘭的原野，柔風拂衣的黃昏，野花乾草芳香四溢。我們知道，聲音作用於感官，只是瞬間之事，但這些孩子們的歌聲，卻似乎悄悄藏到你身上，留在你心間，帶你到詩與夢的田園。

當時我手頭已收有兩張維也納童聲合唱團的唱片，是DECCA公司錄製的。兩相比較，楊老師的這張唱片從演唱技術上竟是不遑多讓。合唱隊的孩子們呼吸自然流暢，換氣不着痕跡，吐字清晰圓潤，盡得「連珠疊頓」之妙，對音樂所要求的情緒也把握得妥帖準確。要知道維也納這個童聲合唱團已有五百年歷史，海頓都在裏面唱過。楊老師真是神乎其技，他怎麼調教出這麼美妙的聲音？後來我知道，楊老師苦心鑽研多年，推出「楊氏合唱訓練法」，為迅速提高孩子的演唱技術提供了極佳的方法。但我更知道，只有心底純淨，心懷高遠

天使之聲

的人，才能喚出動人心魂的歌聲，他期待着「一個石頭也會開花的世紀」。

二

我們去聽音樂會時是建團三十週年，轉眼間合唱隊已是三十五週歲，算來楊老師的合唱團一九八三年就成立了。那時，文革兇焰剛息，「拿起筆作刀槍」的殺伐喧囂猶在耳邊，楊老師便來收拾家園了，而家園何其破敗。這個民族在暴力血腥中已沉淪十年。這十年，沒有詩，沒有歌，沒有美善，滿目鉛字印出的頌聖諛辭，滿耳音符標出的豺狼之聲，被踐踏的生命和尊嚴，滯塞着民族的呼吸。噩夢初醒，該做些什麼來救贖我們苦難的靈魂？楊老師想到了歌唱。他要教孩子學會真正的歌唱，唱那些真正的歌。他相信，孩子的心靈在未被毒化時，最適宜播種美善的種子。他最愛說的一句話是：「唱歌的孩子不學壞」。這個想法勇毅又謙卑，他不存揮舞大旗的雄心，只是躬耕隴畝，整飭田園，也借此安頓自己「精神性的生存」。我猜想他那時心中迴盪的一定是莫扎特的《安魂曲》，他也一定相信《詩篇》中的祝福：「流淚播種的必歡呼收割，那帶着種子流淚出去的，必要歡歡樂樂的帶禾捆回來」。

不用細數耕耘的艱辛，「篳路藍縷，已啟山林」，尤其在百廢待興的時候。四處尋找排練場地，靠舉債出國演出，把自己菲薄的收入投到合唱隊的日常開支

中⋯⋯但合唱隊活着，成長着，一批批孩子懷着憧憬走進來，又汲滿甘露走出去。一次次國際演出成功，一次次國際比賽獲獎⋯⋯這些辛勞收穫，人神共見，不需我們再説。

二〇一一年我去音樂學院，碰巧趕上楊老師的合唱團排練，排練場在音樂學院一座簡陋的二層小樓裏，他們稱它「小白樓」。那時，妮妮已經加入合唱團，受楊老師調教好幾年了，她曾送給我幾張CD，這些新錄音中，純熟的演唱技巧，深入的音樂詮釋，精心選擇的曲目，顯示出楊老師的合唱團無疑具有世界一流合唱團的水準。這些年，我在國外也收集過不少童聲合唱的資料，聽過一些童聲合唱團的演出，但楊老師訓練出的聲音總格外打動我。碰到有機會，便想親眼看看楊老師怎樣訓練他的小歌手。

我悄悄進去，坐在合唱隊旁邊。一會兒，楊老師進來了，剛才還在嘰嘰喳喳不停的孩子們，一下子安靜下來。一眼望去，孩子們臉上沒有絲毫回課前的緊張，卻洋溢着興奮和期盼的神情，似乎在等待一場刺激迷人的「遊戲」。沒錯，是「遊戲」，康德這個詞用得準確極了。我們從楊老師和合唱隊員的關係上，能體會到席勒後來所説的「美是遊戲的內在驅動力的對象」，這點，我們待會兒再説。楊老師站在合唱隊前，臉上滿是慈父般的微笑，這笑容來自心底湧上的慈愛，既有親和力又帶着威嚴，讓孩子們無法不愛他，又無法不聽他。我不

天使之聲

由想起勛伯格筆下記述的那些指揮。其中有一類被他歸為「暴君」，他們視樂手如仇敵，至少也是要嚴加管教的調皮鬼。他列舉了斯彭迪尼「絕強的控制欲」，托斯卡尼尼的「火爆脾氣」，韋伯的「自以為是」。據勛伯格說，庫塞維茨去看望一位因病不久於人世的樂手，竟聽到一陣發洩，這個樂手大罵他是「暴君」「獨裁者」「專制者」。可楊老師的孩子卻說他像只「老綿羊」，這倒絕佳地描繪出楊老師的溫和敦厚。但他輕輕一抬手，這老綿羊就變成了老獅子，他和隊員之間飽滿的張力能擦出火花。

我已記不清那天排練的曲目，只記得楊老師指示一個結尾保持音的呼吸支持。他左手輕輕托起，右手放在胸前幾乎完全不動，只用手指開合來控制合唱隊的呼吸，讓歌聲飄飄渺渺，綿綿不絕，突然手指併攏，樂句戛然而止，收得極乾淨。還有一支情緒歡快的曲子，他並沒有揮動雙臂去打拍子，而是把右手放在腰間，僅用手腕的動作控制速度，帶動樂隊。隊員們激情迸發，節奏鏗鏘。楊老師消瘦的身軀裏，每一塊肌肉，每一根神經似乎都能提示歌唱的要求。他渾身上下都是音樂，能以全身的律動帶領歌手，而無需一板一眼地打拍子。他對音樂的要求，透過內心輻射給歌手，歌手接收到他的感覺，跟着走，就能有完美的音樂表現。這讓我想起塞拉芬評價瑪麗亞·卡拉斯的演唱：「她只需在台上四下一望，觀眾就已經抓狂。」

三

　　康德拉申總結一個好指揮必要具備的素質有三，敏銳的和聲聽覺，高超的力度聽覺和造型能力，同時他還感嘆說，還得有雙好手。可見並非每個指揮都能有一雙好手，這幾乎是可遇不可求的事兒。在西方指揮家中，人們公認最優美的手屬於克萊伯，他的手勢能讓樂隊着迷。楊老師就有一雙神奇的，會說話的手。這雙手極富表現力，從指尖到手掌、手腕，能以各種表情啟發演唱者的情緒，或幽婉綺麗，或豪放洗練，但總是纖穠相宜，疏密適度，適應不同的音樂訴求。在一部紀錄畢加索繪畫藝術的影片中，畢加索曾隱身在黑暗中，用一支光筆，在漆黑的背景上勾繪，只見一條亮線上下飛動，突然定格，黑色背景上留下一頭西班牙鬥牛，栩栩如生。看楊老師指揮，我眼前總出現畢加索在黑暗中手持的那支光筆。有趣兒的是，那天聽姐姐講起，一次合唱隊排練中，突然停電，楊老師點燃一支香煙，用煙頭那點紅亮繼續指揮。孩子們在黑暗中隨着紅點的飛動，捕捉着楊老師的提示，圓滿地完成了排練。讓我驚奇的是，這種巧合，全然不是刻意造成，而是冥冥中渾然天成。在藝術的至高境界，神靈相遇真不是傳說。我總覺得，楊老師面前的合唱隊宛若一幅巨大的畫布，他用雙手在上面勾勒、着色，有時是清遠的寫意，有時是酣暢的潑墨，有時像油畫，色塊斑斕炫目，有時是水彩，輕塗淡抹。但這一切都基於音樂的要求，手的表現力其實

來自內心對音樂的深刻理解，來自楊老師以旋律、和聲、節奏、音色為材質的造型能力，更來自他對藝術，對美「衣帶漸寬終不悔」的執著。以手應心，焉得不美？

楊老師的指揮動作含蓄卻意味飽滿，他提示合唱隊時，總是瀟灑出塵，神態優雅。有時你幾乎看不到他在打拍子，明示節奏，控制速度，但合唱隊卻完全依從他對音樂的解釋，跟着他一起走。他與合唱隊之間的關係，完全沒有康德拉申所說的那種「把樂隊掛在手上」的感覺，也就是說，合唱隊不是楊老師手上的提線木偶，拉一拉動一動，而是他與合唱隊融合無間，共同推着音樂走。甚至有時你會感到，他在那裏「聽」合唱隊，而合唱隊卻在這個「聽」裏汲取動力，彷彿自發地創造出一件完美的藝術品。我的這個感覺在勛伯格那裏得到證明。他引用Eduard Devrient的話說：「大部分人指揮的時候，會把拍子從頭打到尾，但是Felix（門德爾松）只要大段進行順利，他就會放下指揮棒，帶着天使般的快樂感覺去聆聽，時而用眼睛或手去示意。」再有，一九五一年，剛被洗刷清白的富特溫格勒在拜羅伊特指揮「貝九」，據當時現場報道稱，在演奏到合唱樂章時，富特溫格勒幾次放棄指揮，手扶譜台和歌隊一同歌唱。我完全相信這個報道，你只要聽聽這場演出的現場錄音，就能覺出樂隊、合唱隊已全體陷入迷狂。和那些站在指揮台上大汗淋漓地打拍子的新秀相比，楊老師的指揮憑的是內功，音樂已化在他的血肉中，所以他

是完全「自由的」。同時，他把這自由，一種創造的自由給了合唱隊。這就回到我們前面提到過的「遊戲」一詞。楊老師和歌隊的關係，恰是席勒所精彩論述過的美學教育的原則：「美學教育的內在驅動力，神不知鬼不覺地建造着一個愉快的第三王國，即遊戲和表現的王國。在這個王國裏，美學教育的內在驅動力，解除了人的一切關係的束縛，把人從物質上、精神上，所有強迫性的東西中解放出來……在美的環境中，在美學的國度裏，他們彼此只能作為形象出現，只能作為自由遊戲的對象互相對立，通過自由給予自由是這個國度裏的根本法則。」

四

我在前面提過，楊老師最愛說一句話，唱歌的孩子不學壞。這是他心中一個堅韌的信念，也是他以歌育人的初衷。三十多年，他慈愛的目光和美妙的歌聲，使怯懦的孩子勇敢了，靦腆的孩子自信了，木訥的孩子敏感了，懵懂的孩子聰慧了。在他心目中，孩子的心田就是播種的土地，他要在上面栽培香蘭蕙草。他有一句話看似簡單，其實有至高的含義。他說：「社會大環境會有影響，我就是要在這塊地方培養一方淨土。」純善之心通常是不看污穢的，楊老師就是這種純善之人，所以我想給他稍作補充。我們確實見過受了蠱惑的孩子，他們帶上黨衛軍的標記，成了會唱歌的暴徒。格拉斯《鐵皮鼓》中那個永遠長不大的奧斯卡，耳邊總聽到一群熱愛

元首的人唱歌。文革中那些荼毒師長的紅衛兵多麼愛唱歌，「拿起筆作刀槍」，「天大地大」，「就是好，就是好」，唱得豪氣干雲。所以唱歌的孩子未必不學壞，而是唱好歌的孩子不學壞。那麼什麼是好歌？

依照漢斯里克，音樂的美「存在於樂音以及樂音的技術組合中」。嵇康斷言，「聲音無關乎哀樂」。這恐怕是形式主義美學的極端了。但他們仍然承認「美的最後價值，永遠是以情感的直接驗證為依據」，承認「哀樂自當以情感而後發」。我們先人所謂「情動於中而形於言，言之不足故嗟嘆之，嗟嘆不足故歌詠之」，說的大致也是這個意思。在日常用語中，凡我們談及情感，大半是指稱對人性的感悟和表達。由於人對美醜善惡的判斷，通常不是首先來自於理性，而是來自於情感，來自於當下直覺，所以它和人的基本道德感相關。在情感的背後，是一個人的精神世界。在比喻的意義上，我們把人的內在精神和情感世界稱為靈魂。在道德的意義上，魔鬼沒有靈魂。

評判一首歌的優劣有許多角度，但是從本質主義的角度看，一首好歌有幾個基本要素是不可或缺的。首先，它是諸音樂元素的完美集合，也就是說，它在形式上是美的。其次，它所表達的情感出自人性中的善美，或能喚起人性中善美的感覺。再次，它要有益於淨化、提升人的精神世界，使之趨向普適的善好。最後，它不能違背美是自由的形式和象徵，這個藝術品內涵的最抽

象卻最重要的品質。也正是在這樣的意義上，黑格爾才可以說：「如果我們一般可以把美的領域中的活動看作一種靈魂的解放，而擺脫一切壓抑和限制的過程……那麼，把這種自由推向高峰的就是音樂了。」也正是在音樂使靈魂自由這個意義上，老黑格爾接着指出：「人的聲音可以聽得出來就是靈魂本身的聲音，它在本質上就是內心生活的表現……在人的歌聲裏，靈魂通過它自己的肉體而發出聲響來。」

五

　　建團三十週年紀念集《我們的歌》，記載了合唱團三十年的足跡。八張CD，一百二十首歌，都是童聲合唱作品的精華。楊老師選這些作品，稱得上是披沙瀝金，首首都是「靈魂通過它自己的肉體而發出聲響」。這套錄音中，有相當一部分是楊老師親自改編的合唱曲，一首耳熟能詳的歌曲，在楊老師巧妙的改編下，成為一支精巧的童聲合唱曲，給人以新的欣賞維度。例如，舒伯特的《致音樂》，費舍·迪斯考、翁德利希、費麗雅都有精彩的演繹。再聽楊老師改編的童聲合唱，感覺大不一樣。由於童聲與成人聲音的本質不同，它有成人聲音所沒有的天然的純淨，音色晶瑩剔透。此外，合唱特有的「泛音共鳴」效果，又顯出歌曲織體的豐厚。加上楊老師對速度的控制有獨特的處理，所以歌曲的音樂表現更舒緩沉靜。此外，這支曲子用中文演

唱，卻覺不出語言變化影響了音樂表達。舒伯特用德文詩行來譜曲，給德文演唱者天然的方便，用另一種語言來唱難免扞格不入，這是演唱翻譯歌曲的難題。但在楊老師手下，孩子們用中文唱得玉潤珠圓，無絲毫滯礙。想想也不奇怪，楊老師從來都對語言和合唱的關係格外上心。前幾年我讀他的《童聲合唱訓練學》一書，就注意到他說：「歌唱藝術在某種意義上是語言的美化與誇張，在絕大多數的情況下(無詞歌除外)，歌唱就是音樂與語言的結合體。」楊老師的童聲訓練方法，對語言和歌唱的關係，有深入的討論。他確立起音節、音素、詞組的框架，再細分聲母、韻母的發聲方法，條分縷析，極其仔細。其實，我們古人倚聲填詞，對發音就極講究。沈括在《夢溪筆談》中，論唱詞之法，就有「當使聲中無字，字中有聲」的說法。他還提到「凡曲只是一聲，清濁高下如縷縈耳，字則有喉唇齒舌等音不同，當使字字舉本皆輕圓，悉融入聲中，令轉換處無壘塊」。楊老師是融匯中外古今於自己的藝術實踐中了。

我極喜歡楊老師演繹的柯達伊的《在山頂》。楊老師提示這支曲子：「給人以豐富多彩及寬闊的想像空間」。在我們的聆聽中，可以想像這首三部曲式的作品，表現的是時空的綿延與轉換，A段夜色初退，晨曦微露，薄霧自山腳下緩緩升起，山林隱沒，至B段展開，時近中午，天光大開，艷陽照徹深谷，繁枝密葉，金光燦爛。此刻加入的女聲，以漸強的力度，帶來天空

舒雲翻捲和光彩的變幻。A部再現，已是天色向晚，嵐氣飄渺，宿鳥歸林，只有深邃的夜幕上寒星數點，向群峰告別。

我們聽熟了亞歷山德羅夫紅旗歌舞團的《春天來到我們的戰場》，再聽楊老師的孩子們唱這支歌，忍不住要比較一番。亞歷山德羅夫手下的漢子們氣足聲高，唱得雄渾有力，它給人力量和決心。而楊老師的孩子們，卻用曼妙的歌聲，把人帶到硝煙甫落、氤氳繚繞的林野，都是為了讓結束搏殺的戰士入睡，要夜鶯不再打擾，但聽起來，一個在要求，一個在請求。要求帶着急切，驚走林間鳴禽，請求帶着體貼，喚起無聲的春魂，讓浸滿鮮血的焦土青草萌生。姑娘的歌聲，搖曳在綴滿露珠的蛛網上，戰士們的沉睡會充滿夢想。這林野是普里什文筆下的林野，那「鳥兒不驚」的地方。亞歷山德羅夫的歌聲震撼人，楊老師的歌聲感動人。在震撼和感動之間，音樂展示出寬廣的想像的地平線。

六

唱片集中，有四首聖母頌和數首宗教題材的歌曲。楊老師選這些曲目，說明他深知合唱這種藝術形式的根基在哪裏。合唱來自基督教的宗教儀式，來自信眾對神的讚美與感恩。它的追求正是P. 朗所說：「新的觀念和生活理想開始出現，它倡導一種抽象的宗教超越性的生活哲學，將其置於現世存在的物質享受之上。」正是

合唱這種形式，為有共同宗教信仰和價值追求的人，提供一種可能，使孤獨的個體團聚起來，隔絕的心靈彼此敞開，讓市塵的喧鬧不再入耳，只有一方淨土容納塵世的救贖和天國的恩寵。在這方淨土上，只有愛的彼此給予。所以當楊老師說，他就是想要培養一方淨土時，他道出了合唱的本質。這個想法簡單，卻是至高無上的追求，它是合唱藝術的起源和歸宿。再往遠一點考慮，Chorus這個詞源自希臘悲劇中的*Khoros*，它特指希臘悲劇中那一組載歌載舞的人，他們在一齣悲劇中擔負着提示、導引和評判的任務。沒有它，就不能完整地展現悲劇的線索，不能清晰地揭示悲劇的意義。後來人們把它稱作合唱隊，其實它的作用更像指揮，調度和指引着悲劇的進行。所以我們知道，在合唱的源頭，歌隊和指揮是渾然一體的，這也正是格利高里聖歌的歌詠方式，而不像現在我們已習慣的歌隊與指揮判然兩立。因此我才會說，指揮和歌隊融合無間，才是合唱的至高境界。楊老師和他的歌隊就能創造出這種境界。他的藝術實踐，就是要給孩子們提供那種「超越性的生活」。所以聽楊老師錄製的《聖母頌》，能感覺他不是在「指揮」孩子唱，而是在「祈求」孩子唱。因為指揮只能調動技巧性的外在感覺，祈求才把自己融入其中，而喚出天使之聲。在這一刻，楊老師不是一位一般意義上的指揮，而是一位以身說法的啟示者，以自己堅實的信念祈求孩子們的聲音，揭示超越性的生活深藏的意蘊。他更是一位虔誠

的香客，櫛風沐雨，艱辛跋涉在頂禮神聖之美的途中。

　　說楊老師的藝術實踐立於合唱藝術的源頭，這個判斷看起來是站在古典主義的本質論的立場上。凡我們談及古典，正是談及那些人類初入精神殿堂時一眼看到的問題。這些問題最單純，也最具根本性。所以，我們談論藝術實踐，存在論的分析方法是有意義的。海德格在分析藝術作品的起源時，曾以一座屹立於巉岩之上的神殿為例，指出「這一作品開啟一個世界，同時又返置這世界於土地之上，而土地也因此才始作為家鄉的根基出現」。他進一步闡明，一件藝術作品能展開一個世界，甚至世界是以藝術品而建立起來的。貝內特‧雷默從他作為音樂教育家的經驗中體會到這一點。他以為，音樂教育的核心就在於「聲音將意義併入軀體的力量，給予意義肉體的實在性」。這意義所獲得的「肉體實在性」，在寬泛的意義上，是「詩意存在」的顯現。我們可以說，聲音作為音樂的質料，是因歌唱而顯身。只在歌唱中，聲音才把詩帶入音樂，「去為人之本質，尋覓居留之所」。

　　所以，我不能同意漢斯立克所說的：「凡器樂不能做到的，我們就絕不能說音樂能夠做到」。他甚至認為：「音樂這個概念，並不適合於為語詞文本所譜寫的作品」。這樣他就把聲樂藝術完全排除在音樂之外了。但是，誰能否認貝多芬第九交響曲合唱樂章、馬勒第二、四、八交響曲和《大地之歌》是偉大的音樂作品？

誰能否認奧爾夫的 "Carmina Burana"，理查·斯特勞斯的《最後的四首歌》是偉大的音樂作品？誰能否認巴赫的三百七十一首四聲部眾讚歌是偉大的音樂作品？在這些作品中，席勒、克洛普施托克、布倫塔諾、李白、錢起、黑塞的詩歌，博伊倫手卷、路德的讚美詩，在音樂作品中起的作用，和漢斯立克的結論恰恰相反。正因為器樂做不到，歌唱才能做到。A. 瑞德萊稱漢斯立克的音樂觀是「火星音樂」，因為他「試圖把音樂整個孤立起來，硬要去除音樂本身所具有的語境關聯」。

確實，當我們在語境關聯中體會楊老師的創作，比如聽他的《引子與托卡塔》、《翠谷雙回聲》，單純的聆聽就會轉化為更深入的「存在體驗」。當下的人類存在，正經受「技術」前所未有的挑戰。幾十年前，海德格就感嘆，人已進入了「不思」的「技術」時代。今天，我們驚異他的洞見，又知現實的狀況更加惡劣。技術已侵入一切私人空間，以方便的名義給社會控制提供了無比的便利，單面(one dimension)的社會、單面的人，在六十年代，還是馬爾庫塞抨擊的目標，現在卻已成為常態，人們都懶得再提它。人已麻木於「神人背棄」，「被拋於世」的境況，甚至為此沾沾自喜。街市上，焦灼掛在臉上，貪欲露在眉間，自然中，山川瘡痍，家園荒穢。不願與世沉浮的人無處逃遁，特立獨行的精神無家可歸。這時，楊老師帶着他的歌聲來了。這聲音至微，起於青萍之末。又至宏，沛然莫之能御。

楊老師說，「我就是要在這裏造一方淨土」。他女兒說，「他這是在給予愛」，還說，「這是他的權利」。給予愛是一種權利，說得多好。這權利神聖卻無我。能給予愛，是因為有內在的慈悲。一次合唱團去智障學校演出，楊老師對合唱隊員說：「今天不論台下多亂，我們都要盡百分之百的力量，不要看不起人家，他們和我們一樣熱愛音樂」。馬勒曾就他的「兒童魔號」說過一句話：「孩子會告訴我們，這意味着什麼」。楊老師的孩子已經作出了回答。「這兒，是一方純化心靈的淨土，這兒，是一個收穫幸福的家園。這兒，是一座莊嚴的藝術殿堂。這兒，是一個美好的家」。在這個家的門口，楊老師張開雙臂，迎納我們，以他的寬厚、慈悲、睿智，引領迷惘的，安頓漂泊的。他用音樂建起這個家園，讓靈魂向肉身展示尊嚴，未來給當下提示路徑。他使存在者「如其所應是」，並使這「所應是」永葆其真。從而，楊老師創造的「引子與托卡塔」，讓我們聽到浩渺湖波上，孤舟羈旅枕邊的雨滴，田田荷葉間，踏水採蓮頑童的歡笑；「翠谷雙回聲」，讓我們聽到翠谷中，密林深處蕩漾的隱約回響。它把本真的存在召喚到場。楊老師終給我們造就了一方淨土，容我們「詩意地棲居」。

　　祝安好！

越勝

顧聖嬰

若有人兮山之阿

上篇

建英吾兄如晤：

今年是蕭邦誕辰兩百週年，音樂界的「蕭邦年」。我會去拉雪茲神父公墓蕭邦墓前，為你，當然也為我們這些熱愛蕭邦的人獻上一束鮮花。這些日子，法國古典音樂台從早到晚播送蕭邦的音樂。昨天播放亞歷山大‧達武演奏升c小調夜曲，主持人介紹說達武的演奏極富詩意，一下引我想起一個人。五、六十年代，在我們故土，也有這麼一位鋼琴家，曾被稱作「演奏蕭邦的鋼琴詩人」。她就是顧聖嬰，你哥哥那一茬兒鋼琴家中最有才華的一位。還記得那年你來巴黎，在我家看過周廣仁先生為她編的一冊紀念集嗎？這部書我反復讀了幾遍，當時我對你許諾要為顧聖嬰寫點什麼。今天你又偏偏提到她演奏過德彪西的《快樂島》，勾起我心中隱痛。那就請耐心聽我講下去吧。

據顧育豹先生記載，一九六七年二月一日，愚園路七四九弄的原區中心醫院。凌晨三點左右，救護車呼嘯

而來，抬下來三副髒兮兮的帆布擔架，放在急診室的地上。擔架上的兩女一男已經氣息全無。那個男的抬進來的時候，右手不合常理地前伸，很觸目。天很冷，沒多久，人就呈僵硬狀態。人們認出那個年輕的女性是顧聖嬰。她面容慘白，頭髮塌在地上。片刻，醫生寫好死亡鑒定，三副擔架由護工推到太平間去了。三具屍體匆匆燒了，骨灰未存。另外兩個死者是媽媽秦慎儀，弟弟顧握奇。

就在頭天下午，顧聖嬰的老師李嘉祿先生在淮海路上見到顧，神色淒惶地蹣跚而行。李先生覺得她人全變了。李先生不知道，對顧聖嬰的批判侮辱已經持續一段時間了，而今天下午，在上海交響樂團排練廳中，她被勒令跪下認罪，隨後一條精壯漢子撲上來，狠狠抽了她一記耳光。或許就是這一擊促使顧聖嬰下定必死的決心。顧聖嬰這麼一位溫文爾雅的女子，資若蘭芷，形如弱柳，自幼獻身音樂，只在旋律與和聲中生活。待人友善坦誠，工作兢兢業業，從不與主流意識形態衝突，甚至努力向之靠攏。曾代表政府出國比賽，也有不俗的戰績，算是「為國爭光」的人。卻以二十九歲燦爛年華，與慈母愛弟毅然同殉，闔家玉碎，滿門滅絕。豈慘烈二字所能盡言？以赤縣之廣，竟無一隅容顧聖嬰藏身，以國人之稠，竟無隻手援顧聖嬰逃生。

在五、六十年代的鋼琴家中，顧聖嬰的教育背景有些特殊。她身出江南名門，其遠祖可溯至東吳名相顧

雍。史載顧曾受教於蔡邕，以善操琴、通音律著稱於時。顧家書香門第，父親顧高地先生博學儒雅之人，常抱幼小的聖嬰入懷，指讀家中壁上所懸字畫，而小聖嬰竟能聽音辨字。這份對音韻的敏感似得真傳於蔡伯喈，他曾辨灼木之聲而製琴「焦尾」。顧家與傅雷先生係通家之好。傅先生曾輯古籍文獻中百餘篇適合兒童教育的文字，手抄為冊，送聖嬰閱讀。這些立志揚節、主旨高遠的文字，雖不同於當時顯學，卻薰陶了聖嬰質若幽蘭的心懷。

顧聖嬰五歲開始學琴，她的啟蒙老師住在江灣。每次上課，顧高地先生便領着聖嬰坐上叮咚作響的有軌電車，下車後再牽上小聖嬰的手沿淞滬鐵路緩行至老師家。隨着顧聖嬰音樂天才的迅速展露，她先後從楊嘉仁、李嘉祿先生學習鋼琴，從馬革順先生學習音樂理論。一九五四年，年僅十七歲的顧聖嬰便被錄取為上海交響樂團的獨奏演員，她與樂團合作演奏的蕭邦《f小調鋼琴協奏曲》好評如潮。至此，她可謂一帆風順。然而，一塊烏雲飛至她的頭頂，並籠罩了她短暫的一生。

一九五五年八月二十九日，顧聖嬰摯愛的父親，她的音樂生涯的引路人顧高地先生，在家中，當着顧聖嬰的面被逮捕了。原來顧先生在上海任職國際問題研究所時，幫助過上海地下黨負責人潘漢年，而潘又因與日偽情報機關有染而吃上官司。顧先生一心報國卻命運多舛，陷入這深不見底的黑暗。據顧老先生回憶：「這天

外飛來的橫禍，把我們全家都嚇呆了⋯⋯我對女兒聖嬰說，『你要好好練琴⋯⋯愛國家，愛人民』。當時女兒沉坐在椅子上，一聽完我的話，她站了起來，神情憂鬱而悲憤地望着我，聖嬰說『爸爸，我愛國家，也愛爸爸』」。可以想像，顧先生有警察挾持，不得不大言掩飾。而聖嬰在此決絕時刻，全然不循當時通行的「劃清界限」的老套，而直言「我也愛爸爸」，這鳴若金石的幾個字，在當時的情形下，何止千鈞。我以為，正是這幾個字背後蘊藏的心靈力量，讓顧先生能挺過二十多年的勞改營生活，但也正是這種力量，促使顧聖嬰下定「伏清白以死直」的決心。

囚車載走了顧先生。高牆之後，顧先生最掂念的是女兒四天之後的音樂會，她要演奏蕭邦的《f小調鋼琴協奏曲》。顧聖嬰那單純、纖細的心可能承此大變？她還能從容演奏這份量不輕的曲子嗎？這個疑問顧老先生竟存心中二十二年，直到七七年從勞改營回到上海，李嘉祿先生才告他，顧聖嬰的演出非常成功。顧先生自己解釋道「聖嬰能冷靜對待事物，控制個人感情，是她出於對音樂的愛」。但顧先生為何不反過來想一下，正因為聖嬰把個人感情，把對您的愛傾注在演奏上，她才可能成功嗎？我幾乎要感謝神的慈愛，讓聖嬰演奏這支曲子，使她可以借蕭邦的音樂慟哭，宣洩她的失父之痛。

樂曲的第二樂章「小廣板」，是蕭邦傾注了摯愛的樂章。鋼琴進入後，左手下鍵第一個音，直是一聲深

嘆。人隨之便捲入情感傾訴的的波瀾。顫抖的心靈，化為右手奏出的連續長顫音加琶音。二十五節開始，右手輕柔上行，連續顫音後又悲歌般緩緩下行，直至左手讓呻吟化為呼喊。中段主題再現後，樂隊烘托着纏綿的低訴，提琴齊奏，抖弓揉弦聲中，定音鼓隱隱轟響。在蕭邦標示*appassionato*處，鋼琴昂然唱起。整個樂段，描畫孤帆掙扎於滾雷怒濤之間。緊接令人心碎的*dolciss*，便是*abandono*，借右手連續的八度和聲跑動，演奏者有多少希望不能祈求？若非蕭邦精魂之助，顧聖嬰心中苦痛又憑誰訴？

　　後來，顧聖嬰的成長要感謝她身邊那些愛才的善良師長。經丁善德先生推薦，在洪士銈先生幫助下，顧聖嬰北上師從蘇聯專家塔圖良和克拉芙琴柯，開始了一段頗有收穫的學習歷程。五六年，她參加世界青年聯歡節鋼琴比賽，獲得金獎。五八年，又在柯拉芙琴柯指導下，參加日內瓦國際鋼琴大賽，獲得最高獎，與她並列獲獎的，就是你最喜歡的Pollini。而很少有人提及，前一年這個比賽的桂冠，戴在了阿格里齊頭上。無疑，顧聖嬰已躋身世界最有前途的新星之列。但她赴莫斯科參加柴可夫斯基音樂大賽，卻鎩羽而歸。倪洪進先生回憶，在莫斯科準備比賽時，一天她和顧聖嬰去莫斯科音樂學院小賣部吃早餐。顧收到一封信，讀後便哭了。後來倪先生知道，顧聖嬰從信中得知，她父親被判了二十年徒刑，發青海勞改。顧因此情緒極度波動。倪先生説

「試想，背上這樣沉重的包袱，又如何能對付一場重大的國際比賽？」這「情緒的極度波動」，在殷承宗先生的回憶中得到證實。殷先生說「她這次比賽失利，主要是家庭不幸，她在莫斯科準備時，曾哭暈過」。

不難想像，自顧高地先生五五年夏被捕，至五八年被冤判，這三年間，顧聖嬰每日心中懷着怎樣的希望，但這希望終於破滅了。我以為，自此，顧聖嬰的心靈生活和精神世界就變成雙重的。她在心靈深處留一塊淨土，珍藏她的財富，這些財富只展現在她的演奏中，她只通過大師們的音符，特別是蕭邦的「藍色音符」(*Note bleue*)訴說自己。顧聖嬰的摯友刁蓓華先生說「我們平時與聖嬰相處，總覺得她有心事，心裏很矛盾，有話無法吐露出來」。劉詩昆先生也察覺到顧聖嬰有苦難言的心境，他回憶道「我經常在她的琴聲中感受到她的憂鬱。我幾次問她，顧聖嬰，你是不是感覺很不開心？她總是對我憂鬱地微微一笑，說『我有什麼開心的呢？』」人說「憤怒出詩人」，卻不知憂鬱更出詩人。顧聖嬰演奏蕭邦時那種憂傷是學不來的，它是靜靜流淌在自己心間的幽泉，嗚咽嗚濺，只有自家心知。她在蕭邦那裏找到了自己的家園。

我手中有顧聖嬰演奏的兩張CD，其中一張是蕭邦的作品。CD上沒有標明是哪一年的錄音，但從所見材料推測，應該是六十年代早期的演奏。錄音的質量不太好，顯然會丟失很多細節，但從中已能大致瞭解顧聖嬰

的天賦和達到的水平。她的師友們都盛讚顧聖嬰的手指技巧。多年之後，好幾位先生仍能回憶起在莫斯科世界青年聯歡節上，顧聖嬰演奏的門德爾松《仲夏夜之夢》中的諧謔曲。這支拉赫馬尼諾夫改編的曲子，是考驗密集音群手指快速跑動的經典。洪士鈺先生說「顧聖嬰彈得流利輕巧，猶如微風掠過樹葉」。倪洪進先生竟從中感到「一種近似仙氣的東西」。在這張唱片上，我們可以聽到有類似技術特點的曲目，如前奏曲Op 28之八升f小調、之二四d小調，練習曲Op10之八 F大調、之四升c小調。確實，顧聖嬰的跑鍵技巧無可挑剔。但這並非最重要的。手指的靈巧與觸鍵跑動的顆粒性可以通過苦練車爾尼來做到，但要在快速跑動中表達詩意，表達出密集音列的色彩和亮度的明暗對比，卻非心中有詩不可。

以索羅甫嗟夫稱之為「短小史詩」的第24號d小調前奏曲為例，顧聖嬰2分28秒的演奏充分顯示了她既有控制密集音群快速跑動的高超技巧，又有表現作品悲劇性內涵的心力。跑動時風馳電掣，雲飛浪捲，輕奏時如閃現藍天一線，儘管稍縱即逝，也絕不含混放過。手指能放鬆到列文所說的那種「漂浮狀態」，卻不失彈性，樂句流暢貫通，如珠滾玉盤，一氣呵成。全曲織體表達清晰，情緒跌宕起伏卻不誇張，是一個有說服力的精彩演奏。做到了喬治·桑所論「這些優雅而悲哀的音樂，在陶醉你耳朵的同時，破碎你的心」。同樣，奏鳴曲Op 58第四樂章那些十六分音符的疾速行進，在左右手交替

跑動中，顧聖嬰始終保持弦律線連綿不斷，如疾風掠草，風勁草伏，風緩草起，從容大氣。完全不是奇夫勞那種炫技式的跑動，而是韻味十足，似乎每個音都有自己的性格。

顧聖嬰在匈牙利演奏後，一個樂評人寫道：「她演奏蕭邦的作品，帶有女性特有的細緻纏綿，哀怨淒沉的情致，然而有時也強韌有力，顯示着光明和希望」，可謂抓住了顧聖嬰演奏的另一個特徵：內在的深沉與韌性。一旦作品需要英雄氣概，她能一掃柔弱，展示男性的悲哀與豪邁。這在她演奏的Op 25之七升c小調練習曲中有充分的表現。這支曲子是蕭邦匠心獨運的作品，有着豐富的歷史文化內涵，澤林斯基甚至認為「這首練習曲從巴洛克的雄辯風格過渡到對貝多芬第九交響曲『哦，朋友』宣敘調的回憶，再到極其莊嚴蕭穆的輓歌般悲哀的和弦」。要想完美詮釋它，不在技術，而在音樂。我以為它充分體現了蕭邦音樂的核心特質——zal。

什麼是zal？這個幾乎找不到準確對譯的波蘭詞，對蕭邦是如此重要，以至他在給朋友的信中寫道：「當我思考我自己，我感覺到意識留給我的往往是zal。」從蕭邦、李斯特、涅高茲等人的敘述中，我們可以試着把zal體會為：一顆高貴的心靈，在野蠻強力的欺凌侮辱下，那種痛徹肺腑的恥辱感。他痛恨這種專橫，渴望復仇，又明知反抗的結果必是毀滅，這種無力感使他更覺屈辱。zal就是這雙重恥辱下的絕望與悲哀，同時又飽含對

被侮辱與被損害者的深切悲憫。看看波蘭民族屢遭強權瓜分，淪為奴隸的歷史，蕭邦這種心理大致可以體會。如果要找一個形象來說明，我想舉出《伊利亞特》第二十四卷為例，當老英雄普里亞摩斯向殺死兒子赫克托爾的阿基琉斯乞求，要他歸還愛子的屍首時，他心中就充滿zal：

> 想想你的父親，我比他更可憐，
>
> 忍受了世上凡人沒有忍受過的痛苦，
>
> 把殺死我兒子的人的手舉向唇邊。

蕭邦音樂中這種zal的感覺是教不出來的。我們常人，可以通過體驗人生百味，陶冶歷史情懷，聆聽大師演奏來領略一二，但對那些親身經歷過屈辱、恐懼、絕望的天才，zal就是神賜的禮物。我想顧聖嬰能體會到zal，或許這就是她身上那種憂鬱感的源頭。她手下的升c小調練習曲，下鍵就展示出一個剛毅深沉的形象。隨後主題展開，始終保持着莊嚴感。右手的伴奏音型慣被稱作「大提琴般的」，而大提琴是最適於表現男性的溫柔與深情的樂器，其帶有淡淡憂傷的聲音特點，如幽谷中風動松弦。顧聖嬰把作品前段演奏得穩健沉靜，又不拖、不粘，充滿內在的激情。隨後，左右手交替的力度變化，似乎是深情的臨別告語，傾訴着「所思在遠道」的惆悵。中段進入連續十六小節的宣敘，右手情緒凝重，左手卻始終以低唱應和，真是蕭穆莊嚴。讓我想起大衛名畫《賀拉斯的誓言》，三兄弟與父親訣別赴死的

悲壯。後段，顧聖嬰在左手上行的快速跑動中極合邏輯地加強力度，為後面葬禮般的尾聲做好鋪墊。自五十七小節之後的反復悲嘆，讓人聯想起英雄已逝。終句沉重的*smorzando*、帶延長符的休止、結尾輕回的和聲，如寂靜中落日西沉，惟餘悲笳嗚咽，清音遼遠。

顧聖嬰演奏蕭邦作品所取得的成就，絕不僅止於我以上的分析。她演奏的Op 61《幻想波蘭舞曲》，Op 39《諧謔曲》之三，和Op 58《第三奏鳴曲》，可圈可點處甚多，顯示了她駕馭大型曲目的能力。這包括演奏的整體佈局，聲音力度的層次安排，合乎作品內在邏輯的準確分句。這些都關乎對作品思想主題的深刻理解與詮釋。這豈是一封信所能盡述。好在這些作品都是你所熟悉的，我們有時間再切磋。

為什麼顧聖嬰能在演奏蕭邦作品中取得突出成就？除了她的天才和演奏技巧之外，可能還需要把視野放寬，從歷史文化的角度來看。在十九世紀中葉，歐洲的政治文化背景下，蕭邦的某些作品可以在社會政治的宏大敘事中找到解釋。舒曼一句「隱藏在玫瑰花叢中的大炮」，幾乎成了蕭邦音樂革命性的標籤。確實，在十九世紀的歐洲文化中，個人自由、愛國主義、民族情感都是主流文化的內涵。那時的文學、音樂、戲劇中，浪漫主義的浪潮總裹攜着反抗暴政的內容。蕭邦愛波蘭，痛恨俄國對波蘭的奴役。他的密友多是自由知識分子，像密茨凱維支那些常被蕭邦帶入樂思的詩歌，幾乎是波蘭

自由的火炬。在蕭邦的音樂中，縈繞着鄉愁和反抗情緒的作品，反映着他內心深處的zal感。

俄國十月革命後，這些宏大敘事所用的語彙被順利的嫁接在蘇俄社會主義意識形態之樹上。在俄羅斯鋼琴學派的教學中，這些內容被自然地用來詮釋蕭邦的作品。涅高茲在面對《A大調波羅乃滋》、《c小調練習曲》時，也會談及上述角度。但不要忘了，這種解釋的源頭可上溯至李斯特。涅高茲是從歐洲文化出發，以普遍人性為參照，以深厚的俄羅斯音樂傳統為背景的。蘇聯幾十年出了許多大鋼琴家，這是俄羅斯沃野上結出的碩果，是柴可夫斯基、李姆斯基·科薩可夫、安東·魯賓斯坦的餘脈未絕。涅高茲就是這一偉大傳統的傳人。

四九年之後，大陸的音樂教育體制照搬蘇聯，幸運的是在這「照搬」時，順帶來幾縷俄羅斯音樂傳統的殘緒。不幸的是，這幾縷殘緒也很快煙消雲散。顧聖嬰所受教的老師柯拉芙琴科，是奧柏林的學生。在柴可夫斯基鋼琴比賽準備階段輔導過她的查克是涅高茲的學生。這使她有幸在這殘照中一睹音樂聖殿的輝煌。在塔圖良、克拉夫琴科的引領下，顧聖嬰汲取了俄羅斯鋼琴學派的養料，也因此，蕭邦音樂中那些和宏大敘事背景相通的特質，滲入她的演奏。她在研習蕭邦音樂時，是心無滯礙的。

你對她演奏的德彪西的《快樂島》，評價似乎不低。但我仔細聽了她演奏的幾首德彪西的作品，以為她

應該能演奏得更好。以顧聖嬰的氣質和技術素養，印象派音樂本該是她的自家花園。德彪西鋼琴作品纖細、飄逸的聲響、變幻無定的光線、斑駁陸離的色彩，多麼適合顧聖嬰的天性啊。但她似乎沒有達到這種境界。她演奏的《快樂島》，整體上顯得響了一些、有點硬。末段雖然譜子上標示*très animé*，但奇柯里尼和桑松·方索的演奏卻更顯柔和。關鍵在於聲響層次的適度，這點極難把握。想想德彪西靈感來源的華托名畫《發舟愛之島》，雲影縹緲、光線搖曳、色彩過渡微妙，整個畫面氛圍是那樣慵懶、散淡、溫暖。顧聖嬰的演奏就偏實了。當然，她所師承的俄羅斯學派有自己的詮釋傳統，他們彈印象派，重彩大墨，對比強、起伏大，其中自有妙處，但畢竟德彪西不是斯克里亞賓，地中海蔚藍海岸沙灘上的棕櫚同俄羅斯曠野上的白樺，風韻自是不同。像吉列爾斯，彈北歐的格里格抒情小品，聽起來就覺入情入理，細緻妥帖。可聽他彈德彪西，總覺不大舒服。一方水土養一方人物，真是強求不來。

在我看來，詮釋印象派音樂(這裏只談鋼琴音樂)的完美標準，是科爾托、吉塞金、桑松·方索、奇科里尼這一路。德彪西音樂的靈感大半來自馬拉美、魏爾倫這些象徵主義詩人。正是象徵主義詩人對「音樂優先」的強調，吸引德彪西直接以他們的詩歌為題材譜曲。如馬拉美的《牧神午後》、《顯現》，魏爾倫的《月光》、《雨滴在我心上》。這些詩歌悅耳的音韻、舒展的節

奏，彷彿是由旋律線穿起的一串串珍珠。德彪西用音符做一應和，用聲響創造出色彩斑斕、光線迷離、意境朦朧、輪廓模糊的音樂。有一個細節不知你是否注意過，稱德彪西的音樂為印象派，是從結果而不是從源頭上看，有點本末倒置。確實，他的作品的效果讓人想起印象派大師莫奈等人的畫作，但這只是結果而已。所以，蘇瓦雷說德彪西完全是象徵派音樂家。

象徵主義詩學理論的核心概念是「純詩」。梁宗岱先生說：「所謂純詩，便是摒除一切客觀的寫景、敘事、說理以至感傷的情調，而純粹憑借那構成它形體的原素 —— 音樂和色彩 —— 產生一種符咒式的暗示力，以喚起我們感官與想像的感應……像音樂一樣，它自己成為一個絕對獨立，絕對自由，比現世更純粹、更不朽的宇宙。」純詩的意境，正是德彪西的音樂理想。盈盈的老師是奇科里尼的嫡傳弟子，她在教盈盈彈《月光》時，先要她去讀魏爾倫的詩，甚至叫她背下來，說奇科里尼曾對她說，演奏德彪西的音樂不能只靠讀譜子。要「閉上你的眼睛，在幻想中演奏，每一個琴鍵都是sensuel(感性)的，要在幻想中撫摸它們」。

其實，我們的先人從不缺幻想力，古有屈子「飲余馬於咸池兮，總余轡乎扶桑。折若木以拂日兮，聊逍遙以相羊」，今有戴望舒「我希望逢着一個丁香一樣地結着愁怨的姑娘」。二十世紀上半葉，敏感的心靈，仍在求索於純詩之境。梁宗岱先生曾與瓦勒里在「木葉始

脱，朝寒徹骨，蕭蕭金雨中」漫步布洛涅森林，聽他講解《水仙辭》。而五十年代讀書人被「洗澡」之後，梁先生便只能在家中培植中草藥，以製作「綠素酊」打發時光。至此，象徵主義草豐花繁的園地已被芟薙殆盡。在那個説夢話都怕遭人舉報的時代，人或為覬覦權位而妄想，或為貪圖錢財而痴想，或為獨霸「真理」而狂想，惟獨不為美而幻想，因為美是自由的形式。

俄羅斯鋼琴學派的風格固然會影響到顧聖嬰的演奏，但更重要的還在演奏者自己的內心體會。要深入詮釋一件作品，需要對產生作品的文化土壤，對作曲家的藝術訴求有所瞭解。瞭解的愈深愈透，愈能與作曲家心曲相通。顧聖嬰對此很清楚，她對學生講：「要學好一首作品，最主要的要理解作品講了些什麼，然後用什麼樣的手段把它表達出來。首先你要有話講才可以，不然就沒意思。」可惜在顧聖嬰研習德彪西音樂時，印象派音樂的文化背景在大陸幾乎是一片空白，她很難「有話講」。如果説當主流意識形態全盤接受蘇俄時，通過俄羅斯鋼琴學派的傳承關係，我們和蕭邦的音樂還多少沾點遠親，那麼，純粹西方的印象主義音樂則是完全異質的。

這種「純詩的」、「絕對自由的」、「訴諸感官的」音樂，不反映「階級鬥爭」，甚至不理會「愛國」和「民族解放」這種中性觀念，又如何能被主流意識形態所接受？只能變成姚文元這種文壇殺手馳騁的戰場。一九六三年五月二十日，姚文元在《文匯報》上發文

　　　　　　　　既見君子｜歌之翼：音樂書簡

批判德彪西的音樂論文集《克羅士先生》。姚根本不懂音樂，更不明白德彪西究竟說了些什麼。為諛聖意，他才不管什麼和弦結構變化，五聲音階的運用，只需拿起「階級鬥爭」這根棍子橫掃便是。由於他的文章錯誤百出，賀綠汀先生化名山谷撰文批駁，引起了一場論戰。上海音院的幾位教師化名鄭焰如，站在姚文元一邊參戰。顧聖嬰注意到了這場論爭，在給刁蓓華先生的信中，她頗為惶惑地說：「姚、鄭二文基本論點是一致的，我認為也是正確的」。但這顯然不是她的定見，她接着又說：「但是邏輯上不夠嚴密、充分，鄭文涉書太少，泛論較多，不足以駁倒山谷與S二文。S那篇是寫得相當出色的，音樂院的先生們認為異軍突起，為之一驚。這位作者年方二十四，華東師大中文系畢業生，現在戲劇學院搞文藝理論，對音樂有相當的愛好，我感覺(從他的語氣、見解中)已經知頗深了」。從信中看，顧聖嬰對駁斥姚文元的人是極為讚賞的，此中可見出她心中的傾向性。但她並不懂政治，不明白姚文元曲言媚上的陰毒下作，更不能想像這背後政治上的鬼魅伎倆。她對S文的讚賞只能出自她的音樂直覺。誰是S？他就是沙葉新先生。在那個殘酷的年代挺身而出，批駁姚文元的惟賀老與沙先生兩人而已。沙先生的文章論據充分，說理透徹，將姚文駁得體無完膚。後來卻是姚文元掌了文化界的生殺大權。顧聖嬰萬想不到，姚文元的出場，會帶來她的毀滅。在信的結尾，顧聖嬰似有心為德彪西

維護，她輾轉問道：「是否有這樣的情況，有較好的願望，但在實踐中仍局限在階級的框子裏，而沒有走對路？德彪西是不是這樣的情況？」但隨後，柯慶施就把這場爭論定性為「階級鬥爭新動向」，爭論變成政治批判。顧聖嬰這種真正演奏德彪西音樂的人再無發言權。

一九六二年一年之內，顧聖嬰尚在國內演奏了七次德彪西，但自一九六三年二月二十一日，上海藝術劇場的音樂會之後，再未有她在國內舞台上演奏德彪西的消息。

信寫得長了，暫時打住。下封信我想從更廣一些的社會思想背景上分析一下顧聖嬰的音樂道路和她的毀滅，再和你討論。

下篇

建英吾兄如晤：

春天來了，岸柳微吐鵝黃，曉霧中已見灰鶴戲水。但春溫不臨筆端，論及顧聖嬰的毀滅，常擲筆徘徊。陳寅恪先生以為，筆涉人物，須有「瞭解之同情」，實為至言。

在周廣仁先生編的紀念集中，收有一些顧聖嬰的照片。看她頎長的身材、清秀的容顏，演奏時憂鬱的目光，會想起杜甫詩句「日暮依修竹，天寒翠袖薄」。何以會有這種感覺？從她的朋友們的回憶中，知道她父親遠流，母親無業，弟弟患病，顧以一人之力，支撐全家，更有作為鋼琴家的日常苦練。這些擔子壓在她瘦弱

的身上，讓人有不勝苦寒的感覺。鮑惠蕎先生感嘆道：「聖嬰活得太累，太苦了」，她還覺出顧聖嬰是一個「把自己的痛苦藏在心底的人」。什麼痛苦需要埋藏？

顧訓中先生說：「顧高地被正式判了二十年有期徒刑。從此顧聖嬰的心被劈成了兩半，一半仍在孜孜追求着藝術女神，一半留給了深陷冤獄的慈愛父親」。不過實際情況可能更複雜些，顧先生又說，顧高地「從家裏每隔數月寄來的薄薄信紙中貪婪地吞噬着女兒的信息，他從農場僅能蒐羅到的幾種報紙的縫隙中尋覓着女兒的蹤影」。「數月」而來的「薄薄的信紙」和「報紙的縫隙」，說明顧聖嬰和父親的聯繫交流並不充分。顧是筆頭甚勤的人，紀念集中，沒有她給父親的隻言片語，卻收有給刁蓓華先生的信件十三通。是顧先生「丟了」這些信嗎？顧先生身陷高牆，女兒的片語只言都是救命甘泉，倘有親人手澤，能不寶愛至深？有一點大致可以判斷，即使顧聖嬰有信給父親，她也會把想說的話掩埋心底，因為她要依照當時社會的生存邏輯行事。

由於父親被冤判，顧聖嬰已淪為「殺關管子女」。這個符號標誌着某些人，因上輩中有人被「殺掉、關押、管制」而身負「原罪」，淪為「賤民」。他們前途暗淡，舉步維艱。當時，對他們的基本政策是「有成份，不唯成份，重在政治表現」。就是說，你若想擺脫「賤民」地位，則必須認同主流意識，並且格外努力表現。借用批判哲學的術語，肩負救贖任務的主體是

Establishment，在中國，恰當的譯法就是「組織」，一種無個性卻無處不在的強大力量。個人再有才華，在組織面前也等於零。在這種社會政治環境中，顧聖嬰的卓越才華和她的賤民地位強烈衝突，並決定了她今後的行為模式。她將積極靠攏組織，以努力成為一個革命者來洗刷她的原罪而葆有她的藝術。

在她和刁先生的通信中，她批評別人「政治基本功太薄弱」，這會使「演奏停滯不前」。她真誠地贊成「改變思想感情是長期艱巨的任務」，並稱「沒有人像雷鋒那樣使我激動和敬佩」。這種努力有些效果，她在日記中記下別人對她的肯定：「知我是團幹部，說我這幾年特別賣力，某些地方趕過別人了」。在這種政治背景下，她又如何看待父親入獄的性質？當年她目睹父親被捕，說出「我愛爸爸」時，她剛剛十八歲。經過幾年的「革命化」教育，顧聖嬰的看法會有哪些改變？在不斷的政治清洗中，我們眼見骨肉相殘。但我以為，顧聖嬰和父親的關係絕非如此。在經驗不到之處，自有啟示之光將思考帶入澄明。

顧聖嬰一九五八年加入中國音樂家協會，隨後，加入共青團，初步擺脫「賤民」地位。但前述衝突依然存在，只是變成了她個人的心理衝突。她已是「組織的人」，當然認可組織的正當性。但判父親入獄的不也是「組織」嗎？相信組織，就要相信父親是有罪的，但「自我」卻絕難認同。對父親出於本能的愛，同組織的

判定相衝突。用精神分析學的話說，這是一種雙重的「對喪失愛的恐懼」。面對這種心理衝突，需建立一套防衛機制，來保持心理平衡。這種壓抑——轉移——昇華的心理過程在弗洛伊德、馬爾庫塞與拉康的著作中有詳盡的分析。簡而言之，她將把對父親的思念逐入潛意識，再以革命的名義轉移那些與當下現實衝突的欲念，而「昇華入」音樂，「為革命演奏」使她找到心理衝突的平衡點。她暫時「得救」了。不過從糾纏顧聖嬰一生的緊張、失眠、惡夢、焦慮諸症候看，這個平衡是脆弱的。它是一種在「超我監督」下的「恐怖的平衡」。外部強權迫使「超我」順從「有罪判定」，而本能卻告訴「自我」，愛不是罪。衝突的結果，形成顧聖嬰心理上的「偽原罪感」。這就是顧聖嬰埋藏起來的痛苦。安提戈涅並不想拋下瞎眼的父親俄狄浦斯，是國王克瑞翁把她拉走的。

在沒有自由空間的全能社會中，顧聖嬰的行為方式是合理且正當的。弱小的個人在強大的社會機制面前，正如拉康所論「鏡像階段」的幼兒。其自我認證是通過「它性」來完成的。組織才是給予顧聖嬰自我的「它性」。它是力量的象徵，價值的衡定和弱者的保護人。顧聖嬰的安身立命之所是她的鋼琴藝術，而這也只在組織的關懷下方能存在。在以「階級鬥爭」為社會活動槓桿的形勢下，個人唯一的依靠就是「站好隊」，尤其當你不是本階級的人，這個階級卻寬宏地收容你，便自然

會「感恩」了。我們誰不曾有過把自己交給「組織」後那種輕鬆的幸福感？這是一種為逃避的接受，我們接受外部威權，甚至不考慮它是否在侵害我們，以換取失去自由的安全感。因此，對顧聖嬰時而激昂的革命情緒，我們絕無責怪，惟有痛惜。

由於顧聖嬰要追隨政治正確，她便經常處於藝術家本能與社會政治要求相衝突的境地。討論一場音樂會的得失，她能一絲不苟地考慮技術問題與音樂處理，但又會認為「政治上的『嬌』導致了業務的『矯』……於是演奏也停滯不前」。她很真誠地同意「經常下鄉下廠對我們搞洋、搞古、搞單幹的十分必要」，又感到「黨的要求是越來越高」，「這幾天顯然感覺調門又往高處走了，我不得不再自問，究竟那個調門是我的」。她說服自己「最近再三的強調了總方向，嚴格審查作品，注意傾向性，我不可也不應該在自己的舞台上去搬弄適於西洋的一套」，又抱怨「多少年了，什麼時候才能真正的明顯的『提高』？固然政治覺悟的提高，思想認識的一致是大前提，但若是離開了樂隊隊員的技術、修養，離開了指揮藝術，又有什麼可言呢？」我們甚至能感到這種矛盾衝突動搖着她賴以生存的藝術基石。她問道：「生活在我們這個時代的人，可能和可以對過去的作品有興趣和喜好嗎？」紀念集中，收有顧聖嬰六四年參加伊麗莎白女王國際鋼琴比賽的日記，可以看出藝術與政治的衝突怎樣折磨着她。

當她知道參賽者的情況後，便斷定「美蘇選手是強敵」，命令自己「為了祖國，為了人民……應該記住，彈好就是我運用了我的武器，也就是為革命服務，為政治服務」。顯然，顧聖嬰並未把參加比賽當作深入鋼琴藝術的機會，而把它當作一場國際政治鬥爭。

五月三日，顧聖嬰得空在櫻花林中散步，自然喚醒了她被壓抑的本能：「略聞草香泥土氣，心情為之一爽，什麼時候我能整天在這樣的環境中輕鬆一下呢？……我太喜歡這樣的天地了，我能不能懷着這樣的心情上台比賽呢？」在自然懷抱中，她意識到自己需要一種輕鬆的心情上台。隨後，因為一位負責接待她的比利時老太太「擁抱和吻了我，給我力量，我差點流淚了，的確心在那一刻發熱了，我得到了力量」。這個力量並非來自「政治鬥爭、祖國榮譽」，而是來自人性之愛。第一輪比賽她彈得相當成功。

顧聖嬰到比利時後，每天都記下身體的各種不適，頭昏、抽筋、惡夢、手臂疼痛，這顯然和心理壓力有關。她為自己加壓，竟認為「全國人民的希望寄託在我身上」。這豈是她那脆弱的身體和心靈所能擔承？第一輪賽後的清晨，她到林中散步：「晨間的陽光透過樹叢，形成各種色調、氣氛。林中各種蟲聲鳥鳴極悅耳，對Ballade有大啟發。如老太太所說，我彈得不夠詩意，不夠libre。」詩意與自由，這是藝術的生命之源啊。但她多半時間卻無暇顧及。第二輪，她的表現不理想，她

自評道：「很不滿意，沒有一首好的。」儘管如此，她也沒有從藝術上反省，卻想到，「現在局勢是微妙的，這裏還是有鬥爭，需手段的」。恰在這時，丁善德先生和她談了一次話，「說到我的家庭問題，談到團的工作，說到入黨問題，要我回去也……說現在將吸收一些（丁院長的提法是較令人驚訝和感覺興趣的）。」

丁先生的這次談話似乎是想為第二輪比賽表現欠佳的顧聖嬰鼓把勁，所以竟隱約談到儘管顧出身不好，卻仍有可能入黨。顧在記丁先生的話時很特殊地用了省略號，似是丁先生出語慎重，甚或曾「面授機宜」。總之，這隱約的許諾讓顧聖嬰「驚訝」，而且「感覺興趣」。這使她更緊張動員起來，「應爭取得獎，得高獎！」在五月十九日與樂隊和樂之後，她感覺「白天頭疼，精神不佳，手不舒服，如何工作呢？」卻又告誡自己，「讓所有的想念都變成練習效果吧！這是最好的獻禮」。倘若能僅作此想倒也罷了，她卻又注意到「看看其他選手，都不像我這樣緊張，是他們會安排，還是我過份？？深思！」兩個問號加驚嘆號，說明她實是不堪重負。是啊，其他選手只為自己，為藝術彈琴，而顧小姐卻憑白要為六億五千萬人彈琴啊！

顧聖嬰以總分排名的方式進入第三輪，需在隔離狀態下練習昆特的協奏曲，背譜時心力交瘁，卻仍不忘「我是一個革命者，來自馬列主義、社會主義的中國，為什麼不在這件事上體現一下我們的革命風格呢？」這

時，美國選手科爾蒂出現了，他帶來了完全不同的一種思路。顧聖嬰記下了他的一些言論：「他認為知識分子可以有個人自己的想法，開展自己的藝術道路，言下還有藝術，不具體體現政治之意。」顧聖嬰當然知道這和她信奉的意識形態大相徑庭。她卻未加批判，還直言：「我喜歡他」。兩天之後，她又與科爾蒂散步聊天，具體談了些什麼，顧未曾記下，卻記下了科爾蒂對勞動的看法：「他擁護我們的政策，認為勞動是"good for health, mind, soul"」。但顧聖嬰卻忽略了科爾蒂所談的勞動和我們的「勞動改造」之本質區別。這個忽略或許是有意為之，因為顧聖嬰不可能忘記她的父親正在從事着一種勞動，它可不是"good for health, mind, soul"。而不作這種忽略，她就不好接着記下「我還是很喜歡和他交往」。

最後顧聖嬰獲得第十名。應該說，在她那種心理壓力和身體狀況下，這已是不錯的成績。但她不滿意，自己默默流了淚。可惜對這個結果，她給出了這樣一個總結：「對比賽，我沒有什麼滿意不滿意可說，因為藝術不可能脫離政治，比賽無例外的也是一場鬥爭，是兩個階級爭奪的所在。它既是藝術觀上的交鋒，也是政治上的交鋒」。顧聖嬰沒有說明，在她的名次上，「敵對階級」是如何行動的，倒是記下了英國評委的意見：「不要加太多東西進去，而應該去掉雜質廢料，使作品的全貌呈現。」照當時的陣營劃分，英國評委應屬「敵對勢力」，但顧聖嬰卻斬釘截鐵地說「很好的道理」。「去掉

雜質廢料」，莫非英國評委聽出了顧在演奏時心中所裝的那些「黨國、人民、階級」，而顧自己也明白這點？

　　隨後，她買到肯普夫彈的貝多芬的奏鳴曲，李帕蒂彈的格里格，聽後極喜歡，甚至「覺得我能夠彈好貝多芬」。就在第二天，她記下了觀看電影《柯山紅日》的感受：「《柯山紅日》太差了，我受不了這種全無音樂邏輯的東西」。筆鋒一轉，她又寫道：「突然非常喜歡Beethoven了，Kempff的原因吧！」只要稍微離開那些「雜質廢料」，顧小姐就立時恢復了純正的藝術趣味。比賽結束後，顧聖嬰在歐洲幾國巡迴。期間政治活動不少，聽胡耀邦在團代會上的報告，「受到激勵，一定要不負期望，努力革命化，徹底革命化，作一個真正的革命者，一個共產主義的戰士，一個共產黨員。」日記中出現了「革命啊！永遠革命」的呼喊。這種超常的革命表態，其實來自她的內疚感，似乎這次比賽沒有取得理想成績是她的「過錯」，「唉，一種抱愧遺憾的心情總佔據着我，只能從以後去彌補了」。這種抱愧內疚的感覺，根子還是那個「負罪感」。據刁蓓華先生說，顧聖嬰每次出國要經「特批」，時任文化部長的夏衍喜愛她的才華，每次為她作「政治擔保」。顧小姐是個知恩圖報的人，對曾幫助過她的人，心中總存一份感恩。說大了，是「黨國、人民」，其實心中是具體的個人，沒達到理想要求，竟深懷愧歉，長久不能釋懷。帕斯卡爾

說：「世上只有兩種人，相信自己是罪人的義人和相信自己是義人的罪人」。顧小姐是前者。

回國前，她在莫斯科記下最後一則日記，「一整天幾乎都在唱片中消磨，聽了兩套歌劇，老柴浪漫曲和 Mendelsssonhn concerto, Chopin Grand Polonaise，都喜歡，但與我們今天的生活，今天要表達的太遠了，多聽有好處嗎？不禁想到如果立足不穩的話，是會陷入沉入到那樣一種境地，那樣一種感情與精神世界中去的。」顧小姐已經意識到她所「信」的世界和她所「愛」的世界是根本分裂的，她真是面臨深淵，徬徨無地了。鮑惠蕎先生對此有所察覺：「在那些年裏，她默默承受着命運的重壓和痛苦，就像一個朝聖者背負着沉重的十字架踟躕前進。……我們都覺察到她的演奏風格漸漸有了些變化，原來的清新的詩意和高貴的抒情少了些，代之而來的是躁動不安的戲劇性。初時，我們還以為她是想突破自己，尋求一些新的東西，但逐漸感到了那是源自於她內心的巨大痛苦似乎要掙破她單薄的身軀衝出來，那是她的心在哭泣、在掙扎、在吶喊……我常常暗自擔心她快要崩潰了。」

顧聖嬰六月十六日在布魯塞爾音樂會之後記到：「加奏了斯克里亞賓的左手夜曲，我近日特喜歡它，心情有關！」這條記載似在一片燦爛的背景上橫抹一道灰痕。剛獲比賽獎項的顧小姐何以會「特喜歡」這支悲傷

透骨的曲子？它是斯克里亞賓右手練琴受傷，面臨斷送演奏生涯時的絕望之作，專門寫給左手，似雙翅損一仍欲振翮。在顧小姐「革命、革命啊」的意識底層，竟埋藏着如此深重的傷殘感，又不小心通過樂曲透露出來。何以故？後來見到顧小姐遺物中，有一隻蕭邦左手模型，已被暴徒砸毀，僅餘三指。我幾乎相信這便是顧小姐那一刻「極喜歡」斯克里亞賓左手夜曲的理由。「白露警而鶴唳清，知霜雪之將至也」。顧小姐似已隱約聽到「共和國新人」鏗鏘的鐵踵。音為心聲，顧小姐欲借斯氏左手向蕭邦致最後的敬意。

閱讀顧聖嬰比賽歸國後的演奏日記，可以看出形勢變化，劫難的巨輪開始滾動。它將碾碎顧聖嬰脆弱的生命。六四年下半年開始，顧聖嬰愈來愈少演奏古典作品，音樂會中佔主導地位的是那些時新作品，《翻身的日子》、《高舉革命大旗》。六五年一年，她僅彈過一次蕭邦的《升f小調諧謔曲》，而新曲目是《唱支山歌給黨聽》、《隨時準備戰鬥》……。她的演出場所也離開音樂廳，搬到上海重型機械廠鑄造車間……。但顧聖嬰對這些和音樂藝術無關的曲目也努力去彈，並記下筆記，分析得失，從中能感到她的焦躁。由於政治學習時間太多，她已無法練琴，她焦急地發問「演奏要不及格了，如何是好？」「該練琴呢？」「何時能練琴？」「在工廠中可練琴，但時間何在？」九月二十七日上海重型機械廠演出結束後，她焦慮地發問：「以後演出用

什麼呢？是個大問題呢！」對顧聖嬰而言，這是個生死攸關的問題。在六五年最後一則演出日記中，她明白大勢已去，「總想學些新的，不過看來可能性不大」。她腳下的生存板塊開始漂移。

在紀念冊中，找不到顧聖嬰六六年的消息。但我們知道，這是「共和國新人」大為風光的一年，有多少兄弟姐妹、父老鄉親無聲無息地在他們的鐵踵下「消失」了。六七年二月一日，那個陰冷的凌晨，她走了。

顧聖嬰的朋友們在回憶中痛惜她的絕然棄世，惋惜她未能咬牙熬下來。劉詩昆先生認為「文革初期她所受的折磨畢竟還只是最粗淺的」，甚至以為顧聖嬰選擇的自殺之路「也遠未到非走不可」，似乎死活之間是可以計量的。我倒想為顧小姐一辯。

前面我已分析過，顧聖嬰的心理平衡建立在由外在威權內化的「超我」與「自我」的妥協之上。在她的「超我」接受外在威權的價值形態時，也確立了「自我」的價值。先前這個由「超我」負責取捨的價值形態是穩定的，從而顧聖嬰的「自我」價值結構也是穩定的。但突然，外在威權將「超我」的價值穩定自行打破，使那些將此價值內化於意識結構的弱小個體無所依附。他們的心理崩潰便在所難免。此其不得不死者一。

顧聖嬰以為她的政治原罪，在十幾年的努力表現下，已救贖在望。組織已和她談及入黨問題。她完全信賴那些代表組織出面和她打交道的個人。但轉眼間他們

亦被打翻在地。救贖者翻成罪人，救贖再無可能。此其不得不死者二。

鋼琴演奏是顧聖嬰安身立命之所。不要說蕭邦、德彪西，她甚至對《洪湖赤衛隊》這類時新作品也傾注心力去演奏。但眼下連這類作品亦成需蕩滌的「污泥濁水」。她無價的天才與技藝竟類同垃圾。此其不得不死者三。

顧聖嬰冰清玉潔之身，竟被勒令下跪謝罪，又遭粗漢掌摑而肌膚相侵。餐英飲露之人墮入葷血腥羶之筵，兇徒滿目，狂囂盈耳，親人阻絕，友朋悉損，虎狼之地，不容聖嬰。此其不得不死者四。

有此四端，義無再辱，有此四端，安能不死！

但並不僅於此。顧聖嬰是自殺的。自殺與自然死亡性質不同。它是主體的自由意志先行到死，因而更是一精神性事件。哈姆雷特發問「死還是活，這是個問題」，他已經把有關生存性質的詢問擲在我們面前。一個人選擇「不存在」(死)一定劣於「存在」(活)嗎？帕斯卡爾說「人是能思想的蘆葦」，以指明人在生物上的脆弱和精神上的尊貴。人惟在精神活動中呈現其為人的定性。精神活動創造意義，這種意義的價值衡量卻要實現於社會系統。從而，個人的生死抉擇便關涉對某種價值的否棄或認可。Émile Durkheim正是在此意義上指出：「我們缺少活下去的理由，因為我們能夠珍視的唯一生命不再適應任何現實的價值，而仍然融合在現實的唯一生命，不再滿足我們的需要。」他把這看作利己性

自殺的重要原因，其關鍵在於，高貴的心靈中，生命的延續同價值、道德目標相關。顧聖嬰選擇自殺，正因為她的生命「已不再適應任何現實的價值」。此生死去就之擇，豈能以多少較之？

對顧聖嬰而言，還另有一層宿命。她是一位「鋼琴詩人」，擔承着為「另一維」「立法」的責任。雖然她並不自覺此一責任，但責任並不因此消失。海德格說：「在世界黑夜的時代裏，人們必須經歷並且承受世界之深淵。為此就需有入於深淵之人」。顧小姐被命運之手加上了「入於深淵」的責任。不過，我在此引海氏名言，卻有着與他不同的用意。詩人之擔「入於深淵」之責有兩種情況，能為詩，則深入深淵，啟明存在之光，不能為詩，則陷入深淵，「遮蔽」存在之光。海氏寄希望於前者，顧小姐卻以後者出場。她在伊麗莎白女王國際鋼琴比賽中所思之事，多與詩人之責無關。她已經自覺不自覺地向音樂中尋求不屬於音樂的東西。無論是談論作品還是演奏，她幾乎無一字涉及音樂本身。她已不能為詩，而身處晦暗不明的「遮蔽」狀態。

藝術家作為藝術品展現其真理性的「途徑」，本承有「葆其真」的使命，她卻讓那些「雜質廢料」將此途徑「遮蔽」起來，把藝術虛擲於「服務於所用」的荒野。她反復責怪自己「技術上的問題」，以為技術可以帶來藝術的完滿，卻不知道技術性仍外在於作品的真理性。她本可以借技術之「用」來打開藝術品昭示真理之

光，她卻在技術上往返逡巡，痛失深入藝術品之本源的機會，即作品「憑何是其所是並如其所是」。藝術家無須深知「去蔽」之責，她只需面對作品如其所是地演奏就夠了，真理自會在樂聲的鳴響中顯身。但她錯把「階級」、「國家」認作藝術的目的，把「去蔽」之責當作以「武器」制勝「強敵」，從而迷失在現實的癲狂中。但是，這並非顧小姐的過錯，當整個民族都被鼓譟起來奔向深淵時，她不過替我們擔當了迷途之責。

詩人的職責是在詩中經驗那未曾說出的東西，她開啟，她立法，她創造有別於「實存」的另一維度。如果時代的暗夜太濃重，詩人之思無力穿透黑暗去昭明存在的真理，詩人便已死去，無論在生物學的意義上，她是否還活着。卻有詩人選擇另一條路，以真實的死亡完成其最美艷深邃之詩。顧聖嬰的先行者茨維塔耶娃明瞭此點。她說，心靈的英勇是活，軀體的英勇是死。當她知道自己的心靈已無勇氣承擔詩人的職責時，她便選擇了軀體的英勇。詩人之為民族的先知，象徵着民族的命運。民族同個人一樣，也存在精神的生死。因此荷爾德林敢於說「一個民族將死之際，精神選擇一人，為它唱出生命的天鵝之歌」。

一九七七年，顧高地先生自青海勞改營釋放，滿懷對家人的期盼回滬，等待他的竟是一個殘酷的消息，他的親人們早在十年前就撒手人寰。顧先生知此消息，一夜鬚髮全白。後在蔡蓉曾女士陪同下，前往萬安公墓

尋找親人遺骨無獲，慟哭失聲，哀動墓園。此後，老人收集愛女遺物，辦成顧聖嬰紀念室，每天晚上，老人都會來這間屋中一坐，在夜幕四垂，青燈如豆的岑冷孤寂中，和愛女交談，聽愛女演奏，直到一九九〇年，老人也走了。

一九七九年，顧聖嬰辭世十二年後，舉行了她的骨灰安放儀式。但擺放在靈堂中央的骨灰盒是空的，顧小姐竟是弱骨無存，埋香無處。

二〇〇九年六月，Pollini在巴黎普萊耶爾音樂廳，演奏貝多芬第五鋼琴協奏曲，這是蕭邦當年在巴黎開音樂會的地方。看到他演出的海報，手捧鮮花，微笑着，便想起一九五八年日內瓦國際鋼琴比賽，和他同登領獎台的顧小姐，一襲白裙，高貴典雅。五十年後，卻一為巨擘，縱橫琴壇，一為遊魂，無枝可依。

九洲並非不產精靈，牛山濯濯，只因持斧斤者眾，縱天降英才，瑰偉卓犖，天朝戕伐亦如割野草。如有美玉，日月孕育，山川滋養，逾百千年而成，要毀滅亦不過一擊。

歷數顧聖嬰的演奏日記，沒有見到她演奏蕭邦降b小調奏鳴曲的記錄。似乎她不願意為我們演奏《葬禮進行曲》，我想她是有道理的。這曲子不適合我們慣常的情感方式。在李斯特看來，「這樣的情感只有在哀悼民族悲劇的全民族葬儀的行列中才會存在」。而我們卻不喜扶着受難者的靈柩，悲悼於時光的行進，倒樂於披

上死者的屍衣，歡歌於橫屍的荒原。我們只會為君王送葬，不會為生民哀哭，從而無法體會「廣大的慈悲，那種珍視每座墳墓和每個搖籃的正義」。

馬爾庫塞說過：「遺忘過去的苦難就是容忍而不是征服造就苦難的勢力。思想的崇高任務就是對抗時間的流駛而恢復記憶的權利。記憶是獲得自由的手段。」記憶，便是我們的持守。

豈日無衣

張思之　　　　　　　　　　　　　　　　　趙盈攝

欲挈鯨魚碧海中

記張思之先生

非源於偉大之物者，不會是偉大之物

——西塞羅《法律篇》

鳥何萃兮蘋中？罾何為兮木上？

——屈原《九歌·湘夫人》

一

二〇一一年八月十六日，風和日麗。和小雁約好，去祭掃賓雁墓。賓雁過世一年後，朱洪攜靈骨歸故園，先暫厝金台路老宅，後幾經波折，最終歸葬天山陵園。祭掃後，隨小雁返家，她說下午有幾個電影學院的學生會來家中拍攝一部賓雁的紀錄片，要我談談賓雁。到家朱洪已在等候。我與她一別已四年多，見她精神安好，只是消瘦了許多。說話間攝影組到了，正開門搬器材，靜靜走進一位老人，個子不高，神態清朗，白皙的面容上飽有溝壑，一雙慧目閃閃，頭髮灰白，梳理得一絲不苟。他身著一件白色短袖衫，款式再簡單平常不過，在他身上卻妥帖齊整，透着恬淡儒雅。不過，只說他儒雅

似乎還不夠，其風姿俊逸，又讓人想起竹林名士。小雁和他打個招呼就介紹我們認識。我才知道這位老人就是中國律師界的泰山北斗張思之先生。沒承想，先生握着我的手，第一句話是說，「我讀了你的《燃燈者》，很喜歡」。聽他這樣提攜後進，誇讚拙作，讓我心惶然。張先生的大名我敬仰已久。八十年代初，他出任林彪、江青兩案辯護組組長，又親任李作鵬的辯護律師，這是文革後中共試圖重建法制的一次大演練。張先生親歷親為，是創造過一段輝煌歷史的人。九一年審理王軍濤案，也是張先生擔任辯護人。像這種政治大案結局早定，張先生慨然出山，是知不可為而為之。我對他的膽識豈止是欽佩？今天雖是第一次相見，卻不覺陌生，與他一起來談賓雁，猶覺親切。

待攝製完畢，大家就坐下閒談。張先生談起話來神采飛揚，他講到李作鵬的兒子刪掉不少李作鵬回憶錄的內容，而這些內容事關毛、周、林的關係。他痛惜這些歷史真相會就此泯滅，不由頓足攘臂，聲調激昂，重責李公子不知輕重，完全是個敗家子。激憤所至，從沙發上一躍而起，雙目炯炯，真「岩岩若孤松之獨立」。我心喜今日得見此人物，便抽空到隔壁給陪盈盈逛街的雪打電話，說，「你快回來見見張先生，他飄飄若有仙氣」。其實，我們常說的「人格」「個性」，就是拉丁文persona這個字，它的本意是演員戴的面具，然後引申

出「個性」「人格」的含義。可見人格和外貌本密不可分。魏晉名士好講「容止」，就是把人的風姿神韻和人的睿智心性當作彼此呼應的整體。張先生舉手投足透着泉間竹下的飄逸，而這和他公堂之上「雖千萬人吾往矣」的剛烈慷慨又如何融合為一？這真是個謎，容我慢慢體會。

拍完片子，小雁招呼大家去吃飯，那天她訂了一家很別緻的餐館叫「一○六精緻家常菜」。我本不知小雁約了飯局，已和治平約好見面。既如此，想治平和張先生都是法律界中人，就告治平直接去餐館見面。誰知他們早就認識，張先生對治平極客氣，稱他「梁老師」。朋友中治平是最年輕的一個，卻被前輩張先生稱「老師」。後來治平跟我講了他和張先生相識的故事。一九八六年治平的《法辯》一文發表，張先生讀了，便拿了文章下樓找當時在律協工作的李楯先生。據李先生記載，張先生對治平的文章「評價極高」，「興奮不已，連連叫好，要我去找他談談」。李先生後來到人大紅二樓登門造訪，跟治平提到此事，他們也成了朋友。太巧了，《法辯》也是我極喜愛的文章，一日治平冒雨往炒豆胡同老宅送我此文，我讀後曾有信給他談感想。今天我們三人坐到了一起。誰說天下無緣份？張先生謙遜溫和，在飯桌上，他執意要盈盈和雪坐到他旁邊，對盈盈問長問短，知道盈盈生在法國卻講這麼好的中文，便大加誇獎。我和朱洪坐在一起說話，稍覺她不似以往

反應敏捷，靜靜地聽大家談的熱鬧，始終微笑着，卻不大插話。聚餐結束後，治平駕車送張先生回家。我送他上車前，他說想要一本《燃燈者》簽名版。我說立刻寄給他，他便留下了地址。

　　第二天一早，我給張先生去信並寄了書和一冊盈盈的攝影集。很快就收到他的回信，信中說「小攝影家拍得真好」，又對我信中所談做了精彩回覆。讓我感動的是張先生竟對自己的工作不滿意。在我看來，他已肩起了常人不可承受之重，卻責問自己「我們身臨其境，這些年又做了點什麼呢」？信末說，「想在你們行前再見一面，請令嬡品嘗一下北京烤鴨，不知是否有此機緣」。他提的見面時間是二十七日，因為他馬上要離京去成都見冉雲飛，信中說，冉是他的「當事人」，二十七日回京。可那天恰恰是《燃燈者》國內版的發佈會，而二十八日回法的日程已定。與張先生電話商量，似乎找不出其他時間。他在電話中有些失望地說，「那就等來年再見吧」。放下電話，我心中頗不安，多想和先生見上一面啊！二十五日在國家大劇院聽歌劇，跟丹洵商量，她建議把二十七日兩個活動安排在一起。先訂好餐廳，等辦完發佈會，直奔餐廳和張先生見面。想這是個好主意，乘幕間休息，給張先生打電話安排妥當，我心頭一塊石頭落了地。那天發佈會完，我們就往餐廳趕，朋友們早到了，一眼就見張先生和國平坐在一起談笑風生。我過去跟國平開玩笑，說，你也請張先生辯護

　　　　　　　　既見君子｜豈曰無衣

呀。張先生仰頭大笑，指着國平説，「和他打官司，我也是輸」，這當然説的是天予訴國平一案，張先生為天予代理而未能贏的事。那晚的歡聚拖到很晚，服務員幾次進來看，才知早過了打烊的時間。朋友們起身告別，我們送張先生回家，相約盡早再見，看張先生的背影消失在電梯間，心中漾起一絲惆悵，庾信《贈徐陵》詩云：「莫待山陽路，空聞吹笛悲」。人生能得幾知己？日常的操持卻總會疏離我們的相聚，縱折柔條過千尺，怎抵一夕巴山夜雨？

二

　　二〇一二年我未回京，小女盈盈回去，我囑她代我去看看「張爺爺」，盈盈説她要給張爺爺照幾張相片。張先生知道盈盈回去，一定要請她吃飯。家姐陪盈盈去，飯後回到張先生住處，盈盈讓張爺爺坐在一張藤椅上，「指揮」他擺姿勢，給「張爺爺」照了一組肖像。洗出給張先生送去，他説照得好，甚至説「最好」，當然這是張先生鼓勵孩子。

　　二〇一三年七月二十八日回國，下了飛機就與張先生約，那天是朋友為我們接風，請張先生一起去。他一上車就給我兩部書，《我們律師》和《我的辯詞與夢想》。兩冊書沉甸甸的，潔白的封面上，漆黑的書名，對比強烈，似乎象徵着律師的職責，辨清黑白。不知裝幀設計的人是不是這樣考慮的。張先生還帶上了兩瓶茅

台酒，席間我才發現他是位好飲者。恍然醒悟，張先生嵇阮一流人物，豈能缺綠蟻流霞？可惜那天在餐館不得盡興，便相約去傅蕾家再聚。

八月二十二日，請張先生往傅蕾康城小區家一聚，朋友們幾乎到齊了。那晚他真是雄姿英發。以張先生的年紀論，可真稱得上海量。常不動聲色，斟滿的酒杯就空了。或撫杯侃侃而談，酒高聲低，姿態從容。一杯既盡，四下顧盼，英氣逼人。我靜坐一旁，悄悄想，先生是極重朋友的，若有一日，春醪既成，而良朋悠邈，先生會不會寂寞？就在那天，他告我秋天會有法國一行。果然，九月二十一日張先生到了巴黎，我和雪去旅館見他，陪他吃飯。我本來安排好陪他遊覽巴黎，但他的日程已由接待方排滿，相約幾次也抽不出時間相見，最後他們返國時我也未能相送。先生走了，「願言懷人，舟車靡從」，留下深深的、無盡的遺憾。

二〇一四年夏天，巴黎人都外出度假了，城裏空蕩蕩的。我突然接到玉笛女士的電話，說張先生有東西托人帶給我，放在鳳凰書店，叫我有空去取。玉笛女士是張先生傳記的作者，年前張先生來巴黎，我們在酒店見過。這次她鄭重其事打來電話，我不由好奇，會有什麼東西帶給我？一個細雨濛濛的下午，我去鳳凰書店取回包裹。打開是厚重的一本書，淺咖啡色的封面，書名字體秀美，《行者思之》。原來是道群給先生出的口述自傳，這秀美的題簽出自章詒和大姐。

既見君子｜豈曰無衣

三

　　書取回家，開卷就放不下。這部個人口述歷史實是一部紅朝得鹿後的中國律師制度史。在紅朝屍橫遍野的法制荒原上，見到的是張先生孤獨而倔強的背影。放翁有言，「爝火不能為日月之明，瓦釜不能為金石之聲，潢污不能為江海之波瀾，犬羊不能為虎豹之炳蔚」，是張先生的精神與人格力量建構起那些歷史記述與煌煌辯言。先生以此大作賜我，實不我欺。

　　二〇一三年，張先生授我《我的辯詞與夢想》，讓我有機會細讀張先生代理案件所作的那些辯護詞。這些無懈可擊的辯詞，特別是那些上訴申辯，其結局幾乎完全一樣，「駁回高瑜的上訴，維持原判」，「駁回查建國的上訴，維持原判」，更不要說鮑彤、王軍濤這樣的政治大案。從律師職業這個角度看，張先生極不成功。他代理的案子很少贏，用他自己的話是「屢敗屢戰」。但他為什麼在律師界享有崇高的威望，他的一冊辯詞不脛而走，廣為傳閱？我想這是因為在一切正常人的心中，都有一桿正義之秤，一個永恆的正義標準。這個標準不依法庭的判決結果而定。相反，法庭判決結果倒是要由它來判定對錯。

　　在西方法律傳統中，這種情況是由兩個拉丁字的區別來表現的，即 *Jus* 和 *Lex*。在中文中，它們都可以譯為「法律」，其實它們的差別極大。在拉丁文辭典中，*Jus* 的第一個義項是正義(Justice)，而 *Lex* 則是「由法官在

眾人面前宣佈的法律條文」。*Jus*強調法的超驗性和本源性，*Lex*強調法的實定性。所以前者更多的在自然法的意義上使用，後者則用於實定法。這個原則被查士丁尼法典所遵循，《學說匯纂》(*Digest*)中明定，「但還有另一種法，它表現了一個更崇高、更持久的準則，那就是自然法(*Jus naturale*)，它相應於『永遠善與正義的事物』」。自然法肇始於古希臘，亞里士多德和柏拉圖都曾有論及，在廊下派手中獲得了愈益完善的表述。但卻是西塞羅把自然法觀從一個模糊的道德信條變成法理學的基礎。西塞羅恰恰是古羅馬最偉大的律師。他敢於為羅斯修斯辯護並打贏官司，儘管控訴人是殘暴的蘇拉。他也為凱撒的敵手辯護，其辯詞竟讓偉大的凱撒「感動得全身顫抖，手裏的文件散落地面」(普魯塔克)。他代理西西里人民訴總督威勒斯，在控詞中，他依據的正是冠以眾神之名的自然法。

自然法的主要原則是：它是普適的，適用於地球上所有民族國家，甚至適用於世間萬物；它是恆定的，不隨歷史演進而變化，不隨時間嬗遞而磨滅；它是終極性的，涵蘊人類的終極關懷和追求，從而是至高正義的源泉；它是神聖的，由神意所賜，因而它是超驗的；它是可以通過實踐理性所認知的，是一種道德直覺。而後，聖奧古斯丁和托馬斯·阿奎那賦予自然法更多神學意義。其實，他們所做的神學闡釋可歸為一句話，只有當正義具有存在論的地位時，法律才是堅不可摧的。西

既見君子｜豈曰無衣

塞羅在為西西里人民的自由辯護時說，他依據的法律，「就是朱庇特依據的法律」，因為「法律無非就是源於諸神意志的公正原則」。西塞羅抗聲申辯，「那怕我在這裏談的不是羅馬公民，不是我們國家的朋友，不是那些聽說過羅馬的名字和名聲的人，甚至那怕我在談的不是人而是野獸，不，說得再極端一些，那怕我談的只是荒野中不知痛苦的石頭，這種可怕的、殘忍的、非正義的行為也會在這個不會說話的、無生命的世界里激起同情」。

張先生所寫的辯詞不是操弄法律條文的訟詞，而是援翰寫心，追隨着這個「永恆的、普適的善與正義的原則」。他「屢訴屢敗，屢敗屢訴」的經歷，特別是他經手的那些政治要案一輸到底的事實常常反襯着勝利者的惡與不義。張先生遵循這一至高普適的永恆之法，把它融匯於他的辯護實踐，變成他矻矻以求的對法律之真善美境界的追求。他說，「我們律師的力量在哪裏？心靈中放射着『真善美』的光輝，就有足以震撼人們的心靈乃至客觀世界的力。這是一種深刻動人的無形的精神力量」。

不要以為自然法的原則是無用的理論虛構，在司法實踐中，它愈來愈顯示出威力。它不僅指導了聯合國《公民權利與政治權利國際公約》的擬定，甚至成為某些判例的指導思想。一九八九年二月，東德青年克利斯·吉奧弗華在逃往西柏林時，在柏林牆下被槍殺。

三年後，開槍殺人的士兵恩格・亨利希和安德拉斯・庫柏斯特以謀殺罪被起訴。兩人都辯稱他們不過是奉命而行。但法官特里多駁回了這個抗辯，他說，「並非所有合法的都是正當的」。法官遵循的，便是基於至高正義的自然法原則。

　　早在七百多年前，托馬斯・阿奎那對此就有清晰的說明，「有兩種形式的正義，一是由事情本身的性質決定的，稱為『自然正義』，一是由人們之間的某種約定形成的『實證正義』。當然，成文法包含了自然正義，但它並非決定了它，因為自然正義的約束力來自它的本性而非成文法」。在現實的法律實踐中，追求實證正義的衝動往往會壓倒對自然正義的持守。因為大多數律師和當事人之間的關係通常是一種商業關係。他們合作的目的是使各自的利益最大化。哈佛法學院教授、美國著名的律師艾倫・德肖維茨有一句很容易引起誤解的名言，「在司法審判中，除非對自己有利，沒有人需要正義」。雖然德肖維茨說這句話有他的特殊語境，但我想張先生怕不會同意。在面對詭譎的李莊案時，張先生批評了李莊的行為，他對李莊的不滿恰恰就在李莊為了追求「實證正義」，也就是在法律上偷巧而得手，卻放棄了「自然正義」，這個法律的核心價值。張先生說，「可能正不壓邪，但我們不能以邪對邪，絕對不可以」，一言擲地，金聲玉振！

　　　　　　　　　　　　　　既見君子｜豈曰無衣

四

面對羅馬元老院，西塞羅可以叫頑石感動，面對梟雄凱撒，西塞羅可以叫他渾身顫抖。但西塞羅斷然沒有見過張先生遭遇的場面，公堂之上，一百多名荷槍大兵，軍容肅整，端坐旁聽席。因為縱使英武如凱撒，他的士兵也不許進入羅馬城。而張先生卻要面對「槍桿子裏面出法律」的場面。他所受理的「郭凱玩忽職守案」，可算得上律師史上一大奇觀。面對百餘名荷槍士兵展示的威懾力，他挺身辯護，為郭凱爭清白。這一爭絕非一般的法庭辯論，它體現出張先生的持守，那就是法律是神聖不可侵犯的。這正是聖奧古斯丁在《上帝之城》中所說，「若無正義轄制，一個國家不過是一群強盜之聚合」。張先生為郭凱所做的辯護詞，堪稱「黑鐵時代的黃金辯詞」。孫國棟先生稱這些辯詞為「真善美的和諧統一」，誠哉斯言。不過我想再做一點引申，來探究一下支撐這真善美的人格力量。

讀張先生這篇辯詞，我想拈出智、仁、勇三字，來彰顯張先生的人格力量。

智表現為先生分析辨識的功力，能自輿薪中見出秋毫之末，自撲朔迷離的案情中拈出草蛇灰線。先生列舉八份軍人證言，六份群眾證言，八份幹警證言，巧妙地指出這些證言的矛盾和一致處，一步步剝離出混亂的事發現場中那些明確不移的事實，最後質問公訴人，「所提供的證據中，又有哪一個能證明郭凱『玩忽』了怎

樣的『職守』？事實是，一點也沒有！」這就是以智求真，智是人格中理性與智慧的力量，而真是這力量達成的結果。從智達於真，這真就日月不能老。

所謂仁則是張先生辯詞中流露出的深厚的慈悲。他在辯詞中力陳郭凱在案發過程中細緻的表現，從派人前往酒店處理糾紛，到自己親自駕車前往，從他惦念同事到放棄休息到所巡視，從他本人被毆打到他勇敢地抱人奪槍，從他見人倒地立即搶救到他以往立功受獎，不捐細小，娓娓道出，在在體現着老人家對當事人的慈悲心。「仁者愛人」，以仁行事則為善。仁出自心，有仁心才有善行，張先生以博愛之心救郭凱於水火，善莫大焉。

勇是張先生內心力量之所在。他曾經說：「如果有人應為此而入地獄，那就讓我先下吧，這樣可以讓其他戰友繼續留在地獄門外戰鬥。」正如阿奎那所言：「勇敢意味着精神的堅定性，它是一種特殊的美德。」真正的勇敢不依仗於威權，不托勢於大眾，不魯莽地虛擲勇氣，而是審慎堅定地邁向目的。郭凱案二審之日，甲兵公堂列坐，有司強詞曉曉，而張先生安詳自若，侃侃而辯，以一士之歸然，力敵威勢咄咄的國家機器。這是由信念支撐的勇敢，「天下有道，以道殉身，天下無道，以身殉道」。梁任公曾嚮往過一種「中國之武士道」，「嗚呼，橫絕四海，結風雷以為魂，壁立萬仞，鬱河岳而生色」。張先生此辯，庶幾近之。康德說：「勇敢是崇高而偉大的。」勇敢創造美，創造崇高之美。

五

郭凱案二審，張先生又輸了。雖然他駁倒了檢方的全部抗訴理由，但法庭置若罔聞。張先生激情四射的辯詞如洶湧的海浪，一波波衝擊着法官席上的頑岩，但海浪撞上岩石，徒然玉碎，只餘飛沫雪散，水霧氤氳。周濂先生說得絕妙，「你永遠叫不醒一個裝睡的人」。在中國大陸，推動國家法制建設的人可謂困難重重。中國是法制土壤格外貧瘠的國家。這有雙重原因，一為歷史傳統，一為現實制度。就歷史上的法制思想資源看，三代無法制而有刑政。梁治平先生指出，在中國古代，「赤裸裸的統治術取代了政治正義論，法只被看作是鎮壓的工具，它主要表現為刑」。又說，「法也好，術也好，說到底只是君主用來治國治人的統治術，其興廢只在君主的好惡之間」。

亞里士多德生於公元前三八四年，西塞羅生於公元前一〇六年。韓非生於公元前二八〇年，正在希臘、羅馬兩位大哲之間。亞里士多德以《政治學》與《雅典政制》兩書，奠定了政治和法律的基本原則，提出主權與憲政學說。西塞羅則以《法律篇》與《論共和國》兩書詳述了自然法與人定法的關係。這些法律思想成就了當今憲政國家實行的政治文明。而韓非則提出一套帝王馭臣愚民之術，一套玩弄權術的詭詐手腕。他的著作教人主除蠹民而以吏為師，以刑德二柄治臣，揚權執要，萬民同一。這套以刑罰為法治，儒表法裏的統治術，行效

數千年，遺毒至今猶存。孟德斯鳩總結中國歷史性地缺乏法治精神時説，「任何東西和專制主義聯繫起來，便失掉了自己的力量。中國的專制主義，在禍患無窮的壓力下，雖然曾經願意給自己帶上鎖鏈，但都徒勞無益，它用自己的鎖鏈武裝了自己，而變得更為兇暴」。

　　撇開這些歷史傳統不論，中國在邁向現代法制途中，又幾次歧路徬徨。從一九〇六年大清朝預備立憲到辛亥革命，不過四年時間，清政府大門敞開，加速立法，除《欽定憲法大綱》外，更有大清刑律、民律、商律草案，及刑事訴訟草案、法院編制法等等法案問世。其中沈加本主持編訂的法院編制法明確規定了律師的職能範圍。中國開始接近世界先進的法律制度。到一九一二年北洋政府頒佈《律師制度暫行條例》，中國律師誕生了。中國本來有絕好的機會，經過血與火的洗禮，走向民主憲政。但一場由外部力量輸入的政治革命讓國家調轉了方向，蘇俄一手操縱的政治力量使中華民族離開人類文明大道，陷入共產主義意識形態的泥淖。在這種意識形態指導下建立的政治制度是法治的天敵，因為這套意識形態不需要由法治來保證普遍的社會正義，它信奉的是階級專政。

　　列寧以暴力推翻了俄國臨時政府，並遵守他與德國情報機關達成的默契，宣佈退出戰爭。隨後，在立憲選舉中因布爾什維克的失敗而以武力驅散立憲會議，成立

了一黨獨裁的專制體制。當考茨基質疑列寧建立獨裁體制的做法時，列寧撰文《無產階級專政和叛徒考茨基》，痛斥考茨基的民主法治信念，宣稱「專政是直接憑借暴力而且不受任何法律約束的政權」，「無產階級的革命專政是由無產階級對資產階級採用暴力手段獲得和維持的政權，是不受任何法律約束的政權」。在依照這個信條建立的政治制度下，司法機構就是契卡，法制就是古拉格群島，依法就是屠殺同黨的大清洗，判決就是慘絕人寰的卡廷森林。俄羅斯的血淚凝結成阿赫瑪托娃的詩行：

> 列寧格勒像個多餘的累贅
> 在自己的監獄前晃來蕩去，
> 被判處的罪人結伴行進
> 他們已被折磨得麻木愚鈍
> 一聲聲火車的鳴笛
> 在唱着離別的短曲
> 死亡之星高懸頭頂
> 無辜的俄羅斯全身在痙攣
> 她被踩在浸透鮮血的皮靴下
> 如在黑色馬露霞的車輪下碾轉
>
> ——《安魂曲》

　　不幸的是這股紅潮在蘇俄的直接指揮資助下泛濫於華夏大地，中華蘇維埃共和國，一個異質植入的怪胎，

完全仿照蘇俄建立了它的司法制度。它設立政治保衛局，實行局長負責的垂直領導，集公檢法於一體，行使偵查、逮捕、預審、起訴、審判、執行的一整套司法權力。除此以外，它還設有肅反委員會，這是契卡的中國變種，它可以直接施行逮捕、審訊、判決並執行死刑。這個以革命之名構建的司法制度，其核心信條是「法律只是階級專政的一種形式」，而這個階級專政是由黨來施行的。從而，以黨治法，以黨代法就成為共產專制政權無法抹去的紅色基因。這是對中華民族法制追求的永恆詛咒。因為縱觀天下各類紅朝歷史，紅色基因中生長不出正義的法制，已鑿然可證。公元前四五〇年，十二銅表立於羅馬廣場，幾乎同時，李悝《法經》撰成。然數千年以後，紅朝逐鹿，反以「懲治反革命條例」和「馬錫五判案方式」，建構「革命法制」。紅朝既立，仍奉《懲治反革命條例》為圭臬，文革中又加之以《公安六條》。由於開國太祖自詡「和尚打傘，無法無天」，奪鼎三十年竟無一部《刑法》。

直到一九七九年，那些飽受「革命法制」之苦的黨內元老手撫身上鞭痕，才痛下決心立法。也僅在那幾年，黨和國族才有共識。但這個蜜月期轉瞬即逝。尤自今上「定於一尊」，中國的法制建設又入險途，「楓橋經驗」與「馬錫五判案方式」重受青睞，更以「決不搞司法獨立」一錘定音。隨後「七〇九」大捕律師，製造紅色恐怖。嗚呼，中國法制建設那一抹微渺的曙光又隱

入黑暗。今上愛講初心，而徵之以中共一九四六年頒佈的《和平建國綱領》，「確保司法權獨立，不受政治干涉」之條赫然在目。今上何不彰此初心？「黨大還是法大」被今上斥之為「偽問題」。孰不知這是個關乎法治存廢的大問題。黨是一部分人的政治集合體，它關心的是這個政治小集團的利益。而文明世界的法治則恰恰要避開這種偏私，它要求普遍的正義。西塞羅說，「法律乃是植根於自然的最高理性，它允許做應該做的事情，禁止相反的行為。當這種理性確立於人的心智並得到充分體現便是法律」。他還說，「因為法律即理性，因此應該認為，我們人在法律方面也與神明共有。凡是具有法律(legis)共同性的人們，他們也自然具有法(iuris)的共同性，凡是具有法律和法的共同性的人們，他們理應屬於同一個社會共同體」。只要一個特殊利益集團凌駕於社會之上，則不可能有正義，只要某個黨派攫奪獨佔了立法權就不可能有法治。因為囿於黨派偏私的法不是出自普遍人性，而是出自狹隘的黨性。黨性是抽象化的獸性，又因為它抽象掉一切人的自然屬性，所以它是一種純粹的殘忍。從而，以追求普遍正義為法律目標的法治，轉變成以「保江山」為唯一政治目標的專政手段。

在這種背景下，以張先生為代表的律師群體和那些追求憲政理想的人就跌入了煉獄。因為事實上，想在一黨專制的國家尋求司法正義，無異於與虎謀皮。所以，他們每一次挺身而出都是一曲悲歌，他們的勇敢只能是

堂吉訶德式的，也就是情之所鍾，百折不回，只問耕耘，不問收穫。洛克爾讚美堂吉訶德式的精神，「他們是那個遠方景象邀請去的特選人，他們是守護理想的『聖杯武士』，他們為夢景所陶醉，不停步地走向星星的國土和奇跡的土地」。對張先生而言，陶醉他的夢景就是盡一己之力，為所有當事人，無分貧富，不問貴賤，爭取公平正義。

張先生辦案，不離博愛之心。二〇一三年我在北京和張先生吃飯，他談自己接案子的原則，說「案子不論大小，有些讓你不得不接，有些案子拒了，回家左思右想放不下，還是得接」。這話給我印象極深，因為克勞倫斯·丹諾也說過類似的話。他說，「許多遭到刑事起訴的人來找我幫忙，從理智上講，我不應該幫助他們，但或許是我的心理作用的緣故，不能不在意他們的苦難，所以我不忍拒絕他們。確實，由於豐富的想像力，我好像也能感覺到他們的痛苦，因此，只有幫助他們，我才能幫助我自己」。孟子云：「禹思天下有溺者，由己溺之也，稷思天下有飢者，由己飢之也。」同理，丹諾在為礦工聯合會的赫伍德贏得無罪判決後，淚如雨下。張先生在為王軍濤辯護失利後「大哭一場」。正義與博愛的心靈，古今中外，皆一也！張先生說，「作為律師，我以為應當是一個天然的人權主義者……適用法律維護人權恰恰是律師的『正道』」。所以張先生所追尋的不僅僅是一場庭辯的勝利，在「作為律師的人」

和「作為人的律師」之間，他要後者。他說，「真正的律師必是真正的人，似澄澈見底的清流，如通體透明的水晶。表裏澄澈，一片空明，反映出心靈純淨，心底晶瑩」。在中國大陸的法制荒漠中，葆有如此高潔曠遠的理想，這要何等深灝的元氣，何等堅韌的心魂。

六

艾倫‧德肖維茨（Alan Dershowitz）一九八〇年曾來中國，為刑法和律師辯護制度提供諮詢。他後來回憶說，「大部分中國律師似乎很理解應該有一個獨立自主不受干擾的審判機構和檢察機構。可是很少有人——甚至那些在文化大革命中飽受迫害的律師——認為，律師有必要為一個他已認識到有罪的委託人或『反革命分子』辯護」。而當時，張先生就是親自實踐為「反革命分子」辯護的人之一。他身為林彪、江青兩案辯護小組組長，立下「篳路藍縷，以啟山林」之功。《行者思之》中，張先生有一個詳實、精彩的記錄，對江青「pass」掉他，不請他當辯護人，很有些懊悔，認為失去了一個建立法治、歷練律師的歷史機會。我想如果德肖維茨知道張先生這個想法，一定會大為贊成。

從律師職業的角度看，德肖維茨是一個不折不扣的實證法學家，他的理念是「只要我決定受理這個案子，擺在面前的就只有一個日程——打贏這場官司。我將全力以赴，用一切合理合法的手段把委託人解救出來，不

管這樣做會產生什麼後果」。這和丹諾有所不同。同樣面對當事人，德肖維茨更多地從技術角度考慮問題，而丹諾則更多地從人性方面考慮。德肖維茨是精巧的法律工匠，而丹諾是悲天憫人的哲學家，有時還充滿了幻想。德肖維茨一點不喜歡辛普森，但因為接了他的案子，就調動一切法律手段和辯護技巧，最終贏了這個案子。丹諾接湯姆斯‧麥西殺人案，他對當事人的痛苦感同身受，竭盡全力為之辯護，但他輸了案子。從法理學的角度看，德肖維茨是實證法學派的信徒，而丹諾卻捍衛着自然法的尊嚴，「當行公道，不為不義」。兩相比較，我相信張先生一定更偏愛丹諾，他為《丹諾傳》作序說：「他的感情熾熱，歷經錘鍊，終成『一片永不熄滅的火』，溫暖着冷酷的現實。他對弱者的幫助大都基於一種神聖的感情，『出於愛』……我們的大師終能把律師實務從技巧層面提升為藝術，一朵含露帶刺的玫瑰。」

然而，不論是德肖維茨還是丹諾，他們都有一個堅定的信念，律師的天職是捍衛自由，抵抗權勢。德肖維茨說：「辯護律師是自由的最後堡壘——是抵抗氣勢洶洶的政府欺負它的子民的最後一道防線。辯護律師的任務正是對政府的行為監督和挑戰。」丹諾說：「暴君最喜愛服從他的臣民。懦弱和屈從是自由的最大的敵人，如果人們不爭取自由，不肯為自由而戰鬥，就會逐漸失去自由。」在美國那樣法治健全的民主制度下，他們還

　　　　　　　　　既見君子│豈曰無衣

要發出這樣的呼喊，對張先生而言，承擔此天職又要何等勇氣？他說：「我體會，反對權威或權勢或者權貴，如不能做到威武不能屈，無疑會蛻變為懦夫。因為依據憲法，我們有說不的權利，問題僅在於有沒有說不的智謀和勇氣。」

我們先人並不缺少面對權勢的勇氣。唐雎面斥秦王，「若士必怒，伏屍二人，流血五步，天下縞素，今日是也」。孟子稱「說大人，則藐之，勿視其巍巍然」。他甚至認為暴君可誅，「聞誅一夫紂也，未聞弒君也」。最可惡的是那些漢儒鄉愿，把先秦儒士的堂堂正氣變成猥瑣的諛聖諂言，自叔孫通稱「人主無過舉」，到董生三統說，對君權的反抗已成大逆之罪。治平說，「中國歷史上對於『法』的強調總是與加強君權聯繫在一起的，三代如此，先秦法家亦如此，清代還是如此」。誠如是。

如果不樹立法律面前人人平等的普遍正義觀，就不會有真正的法治。在律師史上，曾有一人，以英國人民的名義將國王查理一世送上斷頭台，他就是格雷律師公會的律師約翰·庫克，在英國人民訴查理·斯圖亞特叛國案中，擔任檢察官。正是庫克律師不惜獻出生命的勇氣，使法律在英格蘭神聖不可侵犯。審判開始前的一幕極富象徵意義。當庫克律師出場，準備開始宣讀起訴書時，國王查理一世用手杖三次擊打庫克，要阻止他宣讀。但庫克不予理會。國王第三次擊打庫克時，手杖的

銀尖頭滾落地下，國王示意庫克去撿起來。庫克依舊沒有理會，而是堅定地開始宣讀起訴書。國王退縮了，自己彎腰撿起了這個銀尖頭。傑弗里·羅伯遜評論説，「這個插曲的象徵意義再明顯不過了。國王——神聖的陛下彎腰了，他在人間法律的權威下顯得如此無力⋯⋯這個歷史時刻真正詮釋了『不管你有多高高在上，法律在你之上』」。

　　為了能在中國實踐這一原則，張先生已經奮鬥了四十多年。讀他那些辯護詞，能見出激情與理智的完美結合，篇篇都是嘔心瀝血之作。公堂之上，權力面前，他頑強地守衞着正義與良知。因為他清醒地知道，「中國律師，與全球同行一樣，與生俱來帶有一項重大的任務，即用特有的權利(不管多麼少)，去限制那個時時都會產生壞東西的好寶貝——權力(不管多麼大)。説得精確點，哪裏有權力的濫用，哪裏就應該援用權利予以制約」。為此，他大聲疾呼，「法律人都該有所作為」。張先生喜讀文天祥《正義歌》，是哲人已遠，正氣恆在的信念，催促他「風檐展書讀，古道照顏色」。

七

　　二〇一三年與先生別，二〇一四年他奮身出任浦志強的辯護律師，但不幸病倒。張先生出院後，朋友們去看望他，拍了錄像給我，見先生已能起坐自如，行走平穩，惟言語緩慢，但以此高齡，可謂恢復得相當不錯，

我心大慰。可惜近幾年，九州陸沉，法制環境日漸惡劣。舉凡文明正義之事，無不橫遭踐踏，愚昧披着華衮，無知戴上皇冠，士人鉗口，道路以目，人懷「時日曷喪，吾及汝偕亡」之心。文革五十年後，沉渣重新泛起，四十年的改革彷彿沒有留下任何痕跡。老黑格爾的評語似成預言，中國，「無從發生任何變化，一種終古如斯的固定的東西代替了一種真正歷史的東西」。

張先生對中國律師的使命，曾有過一個夢想，「律師工作說到底，可以通過一項實務，促使人接近善，達到真，推人向前，引人向上，使人愈來愈成其為人」。這是一個何等輝煌的夢想！他賦予律師教育的責任，「推人向前，引人向上，使人愈來愈成其為人」。而在當前的中國，卻只能看到相反的趨向。國人被「向後推，向下拉，愈來愈不成其為人」。孟德斯鳩早已指出，「專制國家的教育所尋求的是降低人們的心智，專制國家的教育必須是奴隸性的，絕對的服從就意味着服從者是愚蠢的，甚至連發命令的人也是愚蠢的，因為他無須思想，懷疑或推理，他只要表示一下自己的意願就夠了。」而最可怕的還不是愚蠢，而是把愚蠢當作幾百年一見的睿智。孟德斯鳩斷言，專制國家「不能不先由培養壞臣民開始，以便培養好奴隸」。嗚呼，先生的夢想何其徒勞？

但是，難道我們就放棄夢想嗎？張先生以煌煌巨著《我的辯詞與夢想》回答說，「不」！時代愈黑暗，夢

想愈放射出耀眼的光。西塞羅在《共和國》第六章，描繪了「西庇阿之夢」，即著名的「法律人之夢」。西庇阿說，「雖然對於睿智的人們來說，承認他們作出了偉大的事業本身是對他們德性的極大獎賞，但由神明感召的德行本身要求的不是用鉛固定的雕像，也不是用萎謝的月桂裝飾的凱旋，而是某種更為永久、常青的獎賞」。這個獎賞就是他能飛離地球，在遙遠的高天觀看天體在諧和的音樂中運行。在夢中，西庇阿明白了人間的榮耀轉瞬即逝，大眾的讚譽亦如過眼雲煙，「如果你希望能從高處俯瞰並觀察這處居地和永恆的住所，那你就不要聽從民眾的意見，不要把實現自己事業的希望寄託於人間的獎賞，而應該讓美德靠自身的魅力把你引向真正的榮耀」。張先生的夢想是高遠天際的實在，那無尚不朽的實在。

八

去年三月，北凌招呼大家去緬甸一遊。在仰光時，我們曾往烈士陵園尋找緬甸遠征軍烈士墓，但轉了大半個墓園也未找到。我對北凌說，張先生少年時就參加學生志願遠征軍，入印緬戰區，但他並未隨孫立人將軍赴緬作戰，而是去了印度加蘭姆，走過史迪威公路。北凌說，回北京一定要去看看張先生。當然，這正是我此次回京的目的之一。八日回到北京，九日上午去看老人家。京城三月，春寒料峭，但張先生家極溫暖。我已六

年未見老人家了，但見面卻彷彿昨日才分手。他雖大病一場，從外表看竟無什麼變化，仍是那樣矍鑠清爽，惟一的變化就是説話語速稍慢。一下子家裏湧進五六個人，老先生有點興奮，大家圍着他東拉西扯，我問他還喝酒嗎，他説不喝了。我告他托人帶來的書我都細讀了，得空給他寫個讀書心得。他擺擺手，毫不在意的樣子。坐了一個多小時，怕累着老人家，就告辭了。張先生執意要送我們到電梯口，攔也攔不住。和張先生告別，心裏有些惆悵，我很少回大陸，不知何時能與他再見。

今年春天險惡，新冠病毒肆虐，我們在法國亦不得免。禁足家中，時間稍寬裕，便想了結給張先生許的願。取《行者思之》復讀，似有更多感悟。鮑彤案，王軍濤案，魏京生案，先生接手的皆是黨國大案，案案驚心。縱有張先生大智大勇，惜乎黨治之下，多少心力空拋！老杜有詩：「才力應難跨數公，凡今誰是出群雄，或看翡翠蘭苕上，未掣鯨魚碧海中」。翡翠蘭苕，張先生所不為，碧海掣鯨，黨國所不容。大才如錢鍾書先生亦只能「碧海掣鯨閑此手，祇教疏鑿別清渾」。想張先生掣鯨巨手，惟時空錯置，壯志難酬，遂偷改老杜一字，將這讀書心得題為「欲掣鯨魚碧海中」，以彰先生欲以智仁勇之心造真善美之境的夢想。

章詒和女史為《行者思之》所做序中説，「一位台灣知名律師形容其風範是『一朵含露的白玫瑰』。如此

修辭，酷似形容美女，疑有不妥」。此言極是。《詩》云「言念君子，溫其如玉」，拿來形容張先生固極貼切。但若求之草木，我覺張先生更似修竹一管。竹如君子，其性也韌，風狂則軀幹暫伏，風止則昂然復起。其志也貞，勁節峭拔，不盤不曲，寧折不彎。其姿也秀，翠衫綠髮，影綽約而兀立，俊骨凌霄，裊枝葉以清歌。其情也柔，和風依依，碧葉欣欣於感遇。其心也謙，竹心通透，承載雨露以潤滋。其意也遠，疏疏淡淡，映月下幽魂。白樂天云「竹之於草木猶賢之於眾庶」。我輩見賢思齊，猶未晚乎？

二〇二〇年六月四日凌晨於奧賽

聲音的晶體

記聲響詩人徐亞英

> 揚枹兮拊鼓，
> 疏緩節兮安歌，
> 陳竽瑟兮浩倡。
>
> ——屈原《九歌·東皇太一》

一

去年七月，徐亞英先生要去台灣參加高雄衛武營國家藝術文化中心的示範音樂會。去機場前，他打電話給我，說他已經收到了新出版的書《築音賦聲》，給我留了一部，放在音響事務所旁的髮廊中，囑我去找髮廊林老闆索取。當此酷暑之時，徐先生又要遠行。他超出常人的工作量，年輕人都吃不消，現在他畢竟上了歲數，雖有賢淑的徐太太隨行呵護，難免還是讓人有點擔心。我與徐先生伉儷相識二十多年，他留給我最深的印象是，永遠在路上。從日內瓦湖畔到卡薩布蘭卡，從里約熱內盧到阿斯坦納，從雅典到聖彼得堡，從巴黎到高雄……所到之處，皆給那些美輪美奐的建築，打造出聲音的晶體，賦予它們歌唱的靈魂。日內瓦湖畔的穀倉

徐亞英 ©衛武營

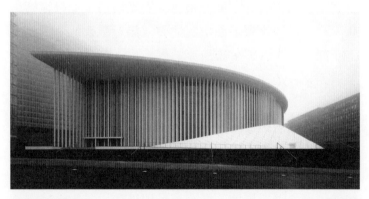

盧森堡音樂廳外貌 ©衛武營

音樂廳：俄羅斯曠野中搖曳的白樺，應和着「如歌的行板」；卡薩布蘭卡幾何音樂城，「水手辛巴德吹響起航的號角」；里約熱內盧藝術中心，漾起「漂浮的月光曲」；衛武營翁鬱的老榕樹下，綻放着潔白的蓮花。阿斯坦納蘭花音樂廳，鮑羅丁「亞細亞草原」遼遠的笛聲飄揚；巴黎音樂城，收納着法蘭西音樂的魂靈。科萊里曾對競馬説，「聲音是可以有形狀的」。這原本無影無形的聲音，在徐先生手中凝結成剔透的晶體。今天徐先生又啟程了，孔夫子云，「君子無終食之間違仁，造次亦如是，顛沛亦如是」。把這句話中的仁換成美，用來形容徐先生再恰當不過。徐先生溫文儒雅一君子，終日奔波，只為能打造出絕美的聲響，讓人們在音樂中蕩滌心魂。

拿到了徐先生留下的書，一部黑底銀封的大書，莊嚴厚重，配的上徐先生六十年聲學建築的心血。名字也起得好，《築音賦聲》。竹林名士嵇康以賦論聲，作《聲無哀樂論》。歐陽文忠公作《秋聲賦》，賦聲以形，「秋之為狀，其色慘淡，煙霏雲斂，其容清明。故其為聲也，淒淒切切，呼號奮發」。音之可築，聲之可賦，其妙存乎徐先生一心。用徐先生的話説，「建築主體呈現外形，建築聲學構築內部」。依我的理解，一座音樂廳，主體建築是它的軀體，聲響設計是它的靈魂。徐先生讓建築用優美的聲音歌唱起來。他六十年聲學建築實踐，造就了多少美艷的靈魂？通過這部書，我們或可一窺堂奧。

我曾問同是清華土木建築系出身的萬公潤南，「你在清華讀書時，可曾見過徐亞英先生？若沒見過，那你算是沒見過天才」。這看似一句玩笑話，其實是我的真實感受。有才學的人，我也見過不少，但像徐先生這種博學多才、聰明絕頂，創造力極強的人，還真是沒見過幾個。那位專講天才崇拜的托馬斯・卡萊爾(Thomas Carlyle)說過，「凡能洞察萬物中的美的人，我們稱之為詩人畫家，有天才異稟，才華橫溢的可愛人物」。徐先生就是這樣一位可愛的天才人物。他有畫家的天賦，援筆勾勒建築、風景、植物、人物，寥寥幾筆，形神兼備。他更有罕見的敏銳耳朵，能從無窮複雜的音響中，捕捉到最美的效果。謝林說，「沒有任何審美的材料比聲音更適於表達不可言說者」。徐先生主持聲響設計的音樂廳，座座都是體悟不可言說之美的神殿。人處其中，身心俱溶。他以自己的天才，啟示着「物」如何轉化為「靈」，聲如何轉化為詩。

　　徐先生常說，「我把藝術的語言，變成技術的語言」。這表明，他的勞作能為我們揭示出海德格曾苦思的探尋藝術真理的路徑。而且，他的話無意中暗合了古希臘哲人的深思。在古希臘，技術(techne)一詞就包含着如今被稱作藝術的東西。技藝、技巧都指明造就藝術品的過程，這個過程就是希臘人稱之為「為詩」(poesie)的過程，而為詩就是創造。正是在這個本源性的意義上，我稱徐先生為聲響詩人，一個以技藝創造聲

既見君子 | 豈曰無衣

響之詩的人。徐先生謙遜地說，「我打交道的東西，多是沙石、鋼筋、板材、礦棉」。可這恰是海德格論藝術的起點，「物」(das ding)。他說，「人們經常引證的審美體驗，擺脫不了藝術作品的『物』因素。在藝術作品中，物因素是如此穩固，以致我們毋寧反過來說：建築作品存在於石頭裏，木刻作品存在於木頭裏，油畫在色彩裏存在，語言作品在話語裏存在，音樂作品在聲響裏存在」。徐先生的「手邊之物」，沙石、板材，正是他造就聲響之詩的語匯。它不同於司空圖《二十四詩品》中那些描摹詩格的雅詞，卻能精細建構起樂隊的萬千聲響，使那些優美的樂聲纖毫畢露：「初淅瀝以蕭颯，忽奔騰而澎湃，如波濤夜驚，風雨驟至」。在海德格尋覓詩意棲居之所的林中路上，徐先生給我們打造出一所所清蔭掩蔽的隱廬，安頓心靈疲憊的跋涉者。當一個靜謐的音樂廳內，突然響起美妙的樂音，一個詩的世界便豁然「湧現」並「葆真」，而能辨析聲響的耳朵，的確把聲響的最高境界稱之為「葆真」(high fidelity)。徐先生多年的合作者、法國建築大師鮑贊巴克(Christian de Portzamparc)感嘆說，「我能想像徐先生不論承接何種項目，都能不斷見到他發揮重視科學，又饒富詩意的獨特風格」。這是知己者言。

二

徐先生出生於建築世家，他的舅公華南圭是中國現

代建築工程史上的重要人物，畢業於法國橋樑工程學院，後回國主持修建京漢鐵路，任京漢鐵路總工程師。徐先生的母親是一位業餘畫家，他秉承了母親的繪畫天賦，同時又對建築有興趣，幼時用紙板製作各類房屋是他最傾心的遊戲。舅公華南圭發現了小亞英的天賦，認為他的繪畫與造型的才能，非常適合學習建築。徐先生的舅舅華攬洪（Léon Hua）也是在法國學的建築，回國後擔任了北京建築設計院的總設計師。徐先生投身建築事業，這位舅舅是他的直接指引者。所以《築音賦聲》這部書，被題獻給華攬洪先生。有這種家學背景，徐先生走上建築這條大道，似乎是命運的必然。

　　但是，徐先生最終選擇了建築聲學這個獨特的領域，因為徐先生還有一個強烈的牽掛，那就是音樂。徐先生的音樂才能，使他在常人無法涉足的聲響領域，成為翹楚。人們常愛說，建築是凝固的音樂。這話固然不錯，但它的重點仍然是強調建築的外在形象。其實，在建築的內部，特別是那些具有演出功能的建築，劇場、歌劇院、音樂廳，它們不僅有外觀的音樂凝固，更有內部鮮活的音樂流動。能捕捉這個流動，使這個流動成為另一種建築美的靈魂的人，則必須有一顆音樂的靈魂。徐先生伴隨着家藏的那些古典音樂黑膠唱片長大。他的聽覺靈敏度和音樂記憶力超群，許多古典音樂的篇章，他都能隨口唱出。他曾學過演奏黑管，這又讓他更深入到聲響的直接體悟中。正像亞里士多德說的，「那些不

　　　　　　　　　　　既見君子｜豈曰無衣

參加音樂演奏的人，很難成為評價他人演奏的行家」。黑管清亮圓潤的音色，讓徐先生體會到聲音的魔力，他愛上了這個世界，一旦投身其間，便流連忘返。

徐先生入清華讀書，親炙梁思成先生，打下了堅實的建築學根基，熟練地掌握了建築設計的基本功。他曾隨梁思成先生在頤和園描畫中國古建築的亭台樓閣，對中國古代建築的一些秘訣、法式心領神會。這些要素終將給他以後的設計以靈感。那些被許多大建築師稱為神來之筆的設想，是受我們先人智慧的啟迪。但僅僅中國古建築的營式法已不能滿足徐先生旺盛的求知慾和渴望放眼世界的雄心。那時，他早已對高迪、米羅、萊特等現代建築師和藝術家情有獨鍾。他的眼光追隨着超現實主義的視角，同時喜愛立體主義的分析式結構。他在尋找一條自己的道路，能把現代建築理念和他心愛的音樂結合起來。這時，他遇到了馬大猷先生。馬先生從美國MIT返國，組建中國科學院聲學研究所，1958年，他參與設計中國國家大劇院。這個項目雖最終並未實現，但徐先生參與了這個項目，踏入了建築聲學的「夢想」王國。他私淑馬大猷先生，利用工作和業餘的一切機會向馬先生學習，探討這個在中國尚不為很多人知曉的新學科。

在《築音賦聲》這部書中，徐先生開宗明義，告訴我們什麼是建築聲學。他說，「這門始於1900年代的學科，是一個相對嶄新的領域，它涵容了多方知識領域的複雜學問，不僅牽涉到了物理學，心理聲學，音樂聲

學，也處理東西方文化傳統的差異，同時更涉及建築材料與各國建築法規，構件、材質的演變等等」。正是這門學科的挑戰性，吸引徐先生投身其中，似乎上天給了他一方天地，讓他縱橫捭闔，一逞其天才的創造力。我們知道，在十九世紀已有偉大的先行者注意到聲學與音樂的關係，赫爾姆霍茨(Hermann von Helmholtz)的天才著作《作為音樂理論生理學基礎的音感覺論》，詳細論述音樂與聲響，聲響與人的聽覺，聽覺與人的心理反應之間複雜精緻的關係。他指出，「所有的旋律是在進行着的交替變化的音高的運動，比起其他輕盈的物體材料，樂音這種非物體的材料，更適宜以這種運動去追隨音樂家最敏銳、溫和的意圖」。他進一步認為，這種樂音的運動，能引發聽到樂聲的人的「情緒心境」。這個心境隨聲響的變化而變化，他說，「我們必須把情緒心境理解為一種我們的各種想像的持續運動所具有的普遍特性，並且該普遍性也於此相應地表現在我們的身體和我們的聲帶的各種運動的類似特性中」。調試和改善人在傾聽時的「情緒心境」正是建築聲學的任務。所以，赫爾姆霍茨所建立的共振、頻響、吸音、反射等等理論，已然奠定了聲學理論的基礎。不過在那個時代，建築聲學尚未誕生，人們對建築與聲響之間的關係尚不清楚。維多利亞時代的美學巨擘拉斯金(John Ruskin)在他的名著《建築的七盞明燈》中也只是感覺到，在音樂的烘托中，建築之美更為顯豁，因為它能激發人的情感。

這種對音樂與建築渾然一體的欣賞，在他看來是「大多數人在燭光下初進大教堂，聆聽到隱而不見的唱詩班欣唱讚歌」時的欣賞。但他不知道，此刻激起人感動之情的聲音中，藏蘊着聲響建築的奧秘。直到一九〇〇年，建築聲學能發展成一門「準」科學，要歸功於哈佛大學的賽賓教授（Wallace C. Sabine）；著名的波士頓交響樂廳就是他的實踐作品。之所以稱之為「準」科學，是因為建築聲學不但涉及到客觀的物理、數學、力學等，它還涉及到人的聽覺系統、心理聲學和人文背景。所以，它比純粹科學有更廣泛的內涵。

亞里士多德賦予音樂以引人向善的任務，他認為，音樂教育不屬實用教育，它的任務只是為了，「樹立自由與高尚的情操」，和「培養人們的德性」。為此，他提出共享原則。他說，「誰能斷言音樂的本性中，就不會產生比普通的快樂更為崇高的體驗呢？人們不僅從中得到彼此不同的快樂感受，而且應該察覺到音樂對性情和靈魂的陶冶作用」。在現代社會中，音樂廳就是常見的「共享」場所。在這個共享音樂之美的場所，聲響建築師巧妙地配製出聲響盛宴。徐先生說，「聲音的產生和發展，以及與接受體之間的相互作用，有着感染情緒與心理的強大作用力，也潛藏了抽象的誘導能力，它們肆無忌憚地催化人們的情緒，人們卻渾然不知其存在」。這很像人們整日呼吸卻不覺空氣存在，但聲響建

築師卻知道自己的任務是什麼。徐先生精確定義了自己的使命，他説，「作為一個建築聲學家，為了讓建築成為可產生美妙聲音的場所，就要以建築空間為媒介材料，視音樂廳和歌劇院為一件超大型樂器的本質，為之建置一個聲波秩序的機制」。這個定義讓我們有了一個明確的思考方向，如果音樂廳本身就是一件超大型樂器，那麼聲響建築師就是這件樂器的演奏者。技藝高超的聲響建築師能讓一座音樂建築鳴奏絕美的音樂，況且徐先生這位世界頂級的聲響建築師，曾讓多少器樂演奏大師在他打造的超大型樂器上演奏，身魂共鳴，滿堂共享。

但在我看來，徐先生不僅僅是一位建築者，還是一位探索者。他並不停下腳步，顧盼自己的榮譽花冠，他總在提問，「如何讓音樂家與表演者在限定的空間場所，將靈魂表意的聲音，深植觀眾記憶中」？

「如何讓鋼琴圓潤的音色得以真實發散？」「如何將小提琴如絲綢光澤的高詠，與大提琴的濃愁低吟，或是單簧管晦暗不明音色的曖昧，小喇叭豐盛的亢奮，精確地傳送？」

「交響樂中富含多種聲形的能量，如何能夠如實傳遞，如何用獨特的方式捕捉音樂家的靈魂，讓音樂中難以言喻的感受，撼動觀眾的心靈？」

「如何讓聲波的震動，不會隨着簾幕落下，燈光熄滅而消逝，讓音樂的發生激發他人種種情緒與思考，以及將感受的印象注入人心？」

這些問題縈繞他心中，激發他的天才與創造力，去迎接挑戰。

三

西班牙著名建築師波菲爾（Ricardo Bofill）説，「我很少遇到能像徐亞英先生這樣，不僅有着極高的音樂敏感度，並能提供精確而優異的聲學技術解決方案的人，在聲學領域中，他是世界上最傑出者，是一位敏鋭的、專業素養極高的專家，也是一位極其值得世人敬重之人」。波菲爾所説的這個「優異聲學技術解決方案」正是許多建築大師願意與徐先生合作的根本原因。徐先生的過人之處，在於面對難題，甚至看似無解的困難，能提出出人意料的解決方案。而這些方案在那些循規蹈矩的技術人員看來，往往匪夷所思。一九九二年，在他與波菲爾合作的法國梅茲音樂廳建成後，法國報紙形容徐先生為「中國的七巧板」。

早在一九五八年，那是徐先生在清華畢業前，中央音樂學院趙渢院長邀徐先生參加學院大禮堂（原是清朝醇王府的「大廟」堂）改造工程，當時徐先生團隊給大禮堂下的診斷是低頻過度吸收，缺乏低音共鳴，要演奏交響樂必須增加低頻混響時間。因為當時大禮堂的吊頂是輕薄的五夾板，這導致低頻段因薄膜震動，使板材內部摩擦產生熱能而被吸收，從而造成低頻衰減，使聲響乾澀單薄。可是診斷有了，治療手段卻難以實施。因為

沒有經費更換成昂貴的厚質吊頂。徐先生找到的解決辦法是，在現有薄材吊頂上均勻鋪上乾沙，加重天花板，減少材質震動造成的熱能轉化，從而成功地增加了低頻殘響時間。在趙渢的同意下，他找了士兵幫忙，把數噸乾沙鋪上薄頂，奇跡發生了。當時在場的蘇聯專家聽到樂聲響起時驚嘆，「這是夜鶯的聲音」。

　　曾與徐先生多次合作的鮑贊巴克是一位充滿詩意激情的人。更難得的是，他常常從哲學的角度思考建築問題，而且對自索緒爾到拉康的結構主義語言學很有興趣，甚至思考過語言表述與建築圖像的關係。他受潘諾夫斯基論述哥特建築與經院哲學關係的著作啟發，提出一個問題，當我們用語言談論建築時，「有什麼本質的東西在沿途丟掉了？在分析的途中遺失了？」鮑贊巴克和符號學大師羅蘭‧巴特討論過這個問題，他的結論是，「用語言談建築，我們感覺有什麼東西逃逸了，消隱了，那就是空間。空間不在語言的把握之中」。我想這個問題的答案，就藏在他與徐先生的合作中。徐先生用聲音捕捉住了那逃逸的空間，是音樂把握住了音樂廳建築的空間，讓這空間無從「逃逸、消隱」，而是飽滿地充斥和佔有空間，在空無中，創造出一個美的世界。

　　一九八四年，法國密特朗總統上台後要興建「十大建築」，鮑贊巴克團隊獲得巴黎國家音樂城設計大獎，這是一個極富挑戰性的工程。鮑贊巴克基於現場地形所

限，考慮設計一個橢圓形音樂廳，而這個形狀恰恰犯了音樂廳的大忌。因為凡有較好音響效果的音樂廳，如維也納金色大廳，波士頓交響音樂廳，阿姆斯特丹大音樂廳，都是鞋盒形狀。所以鮑贊巴克的設想立即遭到許多音響專家的批評，因為從理論上說，聲波在碰到橢圓形牆面時，會產生聲聚焦與聲場不均勻反射，影響聲音質量。鮑贊巴克找到徐先生，向他展示了自己的設想和困難。據鮑贊巴克說，「當時他的反應只是一句話，「未嘗不可」(pourquoi pas?)我能想像得出，徐先生說這話時的那種神情，輕鬆、敏銳，甚至帶着一點調皮。因為我也碰到過這種情況，有時我向他請教一些很費解的問題，他幾乎是不假思索，隨口就給出答案，而這個答案一定簡潔、清晰、實用，足見他腹笥之豐，修養之深。但這只是表面現象，當徐先生對那些難題莞爾一笑，說聲「未嘗不可」時，反映的是他心靈的開放，從業的熱忱，深邃的洞察力和真誠。托馬斯·卡萊爾在談到詩人英雄時說過，「他要向人們揭示這個神聖的奧秘，因為他比別人更接近它，當人們忘掉它的時候，他卻理解它。他的認識不是來自道聽途說，而是憑藉直接的洞察力和信仰，所以這種人不能不是一個真誠的人」。這說的就是徐先生。

《築音賦聲》一書中，這樣記錄徐先生的解困之法，「隔了一天，徐亞英去找鮑贊巴克，說，我有個簡單的解決辦法，橢圓空間固然會產生聲聚焦效果，但在

舞台上的交響樂團，包括後排的銅管和定音鼓，至多是2.5公尺以下的高度。在這個條件下，可把音樂廳下部2.5公尺的牆面處理成鞋盒形式瘦長型，這樣就能先解決聲聚焦問題」。他又說，「接下來，保留住音樂廳上部橢圓形的牆面，但需加工成為凹凸的擴散表面，讓廳內聲音有擴散助力，聲音分布能更加均勻，也就能化解聲聚焦和回音問題」。於是，一個「無解的難題」就被破解，即避免了聲學缺陷，又滿足了建築美學，神奇的音樂廳就在這個設想下實現了。到滿場測試時，現代音樂泰斗布列茲 (Pierre Boulez) 親自指揮了馬勒第九交響樂第一樂章，鮑贊巴克回憶說，「我還是有些焦慮，因為那些準備的救治措施，畢竟代表了『主流』思想，給我造成相當大的壓力。相反，只有徐先生平靜以對，充滿信心」。直到布列茲放下指揮棒，回頭對鮑贊巴克說，「好極了，什麼也不要改」。鮑贊巴克才確信，徐先生的奇思妙想實現了他的設計。他說，「徐先生這個未嘗不可的精神，以及卓越的才幹，在盧森堡音樂廳、里約熱內盧藝術城、卡薩里布蘭劇院、上海音樂學院歌劇院等處，都發揮到極致。凡已建成和正在使用的音樂廳，只要採用了徐先生的巧妙方法，在在證明行之有效，那未嘗不可的精神，不僅令人愉快，且充滿信心。徐先生那未嘗不可的天才，引導着我們向他學習，也促使他成為一個極為特殊的聲學建築家」。

四

　　盧浮宮計劃是世界上最偉大的改造工程，貝聿銘先生(Ieoh Ming Pei)領銜主持這項工程，他聘請徐先生作他的聲響建築顧問。他們倆都是蘇州人，但貝先生請徐先生出山，倒不是因為這層老鄉關係，而是因為徐先生在布萊茲領導的法國聲學研究所(IRCAM)中的工作成效卓著，而且他們已經在美國達拉斯音樂廳的設計中合作過。盧浮宮改造工程中那些廣為人知的創造，如金字塔、黎世留館的重生，似不必多說。我最喜愛的是黎世留館側翼的馬利中庭，坐在中庭的台階上，觀賞馬利駿馬，那種感受難以言說。因為這裏是古今風格融合的典範。路易十四時代戰馬的雄健，與英國著名工程師萊斯(Peter Rice)設計的巨大玻璃拱頂交相輝映，從下往上看，透過晶瑩剔透的玻璃穹頂，天光雲影，變換不居。壯士緊勒戰馬的繮繩，似自天而降。參與盧浮宮改造的前文化部長賈克朗 (Jack Lang)記述道，「這位英國工程師採用了一個非常智慧的、遮擋陽光的機制，同時能夠起到調節聲音和溫度的功能，這又是新盧浮宮帶來的一種技術上的革新。這些庭院是新博物館中最成功的部分之一」。但是只有局內人才會知道，這最成功的一部分恰恰灌注了徐先生的心血。《築音賦聲》中記載，「這三個巨大的雕刻展廳中，表面材料都是堅硬的玻璃和石材，導致室內聲波連續反射，聲音能量很難消散，使得各種聲波長久持續盤旋，噪音加上回音的雙倍效果，博

物館的講解員在此地講話，少了清晰度，參觀者在此呆的時間長了，也會開始疲倦頭疼」。這個難題交到了徐先生手裏。

徐先生苦思解決方案，竟至夜不能寐。終於靈光一閃，一個絕妙的主意誕生了，他向貝聿銘先生解釋說，可以利用貝先生慣用的三公分直徑的鋁管，製造吸音的瓶頸開口和共振腔，自開口處向共振腔內填入吸音泡沫棉。由於開口處空氣分子劇烈振動，與吸音棉摩擦，把聲音振動能量轉化為熱能，從而產生吸音作用。徐先生說，「這是空氣在形狀不同的容器裏產生振動所發出的不同共振頻率，這就是所謂赫爾姆霍茨共振現象」。貝先生立即決定採用徐先生的設計。徐先生的巧妙設計，使管子安裝完畢後，總體外觀與貝先生的設想完全一樣，卻不知不覺內置了吸音功能，經法國國家實驗室測試，證明可吸收大約800到1000赫茲的聲頻，使馬利中庭的靜音效果奇佳。徐先生這個妙想把建築設計要求的簡潔美觀，和參觀者的聲學感受天衣無縫地結合起來。

我曾在黃昏初降時徜徉在馬利中庭，四圍寂靜，連參觀者的腳步聲都微弱不可聞。仰視玻璃棚頂，見天穹緋紅，游雲瑰麗，那些希臘風格與巴洛克風格的雕塑，無言地陪伴着我。我想起徐先生，是他的智慧造就這周遭的靜謐，讓我能更深地體會溫克爾曼所稱道的，「高貴的單純和靜穆的偉大」。

五

　　盧森堡歐洲廣場右側，有一座潔白的蝸殼型建築，遠望去它似乎通體透明，像一位身著白裙的少女，隨圓舞曲的節奏輕盈起舞。走近，能看出這盤旋飛舞的裙裾，是一圈錯落有致的白色立柱，彷彿豎琴的琴弦，微風拂動它，奏響悅耳的清音。又像蘇州園林墨瓦白牆外一圍修竹。雖沒有清翠欲滴的嬌矜，卻有披雪挺立的孤俊，張揚着柯布西耶所追求的「體塊之內的抑揚頓挫」。它就是盧森堡國家愛樂音樂廳(Philharmonie de Luxembourg)，鮑贊巴克和徐先生合作的又一傑作。

　　它是我最喜愛的一座音樂廳，我們曾在此數次享受音樂盛宴，二〇一五年秋，我們一群朋友沿萊茵河直下盧森堡，在這座音樂聖殿室內音樂廳中，享受了莫扎特的弦樂小夜曲。這間獨特的不對稱室內樂演奏廳的聲響效果，真讓人飄飄欲仙。同年十一月，我和雪趕來聽索科洛夫的鋼琴獨奏音樂會。那天我們坐在台後席，那優美的琴聲幾乎把我們融化在音樂廳裏。但是，我對它情有獨鍾，還因為自它孕育之始，我就親眼見證徐先生為它奔走操勞、嘔心瀝血。那幾年，常聽徐先生說，明天去盧森堡。有時想請徐先生伉儷來家裏吃飯，徐太太會接過電話，款款地說，「我們人在盧森堡」。如今終於大功告成，二〇〇五年六月二十六日，舉行開幕典禮，徐先生要去出席，打電話告我，二十六日開幕，幾天之後有一場音樂會，是請專家及業內人士來聽音響效果，

他已經給我們訂了票。七月三日下午，我們一家趕到盧森堡，接上徐先生的小孫女麥粒，我們就直奔音樂廳。

音樂會在晚間，但是下午徐先生帶着我們先參觀了音樂廳。從外觀開始，然後是立柱、大迴廊、交響音樂廳和大管風琴、室內樂小演奏廳，徐先生詳細講解設計意圖，介紹為了獲得最佳音響，他所採取的各種措施，言語中處處流露出他對這件作品的喜愛，彷彿在給我們展示他親手製作的一件珠寶。以演奏交響樂為主的大廳，最獨特之處，是它的高塔式包廂。徐先生自豪地告訴我們，這個設計是世界音樂廳的首創。當時我只被這個音樂廳的造型震懾，並未理解這個設計的妙處，這次讀了《築音賦聲》才明白它的奧秘。書中講到，「鮑贊巴克的這個靈感，來自英國十六世紀中葉古老市場街景中的劇院。古老英國流浪賣藝的藝人，利用旅館的露天庭院，小店樓房圍繞的市集中心，作為演出舞台。觀眾們就在窗戶或陽台憑欄觀賞」。當然，這正是莎士比亞時代的劇場雛型。

徐先生從聲響的角度，「考慮了樂器和人聲的指向性，以音源發聲呈半球形的模式向外傳播的方式，設計出高十五公尺的垂直塔樓包廂，符合了舞台發聲源的理想角度」。這樣的一個新穎的設計與聲響要求的完美結合，取得了極好的聲響效果。基於不能抄襲、只能創造的邏輯，此鞋盒子形大廳不同於維也納、波士頓、阿姆斯特丹的著名音樂廳，不採用橫向的樓座包廂，而設計

了八座大尺寸的塔樓。「由於這項特殊設計，提供了難得的寬頻帶聲學擴散，坐在塔樓的聽眾，除了接受各頻段音，以及沒有阻擋衰減的直接音，加上來自地面的反射聲，融合出溫暖濃厚的音質。這些由混凝土雕塑成的塔樓群，有着讓人能與音樂一起呼吸的柔和音場，成為音樂廳中最理想的位子，宛若置身音樂的天堂」。那天晚上，我們在這間音樂廳中，就享受到了這個天堂般的感覺。

音樂會的節目是為測聽音響效果而排，所以沒有大型作品，卻讓各種題材、各種風格、不同樂器演奏的作品，各呈其能，鋪展出姹紫嫣紅的大花壇。小提琴的清麗，大提琴的幽婉，木管樂器的醇厚，打擊樂器的響亮，銅管樂器的高亢，盡情發揮。最後，是一段爵士，薩克斯的嗚咽伴着歌手略帶沙啞的吟唱，聲聲打在人心上。近兩個小時的音樂會，我不時看到徐先生清瘦的身影，出現在音樂廳的各個方位上，他在聆聽效果，測量數據，準備最後的調整。看着他貓着腰，躡手躡腳從觀眾席間穿越。盈盈坐在我身邊，悄悄對我說，徐爺爺真好！還是馬勒那句話，「孩子知道他聽見了什麼」。據人介紹，徐先生連德國製造的大管風琴都要管，因高音號筒的指向性特強，管風琴廠商將它放在上部並水平放置，結果高音都從池座聽眾的頭上掠過。開幕後，徐先生堅持要他們調整高音號筒的傾角，使大部分聽眾都能欣賞到管風琴高音的華麗。一位華裔聲響家敢向百年歷

史的德國管風琴權威挑戰，這也是值得添上一筆的故事。

　　音樂會結束後，是盛大的招待會。著裝典雅的俊男靚女捧着香檳杯聚談，泛着泡沫的琥珀色美酒映出香鬢鬟影。徐先生從人群中鑽出來，引着我們看環繞主迴廊的白色立柱。從他興奮的語調中，能感受出，這又是他和鮑贊巴克合作的得意之筆。徐先生説，在設計大迴廊時，他曾給鮑贊巴克介紹過蘇州園林風格的要素，讓鮑贊巴克大感興趣。徐先生祖籍蘇州，又在那裏度過少年求學時代，那青舍白牆、花窗掩映的園林，深深印在他的記憶中。淅瀝雨簾，半遮修篁弄影，花窗凝睇，輕藏婆娑淚眼。再有，「春水碧如天，畫船聽雨眠」的夢幻，都是少年亞英揮之不去的纏綿。後來徐先生入清華學建築，跟隨梁思成先生修中國古建築，深諳明人計成《園冶》中所論，「工精雖專瓦作，調度猶在得人，觸景生奇，含情多致」的要詣。他對我説，「蘇州園林白牆上的花窗能造成通透疏離的感覺，使空間擴展，讓建築靈動飄逸，這些白色立柱粗細搭配，像園林中檐廊前的竹叢，配合大面積玻璃幕牆，既通又隔」。老友麗雅女史，曾研究園林中的窗，她有一段話，講的就是這個道理，「一段粉牆，幾桿修竹，這是一個優雅的小景，但稍嫌實了些，在牆上開一方漏窗，讓陽光灑下來，篩下斑駁的圖案，與婆娑的竹影互為映襯，實牆的封閉感便消逝於竹幕風姿之外，使園景風情有加，韻味

　　　　　　　　　　　　　　既見君子｜豈曰無衣

無窮」。這個融合了東西美學要素的構想，成就了一座驚人美麗的建築。《築音賦聲》這部書，對此總結得精闢，「這樣的設計，一舉讓盧森堡愛樂音樂廳成為一座有旋律、有和聲的建築，直立的柱林，包裹着玻璃殼體，成為虛實交替的空間，剛硬的工業皮層，在日光變換中，呈現出如日暈般的游移，透明中的不透明，銜接了內外空間，剪接出片面瞬間透視的同時，讓不規則的金屬柱叢顯得柔軟，並營造出了幻影搖晃的律動意向。沿着外圍走時，耳邊時傳着輕忽低淺的風嘯聲，也容易因多向度建築的連續性曲線而失去方位感，感覺像是無止境繞行，音樂廳優雅的弧形體化解了三角基地原有的僵化，建築兩端尖角穹頂的天際線，使人不禁聯想到柯布西耶朗香教堂的一角」。徐先生在書中說，「我所經手的建築，不是冰冷的辦公室工程，而是一個可發聲的樂器。讓一座建築化身成為樂器，發出穿透人心的音樂，就是我身為聲學家一生的自我期許」。是徐先生的辛勤勞作，給了建築一個能吟唱的靈魂。

六

一九七九年六月三日，一個春光明媚的清晨，希臘海軍出海，潔白的艦上，載着希臘的女兒、安提戈涅的後裔，二十世紀最傑出的歌唱家瑪麗亞·卡拉斯的骨灰。希臘政府文化部主持卡拉斯骨灰投放儀式，這位塞壬的對手，將永葬愛琴海。但是，人們可以想像，她的骨灰

會逐浪直上斯科皮歐斯島，去尋找希臘船王奧納西斯，她一生的摯愛與至傷，他就埋骨於這島上茂密的叢林中。

一九七五年，奧納西斯回到巴黎，入住美國醫院。這是他最後的旅程，他在等待死神的召喚。臨行前，只挑了一條小小的愛馬仕羊絨毯帶在身邊，是瑪麗亞送給他的生日禮物，一條紅色羊絨毯，瑪麗亞知道這是他最愛的顏色。這條絨毯一直伴他到最後時刻。一九七七年，瑪麗亞來到斯科皮歐斯島，獨自跪在奧納西斯墓前，好久，好久……這一對戀人在內心深處，像一對希臘怨偶，相愛相知，相爭相斥，在現實的名利場中，勞燕分飛。奧納西斯負瑪麗亞太多，而且世人很少知道，他們曾有過一個兒子，生下就死去，葬在米蘭的墓園中。

二〇〇〇年，徐先生來希臘了。這次他是受奧納西斯基金會所托，設計修建奧納西斯文化中心（Onassis Cultural Center）。這次與他合作的是法國AS建築工作室，最後入選的建築外型是一座半透明的網狀結構，《築音賦聲》一書中，將之稱為，「透明濾網篩落的音符」，好美的意象。這座建築的挑戰性在於，必須在三千平方米的地盤上，修建一座能容納一千個座位的劇院，和一個有二百五十個座位的小演奏廳。除此之外，文化中心還要有圖書資料館，並有一個屋頂花園餐廳，能遠眺雅典古衛城上帕特農神廟的雄姿。

要在希臘修音樂廳，瑪麗亞·卡拉斯的形象就出現

在徐先生的腦海中。對這位出自希臘的歌劇女神，徐先生是很仰慕的，特別是她和奧納西斯還有過那麼一段刻骨銘心的戀情。但徐先生的心願卻無從實現。《築音賦聲》中記載道，「在劇院聲學規劃上，徐亞英希望從女高音卡拉斯的意象出發，以歌劇作主要的聲學訴求。但與業主開會時，委員會成員們一聽到徐先生的意圖，立即擺出尷尬的笑臉說，『哎呀，徐先生，不要提這個吧！』並要求務必淡化卡拉斯的色彩。儘管徐亞英認為，這個廳堂少了卡拉斯的色彩和靈魂，便將大為遜色，但必須尊重業主的考量，只好仍以音樂會為主，戲劇為輔的雙重目的來設計」。徐先生著手工作之後，一個巨大的困難擺在眼前，受都市規劃高度所限，音樂廳體積嚴重不足，而為了保證能有良好聲響，每一個座位都需要八立方米的聲學體積，也就是說現有廳堂容積，限制了聲學設計的手腳，你必須帶着鐐銬跳舞。徐先生反復考量，提出採用透聲天花板，把原有的用於管線鋪設的輔助空間，變成音樂廳的聲響空間，以此增大聲學體積，延長混響時間，以獲得優美的音質。

　　解決方案提交給了委員會，委員們聽到這個方案卻有些遲疑，徐先生堅定地告訴委員們，「我很有把握，也敢向各位保證，可以靠這樣的透聲天花，來擴大音樂廳的體積」。在徐先生的堅持下，這個方案通過了。但是徐先生可是個極細心的人，方案被接受，實施的過程還有更複雜的工作，徐先生找到英國生產的銅合金管，做成細隔柵式的天花，並以五種不同間距排列，又經法

國建築研究院測試，他那種一絲不苟、精益求精的精神，在這裏發揮到極致。最終決定以一公分直徑的銅管來製造這個透聲天花板。徐先生的這個妙想達到了完美的聲響效果。更有趣的是，金光燦爛的銅合金隔柵，給音樂廳添加了一層華麗的色彩，產生了裝飾性的效果。徐先生笑稱，「這只是無心插柳罷了」。在我看，這豈是無心，相反，正是心之所系，情之所至，是徐先生對偉大的希臘文化的崇敬與熱愛，喚起他的創造激情。儘管奧納西斯基金會以避談卡拉斯來掩飾他們對這位歌劇女神的虧欠，但徐先生卻以優美的聲響，向卡拉斯輝煌與暗淡交織的生涯，致以遙遠的敬意。

　　二〇〇四年夏天，徐先生帶着愛琴海的風塵回到巴黎，此刻正是雅典奧運會前夜。奧林匹克運動會經過二千餘年的延宕，終於回到了它的故鄉，這對全世界都是件大事兒。徐先生回來了，我們總要見面，值此特別時刻似乎更有話説，那天見面，徐先生神采飛揚，他從手頭的設計工作，一直講到古希臘劇場，我素對古希臘戲劇着迷，但對古希臘劇場的奧秘卻一無所知，徐先生的一番講解，讓我如醍醐灌頂。我從未聽到對希臘古劇場這樣精辟的解析，從技術到文化，從歷史到現在，徐先生淵博的學識，對古劇場原理精湛的技術把握，娓娓道來，聽來如飲美酒。當時，我把徐先生的談話做了詳細記錄，後來整理成文，收入文集《我的生活很希臘》。那天我們是從埃庇達魯斯（Epidaurus）古劇場談

· 192 ·　　　　　　　　　　　　　　既見君子｜豈日無衣

起，因為一九六〇年八月二十四日晚，瑪麗亞·卡拉斯在這座希臘古劇場演出了《諾爾瑪》，這是歌劇史上的巔峰時刻。她在希臘的滿天星光下，再現了古典世界的崇高與悲壯。徐先生說：

> 希臘古劇場真是人類文明史上的奇跡。以著名的埃達皮魯斯劇場為例，它建於公元前三五〇年，雖然當時埃及已有相當水平的測量技術，但建造這樣的劇場還是需要更複雜的科學設計思想和經驗基礎。我們可以總結一下希臘古劇場的幾個特點。

> 其一是地形的選擇。我們知道，人的聲功率是極為有限的，即使是受過訓練的人聲，其聲功率也不過數微瓦。打個比方，點亮一隻小燈泡所需的功率，要幾十萬人一起發聲。人聲通過空氣傳遞，但在傳遞過程中會有許多消耗，尤其是高頻損失相當大。若想在這樣大的露天劇場中，不管是慷慨激昂的叫喊還是輕聲細語的傾訴，能讓全場聽眾，人多時達上萬人，聽清楚，實在是很困難的。希臘人建劇場，如果有可能的話，有些劇場會瀕臨大海，這是因為當海風登陸後，貼近地面的風速會因地面障礙而減弱，而上空的風速卻較快，可以形成折射。當演員背對大海時，這種海風的折射效應能將演員的聲音送至更遠。但是這並不是絕對的，因為我在希臘考察時，發現有些劇場並

不都靠海。但卻一定是山坡，這些坡度大約23度-30度。埃達皮魯斯劇場稍特殊一些，在23度左右。我們知道，聲音是有極強的指向性，而且以球狀波傳播，靠近球形上半部分的能量很高。當舞台在觀眾席下方時，聲能的傳遞最有效，它符合聲源的指向性原理。(像現代歌劇院，三四層包廂的聲音最全，而池座最差。)斜坡的角度帶來另一個優點，前排觀眾對聲音的遮攔最少，聲音可以最有效的方式直達後排觀眾。

其二，在舞台設計上，希臘人也有極天才的考慮。它的舞台很寬，但縱深很窄，像埃達皮魯斯劇場只有二點四米，但在舞台前方有一塊平台，類似我們今天稱作樂池的位置，當悲劇上演時，合唱隊穿插其間，提示劇情，和台上演員合作。舞台佈景通常在舞台後方，這樣的佈局對舞台的聲學效果極有幫助。舞台前的平台，在希臘稱作Orchestra，是一個極好的聲音反射區。它低於舞台，使聲音的反射角度最佳，可有效幫助演員的聲音傳送到觀眾席。這樣既有直達聲從舞台傳送，又有平台反射效果。根據現代聲學儀器測量，這種反射能使聲音增加三貝分。

再次，對於露天劇場來說，我們還應該考慮到溫度對聲音的影響。溫度和聲音是成正比的。溫度每提高一攝氏度，聲波傳播的速度就增加0.6米/秒。在白天，地

面的溫度高於空氣溫度，所以地面的聲速要快，而空中的速度要慢些，所以形成折射，使聲音向上遠揚。溫度的變化會帶來聲音效果的不同。在白天聲音上揚，但由於劇場觀眾席的坡度，使聲音掠過觀眾，仍能獲得不錯的效果，到了傍晚，地面溫度下降很快，而空中的溫度變化較緩，形成反折射，這種溫度變化帶來的聲音折射方向的變化使聲效更佳。

在希臘，戲劇通常在一年一度的酒神節慶典時演出，每天從早晨至傍晚連續演出三至五齣劇目。希臘得天獨厚的氣候條件也極適宜戶外活動。尤其應該考慮到，在古希臘時代沒有外在噪聲源，沒有呼嘯的狂風，更沒有汽車摩托這類交通噪音，也沒有現代劇場中必不可少的通風噪音，只是偶爾會有微風鳥鳴。但是人類對有語言內容的聲源有自然選擇的本能。微風，鳥鳴都不會影響觀聽者的注意力，倒會有「鳥鳴山更幽」的效果。

從建築聲學的角度看，古希臘劇場舞台後應該設有反音牆。由於古希臘劇場被毀壞的太厲害，我們很難看出原貌。但從現存的以古希臘劇場為藍本的露天劇場看，這道反音牆是存在的。比如法國奧倫治的露天大劇場，舞台背後就有高高的反音牆，上面有浮雕裝飾。同時在觀眾席背後也有一道小牆和棚檐，這樣可

以保證反射聲在觀眾後方被收攏。儘管我們在埃皮達魯斯古劇場看不到反音牆，但旅遊者在舞台中央扔一個硬幣，在高層觀眾席上仍能聽得很清楚。從雅典衛城腳下的狄奧尼索斯劇場還原圖中，也可以看到舞台後面反音牆的存在。

希臘戲劇以朗誦和吟唱為主，而伴奏比較簡單，當時用來伴唱的樂器，主要是基薩拉琴，里爾琴和阿弗洛斯管。琴以撥弦發聲，管以吹奏發聲，聲音比較單薄。人聲多是中頻的聲音，比較容易在這種露天劇場中傳播。相反高頻的聲音例如小提琴，很容易損耗。所以如果梅紐因在希臘古劇場中演奏，聲音並不會很豐滿。因此，希臘古劇場建築及其聲響追求很符合古希臘藝術形式的要求。我在考察古希臘劇場時還對古希臘戲劇的舞台調度很感興趣，因為在語言中，元音的發聲比較容易保持，而輔音對語言聆聽的清晰性至關重要，因為輔音的聲音指向性強，在希臘古劇場的演出中，若演員面對觀眾，環形座席兩側的觀眾會聽不清楚。所以從歷史文獻的記載中，我們可以知道合唱隊會分成兩列，從舞台兩側上場，然後交叉邊巡，或許這種調度方式也有其聲學上的考慮。

從觀眾席的設計上看，古希臘劇場也暗合現代聲學建築的許多原則。它的觀眾席的升起坡度與尺寸是很講

究的，平均40公分升起一級，寬度恰是一倍，80公分寬，很符合現代合唱隊席的設計。現代合唱隊席就是以40公分為一級升起，以達到聲音不被遮擋的效果。而且，以這樣1：2的比例升起，對聲音和視線都有好處。可以說希臘人的智慧真是了不起，這樣的佈局很適合產生觀眾和演員之間的互動，所有觀眾又成了參與演出的一分子。而這正是我們考慮現代劇場設計時所努力追求的目標。有許多現代劇場在聲學設計方面遠不如古希臘人，比如池座上方挑台太突出，使池座聽眾既聽不到舞台上的直達聲，又聽不到天花板的反射聲。在改造這類劇場時，古希臘劇場的種種優點會給我們很多啟發。

在一個良好的聲響環境中，不僅觀眾需要清晰地聽聞，演出者之間也需要互相聽聞。只有演員之間能準確地判斷演出的效果，才有可能完美地實現戲劇的要求。演員在舞台上需要不停地接受反饋，他要準確地知道自己的表演，吟誦的效果。「觀眾聽清楚了嗎？」「我可以繼續下去嗎？」為此，希臘古劇場的舞台高度也被精心考慮過。比如在一個半馬蹄形的劇場中，會有一種自然的聚焦作用，這個聚焦點就是舞台。所以埃皮達魯斯劇場的舞台高出平台（Orchestra）3.53米，和觀眾席40公分一級的升高位置保

持恰當的比例，使每40公分一級的垂直面有攏音及將語音反饋至演員的作用。

以上我們大致從希臘的外部環境和劇場建築幾方面梳理了希臘古劇場的聲學建築特點。每談起希臘文明，總讓人有高山仰止之感。當然，希臘戲劇又是希臘文明中的瑰寶。但是在我們談起埃斯庫羅斯，索福克勒斯，歐里庇德斯，阿里斯多芬這些偉大的名字時，不要忘記那些建造希臘露天劇院的無名氏，不要忘記埃皮達魯斯劇場，狄奧尼索斯神殿劇場的名字。正是這些不朽的建築使希臘戲劇有了實現的可能。這些劇場既是希臘文明的見證，又是希臘文明本身。遙想數千年前，先哲們在希臘的夜空下高歌曼舞，以不倦的追問來揭示宇宙與命運的隱秘。今天我們更當牢記德爾菲神廟上的銘言：「我知我無知」。

徐先生以「我知我無知」為結語，這種謙虛與敬畏，正是他成功的最重要原因。

七

日內瓦湖畔的Evian城，有一座別緻的建築，它坐落在湖畔的一片密林中，外形由原木打造，棕色的原木板、連續起伏的尖頂，極具俄羅斯風格。遠遠望去，和奧涅加湖中基日島(Kizhi)上的葉利扎羅夫屋十分相像，

它就是湖畔穀倉音樂廳(Grange au Lac)。業主是達能集團的老闆安東尼‧里布(Antoine Riboud)，靈魂卻是當代最偉大的大提琴家羅斯特羅波維奇。

羅斯特羅波維奇是個傳奇人物，他是前蘇聯器樂演奏三駕馬車之一，那兩位是鋼琴家里赫特，小提琴家大衛‧奧伊斯特拉赫。那張由卡拉揚指揮，這三位大師演奏的貝多芬《三重協奏曲》是經典中的經典。普羅科菲耶夫有幾首重要的作品，是和羅斯特羅波維奇一起工作的成果，蕭斯塔科維奇把他創作的第一大提琴協奏曲題獻給羅斯特羅波維奇。他是前蘇聯的功勳藝術家，是體制內極盡風光的人物。但是，他卻把大名鼎鼎的異議作家索爾仁尼琴藏在自己的別墅中，並致信蘇共中央為索爾仁尼琴主持正義。結果在國外演出期間被剝奪蘇聯國籍，成了流亡者。正是在流亡期間，他和安東尼‧里布成了朋友。柏林牆倒塌時，羅斯特羅波維奇在柏林牆前演奏巴赫的《無伴奏大提琴組曲》，就是坐里布的私人飛機飛到柏林的。說到「斯拉瓦」在當代音樂史上的位置，他的傳記作者格魯姆‧格日梅洛有一段話，講得精辟，「他是一位與耶穌基督相仿的音樂家，他走遍層層地獄和天堂，經歷百般的災禍和至福，然後重新回到罪孽的土地，只為再一次並且徹底走完自己的道路。他籠罩在和善的光芒下，身披明朗的憂鬱和美麗」。為了實現羅斯特羅波維奇舉辦音樂節的願望，里布出資，要在日內瓦湖畔修一座音樂廳，作為Evian羅斯特羅波維奇音

樂節的場所。實現這個設想的任務，就交給了建築師波憲(Patric Bouchain)和徐亞英先生。

羅斯特羅波維奇流放海外多年，魂牽夢縈的就是他的俄羅斯，他無法回到故鄉，就把他對俄羅斯的苦戀傾瀉在日內瓦湖的碧波中。正像普寧詩中所吟唱的：

呵，四月王子也將

從海外的遠方歸來。

看，朝霞似錦，

山谷中藍色的靄霧

已經消散。

而現在，他寄託思念的地方卻是：

樹林也沉默着

沒有聲響

只有松濤

哼着單調的小曲

真像豎琴彈奏

在松林蒼翠、神秘的深處

所以，羅斯特羅波維奇要一座「俄羅斯和斯堪的納半島風味的木質音樂廳」。徐先生同意打造一座俄羅斯風格的音樂廳，但是他知道音響處理的難度。其關鍵就在容重不高的木質原料的隔音與吸音這兩大難題。為了說服羅斯特羅波維奇，徐先生繪製簡明易懂的圖，向他解釋聲學、物理學的難點。並向他介紹自己設想的處理方案。作為一位大提琴家，羅斯特羅波維奇着迷於木質的

魅力，但徐先生知道，「弦樂器的發音，靠的是琴弓上琴弦的摩擦，通過立柱把振動傳到提琴薄薄的橋板上。振動的機械動能所產生的能量傳遞至音箱，「主動地」製造出持續的高壓聲波，輻射到空氣中。因其連環共振的原理，弦樂器可以十分響亮，並且具有高度的穿透力。相反，木質音樂廳只能靠空氣中微弱的聲波來「被動地」激發振動，聲波一部分被反射，參與廳內的殘響過程，另一部分則在木板振動時，與板內纖維產生摩擦，轉變成熱能而消耗掉了，因此弦樂器的發聲原理，並不能擴大沿用至木質音樂廳的空間」。也就是說，羅斯特羅波維奇個人演奏經驗和音樂廳的聲響原理是不一樣的。最終經徐先生說服，業主和羅斯特羅波維奇同意了徐先生的處理方案，以未上漆的松木與中密度板組合，牆板則用2.2公分厚的木板，在龍骨的間距上作距離不等的變化，讓每塊木板有不同的間距，來分散聲波的共振頻率，降低失真的危險。

為了一圓羅斯特羅波維奇的鄉愁，建築師設想在舞台上加裝高硬度的乾燥白樺樹為背景裝飾。我猜這個設想正合羅斯特羅波維奇的心願，因為俄羅斯的原野與搖曳的白樺，正是俄羅斯永不變化的象徵。看看那些俄羅斯詩人，誰筆下沒有白樺的身影？

> 遠方山口處，那株白樺
> 顯得多麼寂寥、孤單(蒲寧)

稀疏的白樺，

偎着窗户，冷漠地

發出颯颯聲響

是時候了，快投向莫斯科寥闊的秋天

快去尋找蘑菇和白樺（阿赫瑪托娃）

徐先生當然欣賞這個獨特的設想，但建築師波憲卻有些疑慮，不知這台上枝叉婀娜的白樺樹，會不會影響聲學效果。他有些不安地去詢問徐先生。徐先生頑皮地賣了個關子，皺起眉頭搖搖頭。看到波憲緊張的表情，徐先生笑起來，拍拍波憲的肩膀說，Yes。波憲大松一口氣，也拍着腿大笑起來。徐先生說，「那些樹幹對聲音有擴散作用，也可以吸收打擊樂。對於銅管樂過大的聲能有平衡的作用，視覺上也營造了異國風情的特色」。

　　但問題還沒完，這個建築用鋸齒形屋頂，營造出穀倉風格，但這九百平方米面積的鋸齒形屋頂，卻造成聲波反射混亂的後果。為了克服這個難題，徐先生以一種獨創的方法，選用每平方公尺重量僅有五公斤的鋁製夾心板，做成天花反射板。並且他將鋁製夾芯板裁成菱形，疊置出總面積達420平方米的麥穗式天花板。《築音賦聲》中，記錄了徐先生的這個設計，「瑞士產的夾心鋁板（Alucobond）天花懸吊，從舞台前端的十一公尺高度到舞台後端則降低為九公尺，一方面彌補被木材過度

吸收的音頻，讓觀眾能接受早期反射的聲音，以達到中頻能有1.7秒的殘響時間」。法國《世界報》一位記者寫道，「這個聲學天花板不僅達到聲學目的，而且極富創意，一塊塊的反射板形似一條巨龍或海怪腹部的鱗片，從室內延展開來。就像海怪的頭倒栽在日內瓦湖裏喝水」。建築師波憲後來總結說，「從文化的角度說，我們都認為音樂是人文的基礎，是一種文化傳遞的形式。一位俄羅斯大師，一位法國建築師，和一位獨特的建築聲學家的結合，對我是一個學習的過程，更是一次藝術的合作」。

音樂廳開幕典禮上，演出了羅斯特羅波維奇個人喜愛的格林卡的歌劇《沙皇的一生》。音樂會結束後，「斯拉瓦」過來給了徐先生一個俄羅斯式的熊抱，盛贊音樂廳的聲響效果。其實，徐先生心中仍有一絲遺憾，因為《沙皇的一生》動用了八十餘人的樂隊，近百人的合唱隊，讓這座體積有限的木質音樂廳承擔聲音稍顯吃力。徐先生當時應業主和Evian音樂節設計的要求，是要打造一個室內樂和中型樂隊演出規模的音樂廳，否則特大的樂隊會使發聲功率與大廳體積比例失調，引起失真。當然這個遺憾是徐先生精益求精的本性使然。他的追求永遠是完美，完美，還是完美。翌日，徐先生要回巴黎了，途徑音樂廳，聽到樂隊在排練，他忍不住走進去在音樂廳中的各個位置上坐下來聽，離緒紛飛，讓他感慨。他說，「為了一個音樂廳，我們往往一做就投入

七八年的時間，花了多年心力，總算完成，其中艱辛不足為外人道。完工後這個建築交給需求單位，就要離開奔赴另一個「戰場」，感覺上就像花好幾年時間孕育出自己的孩子，出生後必須忍痛將臍帶割斷」。但是我想勸徐先生不必傷感，他打造的這座穀倉音樂廳，成了俄羅斯音樂的聖殿。俄羅斯音樂界的那些頂尖高手，像尤里‧巴什梅特、弗拉基米爾‧斯波瓦科夫、塔吉雅娜‧尼古拉耶夫娜、帕塔‧布爾楚拉澤，紛紛在此登台獻藝。還有羅斯特羅波維奇捨卻身家保護的索爾仁尼琴的兒子伊格納特‧索爾仁尼琴，他在父親的流亡中成長為一名傑出的鋼琴家。蒲寧有詩問到，

> 誰能還我
>
> 那永別了的
>
> 絢麗的殘陽
>
> 那閃爍着淚水的
>
> 深邃的目光？

　　這些俄羅斯音樂家們作了回答。他們奏出的每一支旋律，都在安慰徐先生那離別的悃悵。

八

　　台灣衛武營國家文化藝術中心，是亞洲最大的綜合文化演藝中心，同時又是世界第一大的單一屋頂演藝中心。這是一座偉大的建築，是華人世界最卓越的建築成就，也是華人向世界展示自己與現代人類文明融合的象

衛武營主音樂廳內部　　　　　　　　　　　　　　©衛武營

徵。它坐落的地塊叫衛武營，顧名思義，我們知道，它從前是軍事用地，是軍隊用來操練的場地。而今天，它卻化身為一座藝術殿堂，謳歌着和平與友愛，向世界展現出台灣人民偃武修文的追求，和整日殺聲沸天的對岸相比，文明與野蠻，高下立見。

　　這幾年，每每聽徐先生說，他要去台灣了，在高雄正在搞一個大建築，我卻始終不知其詳。直到讀了《築音賦聲》，直到看了徐先生給我的建築實況紀錄片，我才知道小小的台灣卻有大大的雄心，我被震撼了。從心底為台灣叫好，為徐先生叫好。這座建築由荷蘭建築學派代表人物，法蘭馨·侯班(Francine Houben)的麥肯諾建築事務所(Mecanoo)與徐先生的聲學設計事務所聯

手，建築主體設計由侯班主持，而所有劇場聲學設計由徐先生操刀，真可謂珠聯璧合。侯班記述說，「身為一個志在獲獎的建築團隊，這個案子需要一位世界上最好的聲學顧問，聘請哪位聲學家成為重要決策。瀚亞設計事務所的羅興華建築師就說，建築聲學家徐亞英是所能找到的最好的聲學家」。於是，徐先生就與麥肯諾建築事務所合作，開始了一場偉大的冒險與征服。

衛武營文化中心的核心理念，是生態環保與開放自由。原場地上枝幹盤虬，濃蔭匝地的老榕樹給了設計師靈感，這些老榕樹處於颱風帶，身經烈風狂飆，暴雨雷霆，但巋然挺立。海鷗翔集其上，兒童嬉戲其下，扶疏的枝叉似洞開的門扉，造成迷離與通透互相交織的童話。侯班讓整座建築藏身在婆娑招展的綠枝叢中，地景與建築彼此呼應，融匯無間。《築音賦聲》給我們勾勒了這座超絕建築的輪廓，「這座長230公尺，寬170公尺，高38公尺，呈扁平流動感的水平建築，底座相當於五個半足球場，建築主體從公園地表升起，與綠地相聯通，從水平線到36公尺高落差的大型波浪式曲面，如活動於地表的有機生物，整座建築體，每面都有開放出入口，觀眾沿着街道進入公園的曲線步道，從不同方向進入四面穿透的榕樹廣場」。這個設計理念，首先讓人感覺建築與土地、海風、樹木、陽光，整合成一個宜人的生態空間，沿着它周圍走動，隨之你就會感覺到自由。四方體建築，卻到處用自由的弧線勾勒，沒有一個固定

既見君子｜豈曰無衣

的入口，沒有一處僵硬的死角，你似乎漫步綠蔭，卻不期然發現已進入自由曲面鋪就的榕樹廣場，回首望，濃密魁偉的老榕樹，彷彿波德萊爾《應和》一詩中的「活柱」（*vivants piliers*）。把這潔白的建築和藍天，一同撐起。仔細端詳，它的正面，似自青天而降，棲息綠茵的信天翁。若凌空俯瞰，它又似海濤中湧起的一朵白色浪花。波德萊爾的這首名詩，竟像專為榕樹廣場而作：

> 自然是座廟宇，
>
> 那裏的活柱不時發出模糊的音聲
>
> 從那裏，穿過象徵的森林
>
> 行人接受它親密的注視
>
> 如同悠長的回聲
>
> 遙遙地匯合
>
> 在一個混沌深邃的統一體中
>
> 廣大浩漫，好像黑夜連着光明──
>
> 芳香、色彩和聲音，在互相應和

詩中的「活柱」，「模糊的音聲」，「象徵的森林」，「悠長的回聲」，「深邃的統一體」，「色彩和聲音的互相應和」，都在描述着榕樹廣場的面相與特徵，而這些是建築師侯班和徐先生的妙想所創造。《築音賦聲》記載着徐先生的創造過程。

　　榕樹廣場的流動曲面，是用九公分厚的曲面鋼板像建造船體一樣焊接而成，「但是從聲學的角度看，這些

堅硬的拱頂加上水泥地面，在巨大的空間中必然形成像巴黎地下捷運站台裏出現的轟轟巨響，使拱頂下的民眾感到不舒服。徐亞英開始提出，要在鋼板拱頂上開孔，加岩棉，形成吸音的霍爾姆霍茨共振腔」。但是經過計算，需要開上千個大小不同的孔洞，這會造成一些額外的問題，這些孔洞會變成鳥蟲的窩穴，而且孔洞邊緣會生鏽，孔洞加吸音處理又費用極高。這到了要徐先生出奇制勝的時候了，「徐亞英在幾乎走頭無路的困境下，突然想到借鑒諸葛亮思維，倒轉乾坤、反敗為勝的策略，即不靠勞民傷財的吸音辦法，反而利用這些難得的拱頂群形成的特殊音響效果，把榕樹廣場變成有趣的『聲音景觀』（sound landscape）。他把這想法和法蘭馨·侯班商量，結果兩方一拍即合，一起把想像中的巴黎聖母院『殘響時間為八秒』和『桂林山水』融合到榕樹廣場。因此，榕樹廣場也成為衛武營國家藝術文化中心一處重要景點。」

侯班對徐先生的這個設想極為欣賞，她後來回憶說，「我們和亞英決定把榕樹廣場打造成一個聲響景觀，為街舞、瑜伽、冥想、體操、太極等不同的活動，在不同的區域裏提供有趣的聲響效果，讓榕樹廣場成為一個非正式的空間，歡迎所有人來完成自己的藝術實踐。荷蘭薩克斯風手佑黎·洪理熙（Jury Hongig）來到高雄，他立刻就喜歡上音樂廳和表演廳，對佑黎來說，能與觀眾如此接近，且被公眾包圍，更重要的是，此建築

為舞台上的音樂家提供如此優秀的音響效果，讓他感到很愉快。他完全愛上了榕樹廣場，四處走來走去，一面演奏薩克斯風，一面探究榕樹廣場不同的聲音特質，他感到建築本身應答着他的音樂」。

　　僅僅一個榕樹廣場的音響景觀，就樹立了衛武營國家文化中心高標特立的藝術形象，這件生態環境與自由創造完美結合的作品，只是它的外部景觀。它的核心體系，是由四個向心式的表演空間組成，一個環繞式「葡萄園形的音樂廳，一個意大利式歌劇院，一個多種用途的戲劇院，和一個小型不對稱表演廳。要想介紹這些作品，一篇文章是遠遠不夠的。好在《築音賦聲》這部書中，有詳細的記錄。從記錄工程進展的影片中，我看到徐先生頭戴安全帽，在腳手架中穿行，看到他給滿場觀眾講解音樂廳的設計原理，看到他在場地測試時露出燦爛的微笑，我知道這個工程讓他的天才得以盡情揮灑。在測試結束後，他給音樂廳的聲響效果，以百分之九十的滿意度，這在一貫風度謙和的徐先生是很罕見的。我們知道，徐先生只有低評而不會高估自己的成就，謹慎與保留是他作為一個科學家的特質。不過，當祖賓·梅塔指揮巴伐利亞交響樂團在這裏演奏，當杜達美指揮柏林愛樂在這裏演奏，當小提琴女神 穆特在這裏演奏，他們對音樂廳聲響的讚嘆，證明徐先生的心血終獲報償。現在，這座音樂廳已經成為愛樂者的家園，觀眾在這裏享受音樂、陶冶心性，徐先生卻又一次靜靜地退居幕

後，帶着成功的喜悅和離別的惆悵。他說，「施工時要爬到屋頂上，還要鑽到地下，要注意每個細節，從隔音測試到排演，讓音樂可以在這個廳堂裏發聲，開幕時，當音樂響起，就是我們在暗中退場的時候了」。

我想，徐先生的過人之處，在於他不僅能聽到聲音，還能聽到聲音所展示出的音樂。在他的耳中，同一聲銅管在馬勒的《復活交響樂》中與在艾夫斯《黑暗中的中央公園》是不一樣的。他的聆聽是工程師的經驗與音樂家的感受相結合的聆聽，這就是馬里旦所謂的「創造性直覺」。這是一種詩性直覺，它直覺到生命深處的音樂的顫動，它是心靈之聽，甚至先於耳朵之聽。徐先生愛說，他把音樂的語言變成了技術的語言。其實這是一個雙向的過程，他在靈魂中感受到音樂，再用技術手段實現音樂，讓音樂在聲音中湧現，其結果是激情和美，經他的手，體現為能讓人分享的審美經驗。他說，「我貢獻技術為藝術服務，不見得我要出現，但是藝術可以成功地在舞台上展現，此刻我就可以退場了」。法蘭馨·侯班說，「亞英認為，創造一個具有完美聲響品質的表演空間，是科學與情感之間的謹慎平衡，聲學家徐亞英是一位真正的大師」。

二〇二〇年十月八日於巴黎

瀆神與缺席

為志揚文集而作

「我要到處讚頌美，不管我在哪裏看到它」
—— 巴烏斯托夫斯基

傍晚，站在退潮的海灘上，海浪輕輕湧來，打濕我的腳，彎腰想抓住它，它卻捲着浪花匆匆逃逸，逃回海洋深處。與志揚相交的往事，就像這海浪，湧上來，濡濕我的記憶，又逃走，隱身在時光的黑洞裏。與志揚相識已三十五年，眼前的這些文字像閃爍的光斑，在記憶的黑洞裏標識着路徑，憑借它們，可以打撈出往昔的痕跡。這些熟悉的文字，有些曾激起我們熱烈的討論，我珍愛它們，更珍愛圍繞它們的那些爭執。有些卻埋藏着我們心底的傷痛，因為萌萌當年曾在電話中把它們讀給我聽，而今音猶在耳，人卻霄壤相隔。「昔人已乘黃鶴去，此地空餘黃鶴樓」。我想試着抓牢這些大江邊的記憶，再不讓它們逃匿。

一

上世紀八十年代初，我在哲學所《國內哲學動態》

張志揚

工作。那時，思想解放運動方興未艾。經歷了文革十年，全民「獸性大發」，一些有頭腦的人開始痛定思痛，考慮起「人性」問題。突破口首選馬克思著作中的人道主義內容，馬克思本人從黑格爾那裏借用的「異化」概念尤為人關注。當時借調到哲學所美學室工作的高爾泰先生交給我一篇文章《異化辯異》，我在《動態》上編發了這篇文章。這是當時國內對異化問題最早的討論。文章刊發後不久，我收到一篇文稿，寄自武漢，署名墨哲蘭。作者依據馬克思《一八四四年哲學－經濟學手稿》，力駁高爾泰先生對異化概念的詮釋。文章中可以見出作者很熟悉馬克思的《手稿》，對異化概念也有很深入的理解，論及《手稿》的結構如數家珍。作者的文字也頗有個性，行文鏗鏘有力，甚為雄辯。我還注意到作者使用了一種薄薄的綠格稿紙，落筆力透紙背，稿紙幾乎被筆鋒劃破。我很快編發了這篇文章，並給作者寫了信，希望能夠把討論深入下去。

作者回我熱情洋溢的信，同他文章的犀利相比，信寫得平實樸厚。我才知道，作者真名張志揚，墨哲蘭是筆名。隨後就是頻繁的通信，先是談稿件，談編務，後來開始談思想。雖素昧平生，卻宛若老友，思慮多所契合，有相見恨晚之慨。在一九八一年九月二十一日的信中，志揚寫道：「你對一個素昧平生的遠方的陌生人，僅憑着人的信念，就對我文章的每一個字都感受着同樣的呼吸和脈搏，你一點也不曾懷疑這樣的文字會有狡詐

和欺騙，因為事實上『人』才是我們的國際歌。」志揚在「人的信念」四個字下面加註黑圈，以示突出。我知道，那時，他是從徹底人本學的立場考慮問題。他斷言：「我必須在橫逆面前承擔自己的罪責，以便挺身為一自由人。」在民族痛遭橫逆慘禍之後，還有什麼字眼比「自由人」更能燃起心火？可是儘管在信中談得契合，我卻全然不知志揚是個什麼樣的人，多大年紀，學什麼出身，家庭背景如何？

記得是八二年暮春的一個下午，有人敲炒豆胡同老宅的門，我起身應門，眼前是三位生人，兩男一女。女子生得秀麗，微笑時露着淺淺的酒窩，兩個男人，一位身材敦實，面孔黝黑，像剛從大田收工回村的農民。另一位高身量兒，寬肩窄腰，面白皙，黑髮中分，一副藝術家範兒。那女子怯生生問「趙越勝是住這兒麼」？我忙答在下便是，諸位找我何事。後面那位漢子忙開口：「我是武漢張志揚」，聲音深厚，有胸腔共鳴，是個男中音。我大驚，與志揚通信幾年了，他從未透露過要來北京找我的意思，人卻突然就在眼前了。慌忙讓進屋坐下，志揚給我介紹那女子是魯萌，男子是她丈夫肖帆，已不記得當時說了些什麼，只記得志揚不大開口，靜靜坐在一邊，始終微笑着，滿臉喜悅和滿足。我彷彿主要在聽萌萌講故事。從她口中，知道武漢有一群追尋着真理與藝術的人。她提到武大哲學系的鄧曉芒，武漢藝術學院的尚揚，皮道堅。肖帆時不時插上幾句補充。八十

年代初，全國到處有這樣的「團夥」，幾個愛讀書、勤思考的青年「人人自謂握靈蛇之珠，家家自謂抱荊山之玉」卻無由以鳴，只能獨自蟄伏黑暗，內心何其渴求尋找同道，以證「吾道不孤」。當時嘉映黑山滬小屋的定期討論會，正是北京弄哲學的學子「團夥」。我大約向他們介紹了北京的朋友們的情況，因為志揚走後不久的來信中，就急切地說：「很想見見你的朋友們，別忘了把你們的聚會簡單敘述一下。」

四個人坐在那裏，談話的卻是三人。志揚很少開口，我們偶爾交換一下眼神，一切盡在不言中，似乎在盡情享受故友重逢的喜悅。其實我們只是初次見面，卻彷彿失散多年。與志揚相交長了，才知道他的筆比口順暢，每次交談，他總是長時間沉默着，臉上甚至會出現痛苦的表情，像火山在地下積蓄着能量，然後突然開口，沉鬱的男中音帶着威嚴，表述也極有力量。後來才知道，這是因抗拒長時間的提審而養成的習慣，以至這「沉默的權利」竟成為他苦思的一個哲學命題。這種在「六面牆」中砥礪出的堅毅，成為他的護身符，因為「只有它才能建立起與牆毫不相干的純屬自我的空間」。

志揚走了，雖折柔條過千尺，心中卻仍悵悵。但很快就收到了他的信。信中說：「康德是個慣於自我節制的人，所以他有權譏諷柏拉圖的理性像一隻在真實中鼓翼奮飛的鴿子。生活的抑制，或確切地說，這充滿抑制的生活，也使我的想像力特別有力，以至這樣短促的北

京之行，我原不打算去見你，想故意與自己的期待心情作對，還是按捺不住，去了，挑起了這樣強的願望，使匆匆歸途滿載遺憾」。志揚遺憾時間匆匆，我們沒有更深入地交談。其實我自己也常有這種感覺。幾個好友朝夕相處了幾日，分手後，腦中卻一片空白，不知這幾天不停頓的談話究竟說了些什麼。後來習慣了這種感覺，像品嘗窖藏多年的好酒，那陶醉的感覺是慢慢上來的，來得緩慢才來得扎實。未承想幾個月後就有了和志揚暢談的機會。

二

全國現代西方哲學討論會定於九月中在廬山召開。我奉命先赴武漢為北京與會者準備往九江的船票。行程一定便急告志揚，他回信說去接我，約會地點在大東門。火車到站時剛下了一場暴雨，到處泥濘。出站一眼看見志揚站在門口，見到我，他急步躍過幾窪積水就到了面前，扯過我的背包就往外走，說「回家去，嫂子在家等呢」。那時，他剛搬到水果湖湖北省社科院宿舍，一座六層紅磚樓房。剛完工，水泥灰漿味新鮮刺鼻。推門進屋，小門廳權作飯廳，一張圓桌擺滿菜餚，香氣撲鼻。還未回過神來，裏間走出一個嬌美女子，生得小巧秀麗，看上去很年輕。我一時恍惚，想志揚的女兒已這麼大了，志揚卻忙介紹說這是你嫂子慧超。我暗驚，想志揚除了讀書弄哲學，還有金屋藏嬌的本事。慧超嫂亦

是不多話的人，只款款問聲路上累吧，又説志揚一早就
等不及，提前好幾個鐘頭就去車站了。志揚又從廚房扶
來一位慈眉善目的老婆婆，雙手濕濕的，顯見正在廚房
裏忙，不用説，這便是志揚的母親。伯母開口説了些什
麼，大約是湖北方言，我是一句沒懂，只見老人手指飯
桌，要大家入座。門又開了，是北京見過的萌萌，和我
打過招呼就和伯母用湖北話説個不停。我橫豎聽不懂，
坐下吃飯便是。首先放到面前的是一碗排骨湯，萌萌介
紹説武漢的排骨湯特點就是濃厚、油膩。果然碗面上幾
乎全讓油蓋住，入口彷彿在喝油。而這正是武漢人待
客的正宗，情誼正如這湯，濃得化不開。伯母坐在我身
旁，眼睛不離我的碗，見我喝得不暢，又説幾句，雖不
懂，但能覺出語調的熱切。這熱切讓我端碗大啖，湯入
口，似柔軟的固體在嗓間蠕動，緩緩地滑下。見湯盡碗
空，伯母滿意地起身，又摸摸索索地回廚房操持了。

　　志揚是獨子，伯母極寵愛他，愛屋及烏，這寵愛也
擴展到我身上。凡我到武漢，老人家總是呵護有加，我
雖從來沒聽懂她對我説什麼，但原本愛的傳遞就不靠語
言。它融化於伯母日常的操持與呵護。溫情與柔愛構成
生存世界，日常操持又構成溫情與愛。這牽掛甚至漂洋
過海。九五年底，志揚來巴黎，帶來一隻酒紅色的布老
虎，是伯母親手給盈盈做的吉祥物。做工雖不甚精細，
但樸拙可愛，粗針大線繡在虎身上的花紋不大規整，見
出伯母的巧手因年事已高而不聽使喚。伯母臨終前的情

況，志揚從未向我提及，但我在書中讀到他逐日記載的老人臨終前的行狀。這記述如綿綿秋雨，灑落在我心上，喚起往日記憶，清澈又淒涼。伯母幾次對志揚說：「我沒用了，做不動了」，看到這話，我不禁熱淚長流。在伯母心中，她的生存意義就在一個「做」字上。其實這個「做」就是伯母一生的奉獻，惟無己者視奉獻為有「用」，但以「無用之用」視之，則無論伯母「做」與「不做」，她那深厚廣被之愛已是生存本身的意義。願伯母在天之靈永享安寧。

三

在武漢偷閒幾日，志揚要帶我見識武漢三鎮。早晨八點志揚就來旅館招呼我出行。在路邊小攤上飽吃一頓江米醪糟煮湯圓。志揚帶我「拜碼頭」，見了武漢各路英雄好漢，尚揚送我一隻他手捏的漢俑，憨態可掬。在尚揚家裏，親眼見到武漢「團夥」中的那些「熱血青年」，為一件作品，一種感覺，一個想法爭論得面紅耳赤。中午時分，尚揚要操持做飯，志揚卻執意拉我走，用我聽不懂的湖北話和尚揚討論了一陣，尚揚便不再堅持。在武漢「團夥」中，志揚似有一種天然權威，不大說話，卻「不怒自威」。隨着志揚東轉西繞進了一條小巷，志揚讓我稍等，他閃進一座小樓，一會兒下來了，笑眯眯地說要帶我去吃四季美湯包，說是武漢名吃。說話間，到了一條繁華大街，四季美的大招牌赫然醒目。

　　　　　既見君子｜豈曰無衣

入店坐下，志揚便問我要吃多少。像我這種抗長活出身的，張口就要半斤，想是不多。志揚卻躊躇了一下，說先來三兩吧。我想這玩意兒很金貴嗎？湯包端上來我明白了，所謂「湯包」就是包子餡泡在一汪油中，吃一個包子幾乎就是喝一大口油汁。別說半斤，二兩就糊住了。志揚坐在邊上始終不動筷子，見我吃不動了，才吃了兩隻，然後得意地說，我就知道你吃不了三兩。很久以後，萌萌才告訴我，那天他帶我離開尚揚家才想起身上一分錢沒有，急中生智去了肖帆那裏，讓我等在樓下，上樓找肖帆借了五塊錢，後來他告訴肖帆，請我吃湯包花了兩塊五。

長江邊上的天氣乍晴乍雨，早起出門，跟着志揚登龜蛇兩山時，陽光燦爛，山腳下長江浩蕩，金波粼粼，只是再不見孤帆遠影。煙霧迷濛中，武鋼巨大的身影隱現。和志揚沿大橋過江，兩人大發懷古幽情，誦起「昔人已乘黃鶴去」時，志揚說正有人建議重修黃鶴樓，但願不要成真，否則心中殘存的那點兒遠古的想像就徹底打碎了。下橋時天氣大變，江風裹着水滴打在臉上，乘輪渡返回漢口時，江面上疾風勁吹，渾濁的江水波瀾大興。下船行百餘米，志揚指着不遠處陋巷中一片密集的棚屋，說那邊就是民權路，他就成長於路上的黃皮街。志揚後來在書中寫道：「在我的記憶中，我沒有故鄉和童年……只有一條破舊的小街，挨着河邊。它的居民至少半數是挑碼頭的苦力」。志揚的父母是再樸實、溫厚

不過的底層民眾，但志揚的父親早年卻做過碼頭上洪幫的「頭佬」，想來是條行俠仗義、扶弱濟貧的好漢。紅朝初立，當了碼頭工會主席，時間不長，似是得了什麼預感，辭職藏匿起來，算是躲過了血雨腥風，得全身於亂世。以志揚的出身，家裏幾乎沒有任何條件讓他耽迷於哲思和唯美的天地。但兩位老人天性中的善良意願，就是滋養智慧與美的厚壤。正如康德所說：「善良意願之為善，並不因它意欲促成和實現什麼，而僅因為它就是善本身，它天生就有自身的尊貴」。何況神意任性地播撒美與智的種子，這些種子大半死於枯涸的心田，但它也會偶然落入豐土沃壤，碰巧有雨露滋潤，就生根、成長。《詩》云：「瞻彼淇澳，綠竹猗猗，有斐君子，如切如磋，如琢如磨。」志揚這位江邊上長大的孩子，就是這樣自我磨礪而成的斐然君子。

志揚曾給我講過一個故事。無數個黃昏，流水一樣逝去，但命運卻挑中那個黃昏。這天，暮色降臨時，他聽到操場對面小食堂裏飄來一支提琴奏出的旋律，美得動人心魂，不知何曲，姑且名之「無名」。「無名天地之始」，正是這「無名」為志揚「敞開」了音樂天地。透過黃昏橙黃的光，他依稀看到有個天國，他要進入這天國，明知路上布滿荊棘。為了買一把練習用琴，志揚拿出全部業餘時間來打工掙錢，拖瓜，送煤，一架板車竟成了進入天國的華輦。他告我，最吃力的活是拉砂石，板車在碼頭裝滿砂石，拉到堆場，路上要爬個大

坡，雙手緊持把，肩上套上纖索，一個坡上下，肩膀頭勒出血印。就這樣幹，硬是攢出錢，買了一把工農兵牌小提琴。我知道這琴，基本上調不準音，琴聲刺耳，我稱它是「三合板琴箱」。但志揚視之若「斯特拉地瓦利」，每天收工回家就吱吱呀呀地拉，硬是拉完了整本《開塞》。後來志揚拜了個老師，每週一堂課，每月八元學費。老師教他的是基本功，上弓、下弓、臂平、腕鬆。他不知道志揚的音樂感受早就和大衛·奧依斯特拉赫、列昂·柯崗一道兒了。工作的繁重，讓志揚無餘力掙出這八元學費，有時交晚了，老師就給臉色看。於是，退學，滿心的失敗感，久久不能釋然。其實志揚不知他早就進了音樂天國，他是不循路徑，直入門牆，一弓一世界，一曲一天堂啊！我不能想像志揚那笨拙的手指如何掙扎着在纖細的琴弦上跑動。那不是他拉琴，是琴拉他，是音樂的精魂拉他飛升，直入美幻的天國。與他的學琴生涯告別時，老師冷冷地扔過一句話：「你問了幾次的那支曲子叫『耶路撒冷』」。

志揚去音樂辭典裏查，沒查到這曲子。我猜莫不是那支被稱作「金色耶路撒冷」的猶太古曲？這曲子後來作了電影《辛德勒名單》的主題曲，帕爾曼在卡內基音樂廳演奏過它，拉得滿場唏噓，一支詠嘆猶太人苦難命運的曲子。志揚似和這曲子有命定之緣，曲中所悲歌的迫害和苦難竟成了他命運交響曲的前奏。

四

返家途中，電車行經一處建築，高高的灰色圍牆，上面有電網。志揚在我耳邊輕輕說：「這是武漢警備區的看守所，我在裏面坐了七年單身牢房」。話帶着克制的平靜，臉色卻大變。他在《牆》中寫過這段經歷。讓我驚異的是，他把獄卒的殘酷和維羅納晚禱的鐘聲放在一起，同時感受兇殘與淒美。士兵的皮帶抽打在他的右臉上，「後頸和右耳火灼樣的熱辣，刀刮般的撕裂」。這種遭遇引起他思索的確是「真正驚人的美，會有一顆期求極高的心靈。它向生活要的東西太多，這是它天賦的權利」。而「醜，是生活忍受痛苦和不平的被扭曲的印記。它正是愛的陽光理應普照的遺棄之地，因而也是美的自我完成」。他把毒打他的士兵看作一個反思的對象：「你看我撫摸我的傷口時，還在憂慮，他們經受得住這種暴行的腐蝕與毒化嗎？」

初讀志揚的文章，感覺他的文字極有力度和韌性。即使是論述問題也帶有辯論的味道。這辯論並無對象，彷彿是自己左右互搏。待知道了他的經歷，才明白他的很多思索來自冰冷堅硬的「六面牆」中。他一旦與人辯駁，無論是和高爾泰先生還是和朱光潛先生，都有點抓住不放，不依不饒的感覺。愛德蒙·威爾遜曾評論馬克思與人辯論，「一路鞭打到底，絲毫不肯放手」，志揚於此庶幾近之。這固然因為志揚是從讀馬克思入手，又通過馬克思浸染了黑格爾的風格，但更重要的是七年單

既見君子｜豈曰無衣

身囚禁的經歷。面對光禿禿的水泥牆，除了在思想上和論敵廝殺之外，又能怎樣呢？甚至還要以自己為對手，拼命鞭打，遍體鱗傷亦在所不惜。別人的思索來自書房，志揚的思索來自牢房，因此，當他從牢房進入世俗的學術圈時，他從不得意於一孔之見，相反他永遠懷疑自己思索的意義，甚至常常惶恐，他在信中談到這種惶恐，「寫到後來，竟出現了這樣可怕的冷漠，我幾乎要對我寫的每一個字問『什麼意思』」？在提審室裏，他不開口，那時他充實，得意於享有沉默的權利。而當他能開口，卻感覺空虛，焦慮於思想的意義在流失。

「犯人就不是人，是狗」，這是獄吏給志揚上的第一堂課。那時他還沒讀胡塞爾，更不熟悉現象學。但他卻體會到「時間的懸置是真正的還原，吃飯、拉屎、睡覺」。豐盈精緻的生命被還原為簡單的生物反應，人性被還原成基本的動物性。在此際遇中，什麼東西能呈現人的尊嚴？一個素不相識的年輕犯人轉監時塞給志揚兩本書，馬克思的《一八四四年哲學–經濟學手稿》，簡稱《巴黎手稿》，盧森貝的《十九世紀四十年代馬克思恩格斯經濟學說發展概論》。這兩本書救了他，使他「從胡塞爾回到笛卡兒」。獄卒的提審、毒打、單身囚禁似乎只關涉他的「動物性」一面，他的精神卻漫遊在精神的國土。他反復讀這些書，書中的文字彷彿被他咀嚼爛了，和血吞下。就這樣，因「我思故我在」的確證，他保持了人之為人的尊嚴。所以，上世紀八十年代

初，我首讀志揚的稿子，覺得那一行行文字像羅馬軍團列陣，士兵們呼喊着投出的標槍。

斯蒂芬‧茨威格寫過《象棋的故事》，講一個被單身囚禁的B博士，如何因一本棋譜得救又幾乎瘋狂的故事。志揚在牢裏得到的那部《巴黎手稿》就如同B博士冒死偷來的那本棋譜，而B博士不過住了幾個月的單身牢房，而志揚一住就是七年。看志揚批駁高爾泰先生的文字，能想起B博士出獄後，在船上與象棋冠軍對弈的場景。B博士拿起棋子就發抖不能自已，志揚文字中也洋溢着抑制不住的激情和快感。其實，志揚是個多麼溫和樸厚的人啊。志揚給我看過他給慧超嫂畫的肖像，那是他在獄中用鋼筆畫的，嫻淑靜美的慧超竟被畫得頭髮如鋼絲般豎起，臉部肌肉扭曲，雙眼流出恐懼。這顯然是志揚把自己當時的感覺投射到慧超身上，才有如此變形。七年單身囚禁，要多麼堅強的神經，人才不會瘋掉！之後，志揚思道求學，永遠擺脱不掉這個背景。

八四年九月五日，志揚給我信說：「哲學界的一些朋友越來越重視語言問題，其中少數人對『不可言説性』極為關注。可他們是在做學問中做出來的，而我是在生活中倍受它的折磨而為求解脱才去不得不做的」。「不可言説性」在志揚那裏首先不是個哲學問題而是一個生存問題。提審員兇神惡煞地向他「逼供」，他首先想到的是捍衛沉默的權利。如果沉默是葆有生存的基本條件，這背後一定有着本體論和認識論的意義。隨後志

　　　　　　　　既見君子｜豈曰無衣

揚明白了：「我再也無法逃匿了，踏上思之途，而思在超越，它太險惡，太艱難，是無期的苦役」。這個「險惡之途」絕非海德格所說的「運偉大之思者必行偉大之迷途」，而是自由精神在兇殘昏昧之地面臨的直接危險。可怕的是而今國朝智士假裝不再有這個危險而說個不停。他們全然不知斯坦納早已指明：「有些精神行為扎根於沉默。它們難以言說，因為詞語怎能正確地傳達沉默的形態與活力。」

志揚思考不可言說性，八十年代中期關注維特根斯坦。但他思考的源頭卻不是純語言哲學的問題。倒不如說對語言問題的思考把他引向生存論的深處。他的獨特經歷使沉默自然地成為思考對象，它契合維特根斯坦的名言「對不可言說者，只能沉默」。此何以故？斯坦納以為：「集中營的世界，是在理性的範疇之外，也是在語言的範圍之外。如果要說出這種『不可言說』的東西，會危害到語言的存在，因為語言本是人道和理性之真理的創造者和承載者。一種充溢着謊言和暴力的語言，不可能有生命。」如果說斯坦納是從歐洲現代史的角度賦予沉默以文本學的意義，志揚卻從中國現代社會政治的角度，通過把「沉默」轉換為「缺席」而賦予沉默以人本學的意義。

中國當前的社會形態是一個極權社會，以惡為內在驅動力，瘋狂追求政治和經濟擴張的怪胎。在此背景下，作為道德和自由承載者的個體如何生存、選擇？志

揚試圖通過申彰個人「缺席」的權利，避免個體的撕裂，使個體仍有可能在「基本善」的範疇內，葆有整全。「所謂缺席，就是不參入認同共識，不接受認同共識的根據及其價值判斷，為了新視野的開拓，為了與神共居的空間。」因為「個人不僅可以對政治、社會及其意識形態要求缺席的權利，而且對公共語言也可以要求缺席的權利」。處於奴隸狀態的個體無所謂言説，「缺席」就是他葆有個人尊嚴的唯一方式。

　　但是，「缺席」在什麼意義上不是逃避呢？如果「你被強行置入一個既定的封閉環境中不得不接受非此即彼的拷問，要麼承擔責任，要麼放棄責任，你必須在價值的好壞、善惡、美醜之間作二擇一的取捨。這時你能對生活、對社會要求缺席的權利嗎？」志揚的這一問，頗似「蘇菲的抉擇」。但在我看來，決心「缺席」已經做出了選擇，它內含着理性的「天命」，獨立勇敢地運用自己的理性。同時，它也意味着個人是倫理責任的承擔者。在這個問題上，從康德到薩特，所論雖異，實質同一。缺席於眾聲，便選擇了獨見，缺席於迎合，便選擇了批判。勇敢的思想者不會泯然於宣傳機器造就的「共識」，在他看來，這只是本真生存「遮蔽」於言詞的「欺瞞」。後來，志揚更明確地界定缺席的權利，把它限制為「『缺席』的權利是知無的有者的自保能力，它並不一般地抗拒有，而只是抗拒有的無限僭越的壟斷」。這個黑格爾式的表述有點繞，但我理解他是把

「缺席的權利」當作造就獨立之人格、自由之思想的必要條件。我寧願把它當作知識人的品性。如阮步兵詠懷詩所言:「雲間有玄鶴,抗首揚哀聲,一飛衝青天,曠世不再鳴。」

我喜愛志揚書中的一段話:

親人友人所給予的理解和愛,像生活的常青樹環抱着灰色的理論,為了讓密納發的貓頭鷹在夜幕垂降中唱起森林之歌……

但有一隻貓頭鷹飛出了森林,它聽到土撥鼠的聲音,田野上一片寂靜。

憑借大地的守護,土撥鼠像是另一世界的使者,鬆動板結的大地之光。

我喜歡貓頭鷹,但我是土撥鼠。

五

志揚總提起東湖,說那裏景色奇佳,頗值一遊,又說,他的許多想法是在東湖邊散步時有的。但雜事繁多,直到上廬山的前一天傍晚,才被志揚拉到東湖。九月下旬,秋聲初起,湖邊荷田已不見盛夏的熱烈,秋風暗剪荷衣,敗葉襤褸。湖邊幾不見遊人,一岸晚樹婆娑。在我記憶中,東湖並不是個公園,而是一片清曠遼遠的水面。暮靄中,珞伽山映襯在這空闊無際的滄浪上,似虛似幻。山上武大的老校舍飛檐斗拱,琉璃瓦白綠相間,海市蜃樓般隱現雲間。岸邊沙石小路纖秀蜿

曲，湖上薄霧乍起，飄渺侵路。沿途信步，若登雲梯。良辰美景，賞心樂事，賢主嘉賓，竟真是個「四美俱、二難並」的時刻。

在武漢這幾日，與志揚談的深入、細緻，也看了他的一些手稿，發現以往對志揚思考方向的認識有些偏。他固然從馬克思反溯黑格爾和德國古典哲學，自己亦自詡為「青年黑格爾派」，心中最牽掛的卻是美學。他告我他出獄後下功夫啃的書是黑格爾的《美學》。這個外表冷峻，文字犀利的漢子，內裏卻是一腔柔情，對美感覺敏銳細膩。藝術領域的各個門類，他幾乎都關注，尤對電影格外用心。他青年時曾夢想作個電影人，六十年代初就動手改編電影腳本，寄給專業人士，也得到過正面回應。但那是個什麼年頭兒啊，志揚的夢像達利的畫《荷馬的殊榮》，一派變形的荒誕。

命運的坎坷，未曾消磨志揚的嚮往，甚至在監獄裏，他也從馬克思的《巴黎手稿》中挖掘審美的意義。他從巴烏斯托夫斯基那裏得了一個誓言「我要到處頌揚美，無論在哪裏遇見它！」男人若愛美到了極致，常常要靠哲學來救贖，這幾乎是宿命。他在藝術品面前，甚至在藝術化的生活中感受着激情，為一幅畫、一支曲、一闋詩心魂震蕩、匍伏顛倒，洩露出內心的柔弱。他不甘於此，他要把握住這種在感覺上徹入骨髓，在知性上卻無法道明的東西，惟有依靠理論形式，用言說的邏輯，概念的盔甲把奔逸之美納入論說的結構。他們憑

此交流美，也扼殺美，甚至拉斯金論繪畫，勛伯格評音樂，儘管已是此中翹楚，也讓人覺隔靴搔癢。濟慈認為「美是真」，而這種兩難困境更證明「美是難」。

沿湖畔曲徑緩行，與志揚談得酣暢，記得志揚講到朋友之間誦讀自己所作的好處，說萌萌特別重視這個方法，她寫詩總要在朋友間先讀過。我知道萌萌的這個習慣，她常在電話中給我讀一段她得意的文字，或是她自己的或是志揚的。其實我們先人本就頗精唱和，「欲將心事付瑤琴，知音少，弦斷有誰聽」，求的就是知音。歐洲文藝沙龍中，為朋友朗讀、與朋友切磋更是常事。志揚說他曾朗誦過自己改編的電影劇本。我想志揚那渾厚的男中音，朗誦起來一定極有味道。說起改編劇本，志揚就提起《死於威尼斯》。依他的看法，劇本和小說差得很遠，演員的表現並不出色，只是電影音樂美得不得了，似乎整部電影全靠音樂支撐着。

志揚似乎不知道這電影音樂就是馬勒c小調第五交響樂第四樂章《柔板》。八十年代初，馬勒的音樂在中國尚未普及，熟悉的人不多。我便給志揚介紹了馬勒其人其樂，志揚聽得入神，說這音樂淒迷美艷，讓人想不到是交響樂中的樂章，拿來配托馬斯‧曼的作品實在是天作之合。話頭轉到音樂，我不覺說得興奮。其實音樂也是志揚心中至純至柔的一隅。志揚問我，馬勒這個樂章婉轉纏綿，柔腸百繞，他的整部作品又如何收束？志揚擔心一部作品當止不止會使整體結構漫漶不清。我為

馬勒辯護，說他的渲染並不空疏，實在是內心感受太豐富，想說的太多。但整體上，他的作品是嚴謹整飭的。我說他也善寫Lieder，每一曲皆如珍珠般精美圓潤，其典雅、收束絕不在舒伯特之下，並隨口哼唱了幾句《悼亡兒》。志揚突然停步，似被這幾句歌調擊中，臉色因激動而顯頹紅，彷彿青澀少年偶遇暗戀的女子，頗有些手足無措，說我不知道這些歌，我們唱的都是蘇俄歌曲，你回去後一定要寄些馬勒的音樂來，話說得急，竟有些口吃。我被他打動了。只有真正懂美的人才會從幾句歌調中感覺到一個新世界。隨後兩人不再說話，言語已隨馬勒音樂的餘音遠去，靜默中只聽腳下沙石作響。

天色向晚，萬頃琉璃上薄霧氤氳，湖畔亭中有人吹簫，嗚嗚咽咽。聆聽片刻，簫聲愈發淒切，不忍久留。

翌日上午，我們登船往九江，志揚來碼頭送行，上船後，我見志揚仍在棧橋上未走，江風鼓蕩，志揚衣衫飄舉，長髮散亂，不知怎地，心中湧上元九的詩句：「江花何處最斷腸，半落江流半在空」。

待下山回京，志揚的信已在家中等候，信中只有一句話：「大地、暗夜，只有腳步聲」。

六

從某種意義上說，志揚是個為思索而生的人。但是命運多舛，他一直未能進入他所喜愛的領域，因為家庭原因，他莫名其妙地入了農機系。但這未必是壞事，哲

既見君子｜豈曰無衣

學又豈是學出來的。數數古今中外大哲巨碩，有幾個是「哲學系」出身？正因此，志揚常有出人意料的思考角度。他在給我的信中記述了嘉映和他的一次談話，提到嘉映正苦於尋找自己的語言。他問我：「我的語言表達是不是太『自我』了？」我並不這樣看，但也注意到他的語言風格同一般陳辭濫調的哲學論文不同，句子充滿了內在的緊張，能覺出他的殫思竭慮。所以他的文字拙奧、厚重，有些沉鬱，能看出早年受馬克思黑格爾表達方式的影響。但是也會突然間筆勢嶙峋、桀驁不馴。與人辯論，不耐婉轉陳辭，單刀直入，不依不饒。志揚完全不會講「官話」，為文就要像古人，求那段「精神命脈骨髓」，所以他常說「寫得苦」。在寫作《感覺的悖論》時，有一段思路不通，他寫信給我說：「使我困擾的不是像沼澤一樣可以滅頂的日常瑣事的貪婪分割，而是苦於我偏偏要說一些我怎麼也說不出的東西。你要是看到我怎樣地在紙上爬行，你會發抖的」。就這樣，他不退縮，苦思苦寫，竟至緊張到頭痛發作，苦不堪言。他祈求能有一天頭不再痛，「那就是天國了」。劉勰所謂「楊雄輟翰而驚夢，桓潭疾感於苦思」，在志揚那裏是感同身受。不過，說到底，要文章中能有自己的那段「精神命脈」，寫得苦怕不能免。賈長江「兩句三年得，一吟雙淚流」的境界，不正是我們的追求嗎？

　　心裏明白這是志揚的宿命，卻也說些不關痛癢的話勸慰他。說想不通就扔下不管，讀書為文抱着欣賞遊戲

的態度會救治寫作的緊張。一次，我以詩的原始性和超越性為題，和他討論「放鬆」在欣賞和創造中的作用。志揚回覆我：「你保持着，甚至小心呵護着詩的原始性和超越性，而我的詩卻混和着世俗的冷與塵。我有滂沱之時，挾泥沙而俱下。但是，我的墜落，沉澱還戀着我的天空、我的雲彩、我的藍色。這是我的召喚，我的希望，你不理解我的過程怎麼能理解你的歸宿？你理解，只是沉默着」。是的，我理解，只是心痛他執拗的耕耘。於是再回覆他，讓他小心七年單身囚禁留下的慣性變成一種自虐的執著。志揚馬上回覆說：「我知道我自己的命運，就像一個宿命論者，我頂多只是在巨大的存在面前顯示虛無的否定力量，而把界限外的虛無留給勇敢的索取者」。

和志揚相比，我工作太不努力，每次交談，志揚總會做記錄，他存有許多討論的筆錄。他總督促我盡快把談話中的思想整理成文，把對話中的火花留下來，而那時，我年輕，不知珍惜，不在乎靈感來去倏忽，將之隨意拋撒。有時純因志揚的「勒索」才寫下片言只語，卻不知豐饒的心田不加耕耘亦會變得貧瘠，雜草蔓生。志揚的寬厚總原諒我的輕慢。一次我揶揄志揚思詩與哲學，總不脫黑格爾式的澀與拙。志揚婉轉地反駁我：「我不能說清我們相處交談的感受，如果硬要找一種表達，我就說，你的生命時間綿延着人類優秀的文化，我的生命時間卻滿是蕪雜的經歷，因此，你面臨的是向

土地的回復，而我一生卻在向天空拼命掙扎，像勿忘我草」。對我「遊戲于藝」的態度，他尖銳地說：「你早就應該走出你直觀的對象性了。理解就是超越，你這個超越的理解者，難道被自己超越的理解驚呆了嗎？」但是這些爭執不能沖淡彼此所見相合的快樂。我譯海德格的《詩人哲學家》寄給志揚，他幾乎是句句點評，有褒揚，有異議。他最喜詩中兩句：「林中樹兮不相識，若挺立兮枝相扶」，說「唯獨立而相承，多麼真實的格言」。我寄文章《詩的智慧》給他，他回信，興奮不能自已，「我讀着，下一句竟猜到了」。那種不解自明，忘形爾汝的感覺，至今思之仍令人心動。

七

志揚切入思想的路徑是人本學，這是拜馬克思《巴黎手稿》所賜。後來，他的學術視野日益寬廣，思考日益深入，但在我看來，他從來沒有離開這塊基石。他後來關注海德格，也依然是受存在哲學之人本主義傾向的吸引，雖然這個人本主義表現為存在論。他早期反思理性與自由，試圖深入理解馬克思從異化角度探討人性，人的自由的喪失。這仍是人本學的基本視角，所以我說他是啟蒙思想的受惠者。他的哲學思考、藝術評論、社會反思，自覺不自覺地站在啟蒙主義的立場上。九十年代初，他專門撰文《啟蒙思想中死去與活着的》，試圖釐清自己的思路，對啟蒙做一番省思。他以為「用

『人』忘記個人是中西文化第一次啟蒙的通病」，似乎可以脫離啟蒙思想來理解人本主義。其實，他提問題的方式仍守着傳統啟蒙主義的立場。只是在志揚那裏，這個啟蒙完全是內向的。志揚從來不以教育者的身份啟「他人」之蒙，而只是堅持勇敢、獨立地使用自己的理性。這本是嚴格意義上的康德的啟蒙觀。啟蒙思想真正的變質，始於俄國民粹派，在「蘇俄革命」手中完成。這一路的「啟蒙」以「教育人民」為鵠的，最後成為歷史上最大的「欺騙工程」。後來，他受現代西方一些思想家的影響，試圖重思自己的立場，但是我相信，他逃不脫啟蒙的光照。因為他早就明白，「啟蒙應合理地理解為一個不斷重現的解蔽過程」。他理解「福柯指出啟蒙或啟蒙哲學，不是一個永恆的知識體系，而是一種態度，一種氣質，一種哲學生活」。志揚用自己的說得更好：「『啟蒙』不是許諾『有』或『無』，而是承擔。首先承擔的就是沒有許諾中的個人真實性」。這個提法回到啟蒙的核心價值：「個體的自由」。正是這個核心價值被那些啟蒙的叛徒用虛假的「人民性」遮蔽了。

從這一視角看，啟蒙思想所高揚的自由理性，是一切既定秩序、現存意識形態的永恆挑戰者，志揚稱其為「瀆神」。志揚親身經歷過造神、崇神的社會狂熱。以他思想的叛逆天性，心底總藏着「瀆神的衝動」。「瀆神」是自由理性醒來的第一個象徵。他「天問」般地質疑：「億萬人的狂熱難道真的浸透了宗教的虔誠？思

想真的強大到統攝一切意志於一個目的中？多麼大的神話。」這個質疑隨後變為社會現實，樓起樓塌，神人不再，神壇上原是一群禍國元兇。於是，煽動起來的神聖感幻滅了：「原來那樣堅實地支撐你穿過狂風暴雨的希望居然會在頃刻之間泡影般的消失殆盡，連同環繞着它的激情與血肉的長城。多麼可怕的夢幻，不是它的虛無，而是它喚起人沒有靈魂的行走的如白晝般的真實」。志揚問道：「為什麼十億人的民族竟會被幾個衣冠楚楚的騙子弄得措手不及而毫無抵抗地作了俘虜達十年之久？」對此，他不僅反思，而且承擔，因為我們不僅做俘虜，而且做幫兇。「我沒有排除自己，我也是這場騙局的受騙者」。

志揚知道，參與造神、信神，崇神的大多是讀書人，現在叫「知識分子」，古時叫「士」。志揚說：「士者，仕途之人也，或在，或準在，或想在，以『修齊治平』為宗旨。即便到老白身，士的心態也仍然是『處江湖之遠，則憂其君』。既然文以載道，士亦載道，少不了從政心理」。這就指出了大多數中國讀書人的通病。他們從不「缺席」於社會統治。「學而優則仕」是天經地義。讀書與做官，考場與官場糾纏一體，難分難解。九州之上至高者都是帝王，《書》中所贊「光被四表，格於上下」的是帝王，人間之神。從而崇神與崇權乃一體之兩面。中國的讀書人天生親近官場，卻不大在意那些抽象的精神探索。子路問孔夫子以生死

之理，夫子回答：「未知生，焉知死」。曾子所謂「君子思不出其位」，亦把世人所思局限於身邊切近實用之事。因為他們的至高理想是修齊治平，是「致君堯舜上，再使風俗淳」。結果，睿智如孔夫子見了君主亦不免「君在，踧踖如也，與與如也」，「過位，色勃如也，足躩如也。其言似不足者」。素王見真王，如耗子見了貓。高潔如屈子，所怨所哀，徘徊不去者，亦不過懷王一姓之事。「豈余身之憚殃兮，恐皇輿之敗績」。反觀西方大哲，卻另有說法。西塞羅作《論義務》三章，把探求真理列為人的首要義務，他說：「追求真理和探究真理是人類之天性。所以，一旦我們從不可避免的繁忙事務中抽出閒暇，我們就熱切地想看到、聽到和學到新東西，並且從中引出為幸福生活所不可缺少的對一切隱秘的或神奇的事物的認識。……不過在這種發現真理的激情之外，還要加上對高貴感的渴望，以便由自由所打造的完好精神不會屈服於任何人」。康德引封塔納，「我向貴人致意，但我的精神不鞠躬」。他隨後解釋說，對身份低微的人，如果他身上有我所缺乏的品質，則「我的精神鞠躬」。先哲們所服從的是精神世界的法則，他們或被責為「象牙塔中人」，但社會若沒有精神的象牙塔而只有權勢的金字塔，就不會有精神生活的尊貴與高揚，亦不會有人的尊貴與高揚。人獸分界，僅此一線。

秦始皇焚坑之後，士人勇氣幾乎一舉掃平，自此士

人或得到權勢，或附於權勢之皮，數千年不變。四九鼎革，士林板蕩，向學弱燭翻為洗腦狂波，不過一代人的時間，庠序同於官府，士子幾如循吏。脅肩諂笑，如沐春風，山寨版的蘇俄意識形態赫然顯學，立官學、設博士、饋經費，獎濫作，蔚為大觀。自由的理性若想掙扎出一條生路，委實困難。儘管人人皆知獨立之人格、自由之精神是知識人的本份，但正像志揚所説：「作起來格外難，因為我們太害怕自己的有限性了」。在我們的精神資源中，缺乏獻身於純粹超驗之事的衝動，缺乏以自己的有限博取無限之知的勇氣，所以我們不向帝王要陽光，不向刀劍要圓形。而在弟歐根尼和阿基米德看來，這卻是至重之事，值得用生命換取。縱然如此，志揚仍要掙扎着抵抗那無處不在的「消融之力」。這力量無形中吞噬人的良知和勇氣，並向你提供充分的馴服的理由。他説：

> 是，我要求缺席的權利，只要
> 我有能力承擔並超越我的要求
> 所招致的一切後果。

八

二〇一二年夏，我回國時，志揚和慧超嫂來看望我們。志揚攜來《偶在論譜系》一書贈我，扉頁上題辭「越勝，這是大哥最後一本西學著作。三十年了，你是見證」。書從質詢西方哲學緣起入手，對現代哲學諸

巨子皆有論及，大有對自己的哲學探索做一了結的意思。難道志揚真要回到三十年前的構想，「用日記、筆記的形式敞開我的思索」，這是一個極有意思的想法。一九八五年，他寫信給我談到過這個想法，甚至都起好了題目《虛無與超越》，他說：「不要年月，不要對象，不要線索，興到筆隨，可以談文史哲，可以悟《壇經》，可以談詩畫、小說、電影，可以反思日常瑣事和重大抉擇，可以悲切、沉鬱，可以歡樂、遐思。凡是一個人，一個沉思者所經歷的，或閱讀、討論、閒談，或授課、聚會參觀，皆可用。在無邊的散漫中大概可以看到這樣的沉思的精神，它攜帶着向將來開放的視野和不可重複的過去而前進。我所尋求的作為內在空靈性和外在超越性同一的中介的心靈結構及其形式化功能，也自然潛藏其中而顯露其外了。」多麼值得期盼的書。可近三十年了，志揚著述甚多，卻始終未能寫成他心中最鍾愛的書。志揚是筆勤之人，他不動手，自有他的理由。他還嫌體驗不深，積澱不厚？他要嘗遍人生百味，把生命咀嚼透才下筆？生活的體味何嘗有夠？我們的思索就伴隨着我們的生活在世。那「入世操持」、「林中迷途」，那「煩」、「畏」不在在反映我們的生存意志嗎？志揚緣何躊躇徘徊？《偶在論譜系》一書似乎給出了一點線索。

這部書稱得上是嘔心瀝血之作。志揚從偶在論入手，試圖把他讀西方大哲的心路歷程做一清算。其中精

彩之見迭出，我兩次讀它，皆有深悟，亦有疑問。志揚劈頭就問：「我憑什麼相信你」，這是他「腦後反骨」的表現，這「腦後反骨」就是他的批判精神。為了確證自己「相信」或「不相信」的理由，志揚以奏鳴曲式梳理西方存在論的一個個主題。序曲呈示部引出他懷疑的緣起，隨後在主題發展的第二樂章，以六個副題的回旋曲式呈現「陰影之谷」。在主題再現的第三樂章，以兩部賦格曲倒影式進入，講述偶在範疇與偶在現象。第四樂章尾聲，回到他心心念念的嚮往，中國現代哲學。這是一闋貝多芬式的《命運交響曲》，還是一闋馬勒的《復活交響曲》，我不敢斷定。

志揚說他的目的在於「針對西方哲學形而上學歷來自詡的『光照的清晰』和『奠基的完整』，揭示出『裂隙』與『深淵』，以打破西方形而上學的『完整幻像』」。但我根本不相信有這麼一個「完整幻象」。要說它的完整性，也僅存在於亞里士多德把它當作智慧看待。只有「智慧」才去探討第一原理和終極原因。海德格的聰明在於他指出「形而上學史乃存在遺忘史」。而這個存在作為「人」之「在世」，本身就具有先驗的整一。因為「在」或「本體」只能通過人的實際生存狀態才能表達和理解。說「形而上學史是存在遺忘史」，我們或贊同或反駁，但我們仍在哲學之內說話。而斷言「形而上學史」不過是「意識形態史」，我就斷然不能贊同了。

志揚反感西方哲學的「強勢」，他頗有些憤憤不平地說：「凡西學皆普遍必然，即為世界性、現代性，凡非西學皆特殊偶然即為民族性、傳統性」。他斷定這是「啟蒙以來推行的看法」。這次志揚拔劍，劍指形而上學和啟蒙，但荒原之上「拔劍四顧心茫然」。形而上學為了避那意識形態的污名，早已遁逃無蹤，只剩啟蒙，像唐吉訶德面對的風車，聳立荒原。在馬克思看來，意識形態本質上是一種故意的欺騙，是橫暴不義的統治者，為了維持自己的統治所構造的謊言。志揚在書中指出了馬克思與黑格爾對意識形態的定義，我甚至還想補充一點哈維爾的卓見。在他看來，意識形態偽稱制度的要求源於生活的要求。它讓真實世界披上虛幻的外衣。但這與「形而上學」何干？我以為，哲人不欺瞞，政客才造謊言。

志揚從「形而上學即意識形態」出發，以為揭露這點即「意味着對啟蒙的啟蒙」。我在前面已指出，志揚以為啟蒙「是一種態度，一種氣質，一種哲學生活」。對「啟蒙的啟蒙」應該仍是這種「哲學生活」。但這恰恰證明，啟蒙就是那束照亮世界的光亮，揮之不去，避之不離，連志揚的「陰影之谷」也因有這光亮。有光照才有「陰影」，否則世界就是鴻蒙未辟，一片混沌。志揚用以質疑啟蒙的概念系統「偶在」、「存有」、「譜系」、「本體」、「界面」，恰是西方哲人發明的構件，用以構成思想大廈。這些哲人或是啟蒙的前導，或

　　　　　　　　　既見君子│豈曰無衣

是啟蒙的戰士，或是反思啟蒙的後進。志揚用來與啟蒙作戰的利器，已不是先民手中的燧石，而是哲人思想的利劍。他已置身在理性的光照之下，這理性的光照就是啟蒙。我們可以反思拷問這光照，但經驗告訴我們，受強光照射的眼睛反容易看到黑暗。

志揚以為對「啟蒙的啟蒙」，是「還原西方的世界性為民族性，即還原西方的諸神為一神」。我卻以為在哲學中，「民族性」是最要「徹底懸置」的東西。我甚至以為，只有用中文討論的哲學，而沒有一種特殊的中國哲學。只要我們面對同一問題，無論你用什麼文字表述，所論同一。古人用「堅白」討論感覺與對象，用「名實」討論能指與所指，用「理氣」討論實體與規律，而討論「存在」，不論你用Being, Sein, Etre，所論皆為一事。也因為所論為一，才可能交流、迻譯、領會。區別僅在於你論的「好」與「不好」。試想有一本用中文寫出的《存在與時間》，這裏有什麼民族性？可以有中國烹調，但不必有中國哲學。因為烹調生自口腹，哲學卻訴諸理性，而理性是人之立世的標記。談到這點，志揚可能會有些失望，他設想會有「漢語言哲學」，但他以為這「漢語言哲學」就是「中國現代哲學」。我想斗胆勸志揚一聲，當思所行於至高處，何來畛域古今之分？理性的秉性本是自由，又何必作繭自縛？恰是朱子詩云：「卻愁説到無言處，不信人間有古今」。況且奧林庇斯山上原本眾神紛紜。

志揚以為：「啟蒙思想的核心就是科學進化論，歷史必然性」。這固然不錯，但細究起來，問題更多。在我看，啟蒙思想的核心是高揚個人理性的自由和力量，讓每一個人成為自己的主人。E.卡爾西在其名著《啟蒙哲學》中總結得最為精闢：「現在，人們把理性看作是一種後天獲得物而不是遺產。它不是一座精神寶庫，把真理像銀幣一樣窖藏起來，而是引導我們去發現真理，建立真理和確定真理的獨創性的理智力量。經過這樣確定的真理，是一切真實的確定性的種子和不可缺少的前提。」在此前提下，啟蒙思想家所論雖也歧義迭出，卻都堅守一個核心價值，「人的尊嚴與自由」。

他們或推崇社會進步，如霍爾巴赫，或反對科學技術的統治，如盧梭，但極少有人懷疑人的價值和自由。他們推崇理性，因為此乃人的尊貴的標誌，但他們又何嘗缺乏寬博慈愛之心？以至伏爾泰宣稱他之熱愛真理並不來自理性的召喚，而來自對苦難的同情。後來的工具理性之濫觴，恰因為那些「精英」背離了啟蒙的理想。斯·埃·布隆納在《重申啟蒙》一書中，對此點作了有力的論述：「啟蒙思想並不曾機械地將世界等同於時間的流逝或單純的技術發展。相反，它總是被視為承擔着一種對拓展自我意識和發掘判斷力的可能的道德承諾」。

啟蒙思想家不宣揚狹隘的民族主義。正是啟蒙思想提倡各民族平等，諸文化形態皆應受到尊重，他們甚至

　　　　　　　　　　既見君子｜豈曰無衣

抱有人類大同的理想。伏爾泰作《風俗論》，對中國大唱讚歌，François Quesnay甚至有心「全盤東化」，作《中國專制政治論》，推崇中華帝國是順從自然法的楷模，當作普世價值向西方推廣。在智性的精神生活中，在自由的哲學思考中，只有智慧的互相吸引，養料的互相汲取，而斷無「敵情觀念」。那是三流政客的下作把戲。老富蘭克林說得好：「請讓地上各族各邦，愛自由亦知人權，哲人踏足任何一地，均可宣稱『此乃吾土』。」

志揚說：「跪慣了的人站不起來，意志雖已具備，能力尚屬闕如」，話說得漂亮。但我不知道在人類精神所操持的天地之間，強分畛域，畫地為牢，是否也屬「跪慣了」一類？我們的哲學之思確屬「意志雖已具備，能力尚屬闕如」。《天下篇》所言：「後世之學者，不幸不見天地之純，古人之大體，道術將為天下裂」，嘆的就是這種情形。我們自視甚高，但識見淺陋，哄哄然一堂士子，「蝦蟆繁聲，無理取鬧」，雖有浮文眩世，豈可作金石聲？所謂「古人之大體」即是古人思之整全。現今我們的心力已不足識整全，才造成天下道術之大分裂，以志揚的睿智，豈能看不出？他以下面的話結束了他對「道術天下裂」的反思：

這一最終的原始狀態，其描述的詞語勾連着最古老的東西之文明。

原始、陌生、寂靜、黑暗，最後的神運行其上。

這不就是宇宙之初的景象嗎？

任何此在之此都來源其中，居有其中。

而此一在乃存有中生發的，作為此種寂靜之守護的基地。

尾聲

一九九五年底，志揚和萌萌來巴黎看我們了。匆匆兩夜，那時盈盈不滿週歲，我雜務繁忙，接待他們都有些狼狽。好在志揚不會怪我，像以前一樣，他仍不多話，只是看着我的忙亂微笑。晚上帶他們遊覽夜巴黎，在蓬皮杜藝術中心旁邊的麗堡咖啡吧小坐。身後是建於十三世紀的聖麥里教堂，面前是超現代的蓬皮杜藝術中心，時間之流飄來東方的我們，在這時空交錯的地點，「卻話巴山夜雨」。

這次志揚他們是去德國參加一位畫家的畫展。坐在咖啡吧裏，他們給我講述這次畫展，但我對現代繪畫的心得僅止於蒙馬特和蒙帕那斯那一代，對狄克斯、弗洛伊德、馬格里特那些人已敬謝不敏，遑論當下的弄潮兒。我靜坐着聽他們講述，留下的印象只有昏黃燈光下彌散的咖啡香。萌萌蜷縮在一隻舒適的沙發椅上，柔和的燈光映着她秀麗的臉龐。她聚精會神地聽我和志揚說話，那表情同十幾年前我們初次見面時一樣。不論我們講什麼，她都一樣欣賞、喜悅、陶醉。有她在，談話的氛圍便溫馨而動人。我驚異她仍那樣年輕，彷彿時光自她臉上流過卻了無痕跡。

巴黎的冬夜清澈幽邃，像萌萌的眼神。窗外昏黃的

燈光在木葉盡脱的梧桐樹間搖曳。變換的光影不時掠過她的臉，我無意間瞥見她眼角隱隱有淚痕，雖然她一直在微笑。我深心湧上歉疚。與萌萌相識多年，我始終對她過份嚴厲，我以為，像萌萌這麼一個受朋友寵愛的女子，應該有些缺憾才好。所以我對她的批評多於讚揚，甚至說話尖刻，傷過她的心，讓她流過淚。那時年輕，相信時間無限，總有機會補償。但現在，飄零海外，讓我時常檢討自己的倨傲，悔恨自己對朋友的輕慢。聽她講了這些年在國內的種種神奇經歷，我由衷地讚揚她外柔內韌的性格。她聽得高興，便滔滔不絕地講她種種構想，總是以「等你回來」開頭。她為我們設計了多少美妙的未來啊，其實我只聽懂了一個意思，「但願人長久，千里共嬋娟」。誰能想到，那個冬夜的離別，竟是我們的永訣。噢，如此冬夜何！如此冬夜何！

　　知她患病後，有機會我就給她打電話，鼓勵她，給她開心，她也表現出樂觀和信心。一次通話中，她突然提出要盈盈為她演奏幾支曲子。盈盈乖，知道爸爸的朋友都金貴，便為她準備了柴可夫斯基的《四季》選段和蕭邦的夜曲。但萌萌的病情急轉直下，竟沒得機會為她演奏。直到二〇一二年回國，我與志揚在菲子上海的新居相會，盈盈才為志揚演奏了這幾支曲子。曲畢，志揚無語，攬盈盈入懷，清淚漣漣。那一刻，我知道萌萌和我們在一起。

二〇一四年九月六日初稿

潰神與缺席

沈昌文

獄卒囚徒兩徬徨

記沈公

　　第一次見沈公，是在八七年初春。我被甘陽拉去參加《文化：中國與世界》編委會與三聯書店的一次業務洽談，地點在朝內大街人民出版社大樓。那時三聯書店已經恢復建制，但還沒有自己獨立的辦公地點。沈公是以三聯書店總經理的身份和我們見面，編委會方面出席的人有甘陽、蘇國勛大哥、王煒和我，三聯方面則是沈公和董秀玉女士。當時編委會已經和三聯開始合作，出版《現代西方學術文庫》、《新知文庫》兩大譯叢，同時也籌備出版《文化：中國與世界》研究集刊。八六年十二月十日，編委會在《光明日報》上打出整版廣告，列舉自己的大部分選題，出版方就是三聯書店。和三聯合作，用甘陽的話說「找對地方了」，因為叢書籌備伊始，合作者是工人出版社，和甘陽聯繫的人是何家棟先生。何先生是個思想開放的改革派，人也極誠懇敦厚。但甘陽對叢書的設想，從氣質上就和他不合拍，況且何先生還是按老習慣辦事兒，要找個什麼名人來給叢書當

個掛名主編。甘陽惱了，說「他媽豈有此理，誰能給咱們當主編？！」當然，在甘陽心裏，能當這套叢書的主編，除了他也就只有上帝了。

隨後，經王焱介紹，甘陽和沈公談妥，由三聯書店和編委會合作。沈公後來回憶這段合作因緣時說：「那時聽說一些青年學者組織了這樣一個編委會，趕緊尋求合作。他們已經同有的出版社有聯繫，我們表現了極大誠懇，終於拉過來了」。記得甘陽和沈公見面談定合作之後，打電話叫我立刻到他家去，他那會兒住在小黃莊。王煒借給了他兩間小屋，屋裏到處都放着稿件。甘陽高興得不得了，根本坐不下來，手拿着煙捲在屋裏走來走去，滔滔不絕地跟我講與三聯合作的好處與前景。他強調的幾個重點是，一、三聯書店是民國時代的大牌子，有文脈相承。二、沈公是最懂文化的商人，他懂得我們選題的前瞻性，對叢書的商業前景也頗看好。三、他明白甘陽對編委會的構想，承諾完全不干涉編委會的工作，一切選題、編輯，全由編委會負責，他只管印書和付錢。這在當時可謂是破天荒，因為這打破了出版界多年層層審查的慣例，由我們這些青年人自主決定出什麼書。與三聯合作，讓甘陽有雙重的滿足，首先，他可以自主實現他宏大的文化設想，其次，沈公的這個做法等於承認了編委會的學術水準。甘陽後來說：「這幫人都是很狂妄的，就是說海德格是我們譯的，還有誰有資格來審我們的稿」。

那天討論的主題和編輯費有關。因為編委會有人覺得，編輯費的標準和書的印數，也就是和三聯的收益相比，有點吃虧。像《存在與時間》這樣艱深的書，居然印到七萬冊。《存在與虛無》竟然印到十萬冊。似乎當時的青年人若不懂「詩意的棲居」，說不上幾句「存在先於本質」，都不好意思談戀愛。甘陽似乎提出了一個編輯費按印數比例提取的建議。當時王煒負責編委會的財務，我對算賬這種事兒本來就不大關心，只是為了一睹沈公風采，才被甘陽說動去參加會談。

　　我們先到會客室坐下等待，董秀玉女士到了，和大家一一握手，很誠懇的樣子。不經意間一位中等身材的男子進來了，他走路很輕又很快，讓我覺得他好像是「飄」進來的。因為甘陽他們已和沈公很熟，所以根本沒作介紹，我猜這就是沈先生。他比我想像的年輕得多，戴着厚厚的眼鏡兒，說話很客氣，看不出是位領導，倒像一位中學教師。那時大家還稱他沈先生，何時改稱沈公的？怕是在他年高以後吧。沈公坐下就開口講話，誇讚了一通編委會的工作成績，還提到了編輯的質量，也是表揚為主。《現代西方學術文庫》在三聯印的第一部書，是周國平譯的《尼采美學文選：悲劇的誕生》。我是這部書的責任編委，自認為對文字還算認真，所以聽沈公表揚，心中多少有點得意。沈先生洋洋灑灑講了一通，和那天要討論的主題全無關係。我正琢磨着何時能入主題，沈公的話卻戛然而止。他起身雙手

一揖，説抱歉，他還有個要緊的會要開，先告辭了。至於具體事項，由董秀玉女士和我們細談。隨後，又輕快地「飄」出了會議室。我頓時想起甘陽對他的評語「最懂文化的商人」。但這會兒，懂不懂文化還沒看出來，一個狡猾的商人形象已然確立。我記不起來那天編委會從三聯那裏是不是爭到更多權益，但以沈公這種「避實就虛」的功夫，怕也難。

　　以後再見沈公，大多是在《讀書》服務日。他總是一副謙謙君子的樣子，可我卻見他發過脾氣，那天在服務日，我正和麗雅閒聊，沈公過來了。不像往日滿臉堆笑，倒是繃着臉，屬聲對麗雅説話，好像是嫌新書展示台佈置得不好，有些書擺放的位置不對之類的事兒。事情不大，但他那副較真兒的樣子挺嚇人。麗雅乖，立即起身隨他到了展書台，我遠遠看見沈公拿起幾本書重新擺放，似乎在教麗雅如何展示新書。這讓我見到了他「暴躁」的一面。但後來再見面，他又恢復了溫和寬厚的樣子，不但沒脾氣，還挺愛「自曝其短」，從不避諱他銀樓學徒出身，沒讀過名牌大學。當初走進出版界，也沒想追求什麼偉大理想，只是想「找個吃飯的地方」。但言談話語中，不自覺地流露出他對書的「痴愛」，讓我對他有了親近感。在一個愚蠢充滿自信的時代，你碰到一位愛書的人，好像遇難的水手在孤島上碰到了同伴。人之愛書，就是知道自己無知，而想豐富自己，變得聰明。一個人知道什麼是好書，並且願意盡一

己之力，讓更多的人都能讀到，必是善根深植，秉性良厚。所以見到沈公談起一本好書便眉飛色舞，而且總想辦法把它出出來，讓更多的人分享，我便敬意油生。

　　與沈公熟悉的人，都知道他愛搞「工作餐」。八八年春天，他在「小馬克西姆餐廳」有一次簡單的工作餐，忘記為什麼他要我一起去。這個餐廳在崇文門老新僑飯店前面，似乎是皮爾卡丹的馬克西姆餐廳的通俗版。那天上午我正巧陪麗雅女史去外文書店淘唱片，頗有斬獲。到餐廳時，沈公已在等候，是《讀書》編輯部的一個活動，楊麗華和吳彬都在。去這個餐廳的人不多，所以裏面相當清淨，柔美的音樂伴着淡淡的奶油味兒，散在高大敞亮的廳堂中。吃飯前麗雅給大家展示剛覓到的唱片，我一時技癢，說了些聽不同演奏版本的心得。大家談得很熱烈，唯有沈公沒有加入談話，坐在那裏有點落寞的樣子。我不知好歹地問他一句，您聽這些東西嗎？他一句話懟回來，我只愛聽鄧麗君！我一時無語，心裏翻上幾句不恭的話，沒敢說出來。後來讀沈公的書才明白，他不聽貝多芬是階級鬥爭惹的禍。他說：「以後上了北京，天天是無休止的鬥爭——階級鬥爭，加上為自己的生存而鬥爭，實在顧不上去學習欣賞什麼貝多芬。」而他後來聽鄧麗君卻悟出「這位鄧小姐的尋求孤獨的極境是她的生命的終結，可以說此人是以身殉個性，殉孤獨的」。這個感覺有些奇特，我不記得鄧小姐曾有過裂帛之聲。她的歌只是一味地似水柔情，而沈

獄卒囚徒兩徬徨

公能從這纏綿悱惻中聽出剛烈的孤魂，我猜是鄧小姐的歌聲，唱出了沈公每日歡顏下深藏的寂寥吧，「冠蓋滿京華，斯人獨憔悴」。是歟？非歟？

我第一次給《讀書》投稿，就被沈公退了，這其中的緣由，我在別處講過。不過，我去國前與沈公最後一次見面，竟又和他退稿的事兒沾上了邊兒。那天我本是去東四街道辦事處看望《讀書》的姐們兒，正巧遇上獨坐愁城的沈公。在那「落葉滿長安」的蕭殺時節，我們漠然相對，他沒忍住，給我展示了某公手澤，我卻不知輕重地出言譏諷他，完全不體會他惶惶不可終日的心境，每一回想，都痛悔不已。沈公他們這一代人，在出版界幹事兒不容易啊。在我看來，國朝的出版界就是一座沒有圍牆的大監獄，裏面只有兩種人，獄卒和囚徒。而且他們的身份依需要隨時變換，鮮有人不一身而兩兼，今日做獄卒，明日當囚徒。譬如沈公，在他負責審查書目，在字裏行間尋找犯禁言論時，他擔負着獄卒之責，他得好好看着作者的言論，不可越雷池一步。如此一來，作者就成了由他監管的囚徒。於是，他刪《寬容》，刪《情愛論》，刪《第三次浪潮》等等，用他自己的話，叫做「用不寬容的辦法做出版」，「不寬容作者多說多話，尤其是不讓外國作者不說不得體的話」。我有一位「髮小兒」是國朝中主掌意識形態的首腦之一，他曾很真誠地對我說，他的主要工作就是不讓人「思想越界」。他一臉嚴肅地正告我「守土有責啊！」

所以你能想像得出沈公枕戈待旦的樣子。但是，他之盡獄卒之責，實在因為他也是個囚徒，頭上，身邊，背後還有獄卒在看着他。因為他發表了荒蕪的詩，就讓人給上了《內參》，所以他要不停地「拜山門」、「作檢討」，也着實練就了一身獄中輾轉騰挪的功夫，免得成了胡風，想監外執行而不可得。

可是，對沈公而言，還有一層難處與人不同，他從小養成用功學習的習慣，又碰巧遇上幾位飽讀詩書，歷經磨難仍不辱斯文的老先生，沈公隨他們浸淫書海，親炙學行，便有了分妍媸、知良莠的眼力，一遇好書便生「魚色之心」，不過縱然色膽包天，頭上仍戴着緊箍，只好「為了愛的不愛和為了不愛的愛」，而委曲求全。可惜低眉順目幾十載，自認「一輩子做牛式出版，聽話、恭順」，仍是「跋前躓後、動輒得咎」。他曾說，麗雅「腦後有反骨」，孰不知他自己那根反骨比誰都大，因為有了這根反骨，他就既不願當獄卒，又不甘做囚徒，落得個「獄卒囚徒兩徬徨」。此情此景，殊堪玩味，總讓人想起施溫德的名畫《囚徒之夢》。所以，他看到新版《寬容》恢復了被他刪掉的文字，便歡呼雀躍，好像看到自己監管的囚犯越了獄，有種報復的快感。報復誰呢？報復自己。因為要跟黨談戀愛，非練成受虐狂才有快感。

去國之後，我與沈公仍時常通點消息。九七年初秋，沈公來巴黎了。我陪他到Bistro Romain吃飯，席間

聽他談些我走後的奇聞逸事，也談及他個人的出入際遇，語多娓娓，顯出置身事外的平和。飯後接沈公回家，他告我中午定要小憩片刻，我請他到客房小睡，他堅不允，只是要一把能靠的椅子，於是便在一把扶手椅上入定，片刻便有輕輕鼾聲。巴黎的初秋氣候宜人，輕風拂帷，小鳥喞啾，沈公就在這異國的寧靜中安睡着。

下午，洛朗來，他也是我在北京的熟人，沈公跟他談些版權方面的業務。晚上我給沈公做了頓飯，想我竟敢給他這麼個大美食家做飯，膽子也忒大了點兒。沈公走了，帶走了我的地址，隨後就常有航郵包裹寄來，先是《萬象》，後又有一叠叠的《三聯生活週刊》，每個郵件上的地址都是沈公手澤，想着郵寄的瑣事都是他親自打點，心中的感激無以言表。

二〇〇六年底，去國十七年後，我回國探親。到京就請于奇幫我約沈公，並不是為了要當面謝他這些年為我寄的書刊，只是想要見到他，聽他說說這些年他所經歷的那些事情。這些經歷都已凝結成歷史，構成我們生活的一部分。沈公約我們去三聯大樓的咖啡廳，建這座大樓的故事已聽他講過，但走進這座大樓，仍讓我吃驚。想想我與沈公分手是在東四街道辦事處，那裏水泥地面粗粗拉拉，牆上油漆斑駁陸離，窗戶上釘的鐵柵欄鏽跡斑斑，而眼前這大廳高敞豁亮，滿目書籍琳琅，兩相比較，所差何止天壤。那天吳彬、麗雅都來了，我們坐在咖啡廳閒聊，見兩位女史仍像從前一樣和沈公開玩

既見君子｜豈曰無衣

笑，時不時擠兌他兩句，沈公一副受用的樣子。看《讀書》老班底仍舊親密無間，心中不知幾多感慨。後來每次回國，沈公總要呼朋喚友，來一起吃飯。每次都是他買單，他說這是遼教出版社給他的待遇，他為遼教工作不取報酬，遼教為他報銷「談情説愛」的費用。話是這麼説，結賬時，他總要找出飯店的優惠券算清楚，我説何必這麼仔細，他説不是為了自己省錢，是為遼教出版社節省費用。一次在哇哈哈飯店分手，沈公與大家道別，背上他的雙肩挎包，與麗雅一起登上自行車，在滾滾車流中翩然而去，我想沈公如何不老呢？

今年三月回京，又請于奇約沈公，他選定西總部胡同七七咖啡室見面。東單北大街變化太大，西總部胡同，這條從前閉着眼睛都走不錯的地方，我竟一時找不到，徘徊良久，直到看見于奇冠中來了，才知道沒走錯。沈公已在咖啡室落座，見我們高興地起身招呼，又要啤酒又要小菜，忙個不停。我拉他坐下，知他幾年來聽力下降，便靠近他説話。我與沈公已六年未見，不忍説沈公老了，只是身上又多了歲月流逝的痕跡。沈公早已是泉間林下之人，話題當然多虛無飄渺之事。其實朋友們見面本不為什麼具體事由，只為相坐相望。在友誼的蘊藉中，充實彼此的生命。只有片刻，沈公説起自己雖平生蕭瑟，但退休金不薄，以至沒地方花。他不斷要我們添酒添菜，説「退休金花不完吶」。好像我們多吃多喝，能幫他消耗點兒退休金。而我卻在想，何來平

生蕭瑟呢？想沈公自八十年代初起，復三聯，主《讀書》，編《萬有》，業績煌煌，莫不正應了老杜所吟「庾信平生最蕭瑟，暮年詩賦動江關」嗎？平生蕭瑟，正是憶舊的悵惘。當我們老去，在清冷的黃昏，吹起追憶的洞簫，那裏挾而來，一併湧現的，便是我們全部生命的在場。

　　走出咖啡室與沈公告別時，已是日瘦暮薄。胡同西口，東單北大街上，市聲沸天，而記憶中的舊市井一鶴杳然。眼前的沈公，要東行返家，我見街上快遞電動單車無聲地倏忽往來，很不安全，便執意要陪沈公回家，沈公堅拒。站在街上僵持了一會兒，善解人意的于奇說「你走吧，老人家不願你看他走路緩慢的樣子，我們會跟着他，看着他回家」。於是，與沈公擁別，道一聲珍重再見，便掉頭西去。到胡同口，我駐足回望，見沈公背着雙肩挎包的背影，緩慢卻堅實地漸漸遠去。噢，沈公，不知何時才能再見？

思徐曉

　　二十六日星期三夜，突然夢中驚醒，夢到因幾個字的用法與徐曉爭執。再難成眠，索性披衣夜讀。窗外暗風吹雨，心中隱隱覺有幾分不安。果然，雪上班途中電話告我，徐曉被拘了。

　　月初和她通話，她說腳骨折了，為了操持一個朋友的喪事，忙到頭昏，手裏拿着稿子邊看邊下樓，一腳踩空摔倒，起來沒覺有什麼事，接着忙。待塵埃落定，腳已腫得像饅頭，這才去醫院打了石膏，醫囑靜養一個月。她嘆了口氣說，這回哪兒也不去了，言語間有點不好意思，彷彿自己做錯了什麼事。我知道徐曉永遠在忙，手頭要處理的事情之多，辦事效率之高，常讓人驚訝，難得休息一回，卻是因傷。好，「這回哪兒也不去了」。可誰知，讓人拘走了。走得好遠，一去不知何方。

　　我問什麼罪名？說不知道，也未通知家屬。真是多此一問。在那塊「神奇的土地上」，抓人還需要罪名？「莫須有」而已。她姐姐去找人，說是讓「預審總隊」

· 257 ·

徐晓

帶走了，理由居然是「危害國家安全」。這麼個文弱女子，「半生為人」，一直與詩歌、美文為伍，心中滿是慈悲，眼前皆是「好人」，最看重的是友誼與愛，是正義與真理。怎麼危害到了「利維坦」的安全？幾百萬軍隊再加幾百萬警察，五千億的維穩費，密不透風的文網，割斷信息傳遞的「防火牆」，遍佈九州的監控網，竟然給不了國朝一點點安全感？這只能是它自己患了被迫害妄想狂，與徐曉何干？

徐曉，不過以她無言的勇敢，鼓舞幾顆迷惘的心靈，用她不倦的努力，澆灌幾株初生的幼苗。她的俠骨柔腸惠及多少朋友。在黑暗降臨的時刻，她燃起一支燭火，給黑暗一點光亮，給冷漠一點溫熱。如果這些作為危害了「國家安全」，那這個國家是什麼？是弱肉強食的叢林？是兇險殘忍的鬥獸場？是高牆圈就的「動物莊園」？是踐踏人類基本善的「屠人場」？它是一九八四年的「大洋國」，還是公元前二二一年的秦王朝？或者是兩者中體西用的結合，以「大秦」為體，以「大洋」為用？

徐曉的力行準則是文明社會中一個普通人當持的準則。誠實、自尊、敬業，還有勇敢。這難免跟天朝時下通行的「潛規則」相牴牾。但徐曉是個「執拗人」，認準的原則篤定持守，絕不曲學阿世，隨風轉蓬。她是個對文字最有敬畏之心的出版人和編者，對那些空洞虛假的頌德文字從來不假顏色。因為她愛先人傳下的文字，

不能忍受把它們變成垃圾。但是在濁水四溢之地，持守就是冒犯。而今天朝是周花一類佞人領潮，這類「張鐵生二世」雖說不通中文，卻攢得成諛詞，編得成謊言，一朝粉墨登場，徐曉這敬畏文字的人豈能無罪？糞置高堂，玉棄僻壤，正是天朝「新常態」。

心靈境界的淪喪，精神道德的敗壞，會牢牢嵌入社會生活，敗壞民族的品性和後代的靈魂，這才真正可怕。一群奴隸，懵懵懂懂地被主人出賣給魔鬼，被驅使着殘殺同類，犯下這種罪惡的人，要怎樣的一道聖泉，才能洗淨身上的血污？

我無言，只為徐曉馨香禱祝。

于爺的故事

「就不跪」

　　京城于爺，名基字長豐，吉林省大榆樹縣人。祖上乃關外大戶，一時以開明縉紳，名震關外。族中有女鳳至嫁與千古罪人張學良，于家與奉系結緣矣。于氏鳳至，于爺之姑奶也。

　　于爺闊面美目，劍眉虎鼻，開懷大笑，聲震椽瓦。然外剛內柔，喜談緬甸遠征軍，每念及孫將軍立人，輒然泣下。于爺性豪爽，言諧謔，述事必色香味俱全。惟提筆不能成文，責之，曰善寫洋文，中文已多忘矣。

　　太祖當朝日，英雄短路，奇士幽懷。于爺奇警之人，議論不合時調，憤鬱於內，故放浪形骸，以于連自詡，蓄大鬢，着皮坎，蹬尖履，譏評朝政，指摘有司。有司怒，捉將官里。三年囚於監舍，十年陷於勞營。學業荒疏，青春蹉跎，然不失悲歌慷慨之氣。每憶往昔，噴珠吐玉，聞者動容，嘖嘆諮嗟。愚以為，事無巨細，彌足珍貴，隨風拋散，殊可惋惜。故不揣昧陋，摭拾一二，恭錄於下，以饗友朋，聊寄雲樹之思爾。

于基 赵盈摄

一九六九年初冬，「林副統帥」發佈一號通令，要準備打仗。為此，京畿之內不留「危險分子」。正在天堂河農場勞改的于爺名列「轉場」名單。日前，于爺剛得信兒，妻子有孕在身，現在自己卻突然要「轉場」。他心裏正煩着，就被喝去收拾行李，一時半刻便上了敞篷大卡車。槽幫四角各站一名押送人員，荷槍實彈，被押送的人�跼屈蹲伏，于爺悄抬眼，黑黝黝的槍口正在頭頂。車到西便門換火車，已是三更時分。車站上，大兵排着隊，機槍支成行，有人提着手榴彈，看着像拎着啤酒瓶。于爺這才知是押送邢台。此刻冷風刺骨，枯枝亂舞，于爺心念妻子和她腹中胎兒，一時英雄氣短，不覺兩行酸淚潸潸。

　　自打被安置在邢台第二勞改隊留莊農場段莊小隊，于爺豪氣又上來了，想着老毛再厲害不也得死？自己年輕，熬得過他。于爺忠義耿直，人面兒寬，不久就有了個小圈子，都是些有點文化追求的人。哥兒幾個苦中作樂，背詩唱歌，還弄把提琴拉拉。于爺最喜納蘭詞，把個《金縷曲·送梁汾》背得爛熟：「有酒惟澆趙州土，誰會成生此意。……青眼高歌俱未老，向樽前拭盡英雄淚，君不見，月如水。」

　　勞改隊的活兒都是連牲口都不願幹的，但于爺另有想法，「拿幹活當鍛鍊身體，沒準兒將來越獄用得着」。沒承想領導以為他真心改造，便提拔他當了個班長。于爺自嘲「也就是牢頭獄霸」。可他卻最是急公好

義，抑強扶弱，在難友中極有人望。這難免讓勞教幹部留了心眼兒。

一天，熱得邪乎，于爺偏趕上給大田澆糞的活兒，上午收工時又髒又臭。于爺本極愛乾淨，一身髒臭根本吃不了飯。可勞改隊的規矩是非到晚上收工不許洗澡。于爺實在忍不住，撬開一間有水龍頭的屋子，沖了個澡，沒想到就叫人給抬了。于爺吃了飯一出門，發現不對了，全隊的人圍着院子站了一圈。于爺正想往隊裏站，突聽勞改隊杜隊長橫着一嗓子：「于基，你撬門洗澡了？」于爺應一聲「是」，隊長就吼開了，「誰讓你洗澡了，就他媽你一人愛乾淨，這是犯營規，你知道不?!」「知道」，「知道還幹？沒王法了，過來，給我跪下！」

聽到這「跪」字，于爺一下子血湧上頭，心裏竟立時蹦出「人格」兩字。「讓我跪，姥姥。士可殺不可辱，今兒我要給你跪了，往後沒臉見父母兄弟，連我兒子都對不住。不跪，就不跪！」杜隊長可萬想不到這兒，在他面前，勞改犯最沒有的就是人格，可偏偏于爺把這兩字看得最重。于爺站在院當中一動不動，隊長又喊「跪下」，嗓子都變了音兒。于爺仍不動，像根椿子釘死在地上。隊長失了面子，下不來台，惱羞成怒，轉身抄起一鎬把子就衝着他過來了，邊走邊咬着牙說：「你不跪，今兒我打折了你的腿」，于爺盯着手提鎬把迎面走來的隊長，緩緩說「您判我徒刑得了，我不

跪」。心裏卻轉着一個念頭，「你要敢打我，我就跟你拼了。」

全隊都僵在這兒看着，空氣灼熱，有顆火星兒就能着了。隊長提着鎬把走到于爺身邊，于爺兩眼一閉，咬牙等着那一擊。突然，聽見一聲喊：「于基，擰什麼擰！到點兒了，還不幹活去。」這聲音帶着河南腔，于爺知道這是副隊長何寶軍。大伙兒順着這話茬，一哄而散，都取工具上工去了，于爺順勢扛起鐵鍬就走，心裏知道這是何隊長打圓場救他，心裏就下了死誓：「何頭兒，有我報答你的一天」。

七九年，于爺從勞改營回了京，走在大街上恍若隔世，眼前雖是舊時光景，可于爺心裏卻記掛着一件事兒，找何隊長。他問遍了勞改隊的老人，沒人知道何隊長在哪，又聽説邢台勞改場的人都回平頂山去了，就寫信問平頂山公安局，一連三封，沒見回音兒。直到九九年底，有個老隊友告于爺，何隊長早退役回鄉了，前幾年得病偏癱了。于爺馬上請這隊友帶上錢去何隊長鄉下老家找，還真就找着了。自打于爺和何隊長分手，已有二十三年了。隊友告訴何隊長，是于基讓他來的，何隊長半天才想起來：「噢，是二隊那個大學生啊」。

于爺這就和何隊長聯繫上了，接長不短打個電話，逢年過節寄點錢。問何隊長有什麼事需要幫忙，何隊長説身體不好又沒錢看病，于爺立時把何隊長接到北京，安排到武警醫院檢查身體，連核磁共振都做了。何隊長

和他老婆從鄉下來，醫院裏那些小護士狗眼看人低，一副不耐煩的樣子，于爺怒了，說「這何隊長可是老武警的人啊，當年也管着好幾百號人呢，現如今回鄉成了農民就不是人了？啞巴啞巴嘴兒，誰他媽不是一腦袋高粱花子。」檢查結果出來了，就是個腦中風後遺症。于爺放心了。

看完病，于爺陪何隊長在北京玩，問他想去哪兒，人家一句話「天安門」，這兒是于爺最怕去的地方。得，為了何隊長，走。他買了部輪椅，推着何隊長在天安門廣場上轉了好幾圈。何隊長要走了，于爺在家擺宴送行，何隊長謝他，說着說着眼淚下來了。于爺說「您別謝我，我這是報答您呢」，何隊長好像聽不明白，于爺故意逗他「您知道我為什麼要報答您嗎？」，平日何隊長老懵懵懂懂的，像睡不醒，可聽于爺這一問，眼睛一亮，又露出當年勞改隊何隊長的神氣，卻回他一句：「不知道」。

贊曰：自紅朝得鹿，奉西邪為宗，吾中華三千年衣冠倫常悉為板蕩，友朋互叛，骨肉相殘，以鬥爭批判為日課，而仁義之道絕矣。何隊本為東廠牢頭，氣勢煊煊，手操賞罰之柄，逢于爺恥辱加身而一施援手，其仁質未虧也。于爺為一帶罪囚徒，本如被縛之雞，任人宰割，然國人習跪久矣，而于爺不跪，是為大勇，受何隊之恩而思湧泉，是為大義。勇義相加，大道存焉。

嗚呼，善惡相隔，間不容髮，或為平庸之惡，或為高貴之善，去就皆在一念而人格定矣。

舊時月色

為盈盈攝于洋小照作

　　八一歲末，京城苦寒。偕嘉映、嘉曜往北大南門某酒肆。粗茶淡飯，小啖大飲，把酒正酣，一精壯漢子推門而入，中等身量，虎背熊腰，蹈步淩風，肩微聳，臂稍張，一望便知乃會家子。一張臉風霜鋪就，然祥和可親。嘉映告余此于洋也。嗚呼，久聞大名，於今始見本尊。

　　渠奪椅而坐，先浮一大白。開口聲音濁啞，接談言語詼諧，舉杯無半啜，皆一飲而盡，置杯席上，自斟自滿，復燃天壇牌劣質雪茄，深吸淺吐，不怒自威。吾甚喜此嶔崎磊落人。

　　席罷，眾人呼嘯至于家，西苑前清之八旗兵營也。兩層暗灰小樓，地板幾朽，人行其上，若踩彈簧。渠蝸居一室，家徒四壁，塵厚燈黃，一張木板牀權作待客沙發。幾人狼籍枕臥，惟于洋獨立屋中，伸手探得提琴一把，端起便拉，吱吱呀呀，良久才辨音調，乃《山楂樹》也。渠拉得動情，眾聽得合意，竟嗚嗚咽咽唱將起來，刹間，蛛網簌簌，瓦釜和鳴。

于洋   赵盈摄

天冷酒高，余一時內急，問渠何處如廁，渠不答話，揮弓指窗外，暗夜中一燈如豆。余踉蹌下樓，橫穿操場，行約百餘米，方覓得廁所一間，內全無潔具，惟兩深坑爾。仰頭見夜空半露，月光如水。返途望樓上，燈影婆娑，人形散亂，琴聲嗚咽，輕歌悠遠，不覺魂銷意迷，徘徊色動。

渠素敬波拿巴氏，少時讀其傳，心慕神追。及長，不輟思齊之想。自突泉返京，一時丈夫尺蠖，蜷於宣武作坊，然馭三輪送貨之車，如縱胯下電掣之雛，萬車流中昂然四顧，如拿破侖眺望奧斯特里茲之陽光。

嗚呼，吾與于洋一別近廿年矣，行前渠囑余去去便回。豈知一別，吾便永為天涯浪客。吾深知渠志懷高遠，豈能憔悴京城？後京城傳訊，渠縱橫商場，頗有斬獲，亦不改憐老惜貧之性，流水席中多落魄文人、過氣政客，故放心于洋座間當為吾留一席之地。

〇六歲末回鄉，與嘉映、阿堅諸人約至于洋錦繡莊園迎新。午夜時分，一干人聚於湖畔，有踴躍者戲於冰上。時大霧迷津，煙籠沙堤，樓台頓失。見于洋霧中顯身，足蹬跑刀，肩挎風琴，於荒天雪夜中，為吾等奏起《山楂樹》，若廿餘年前西苑陋室之流響未絕。

嗚呼，吾不知此夕何夕，吾不辨天上人間，吾不問舊時月色能幾番照我，梅邊吹笛。

二〇一二年九月六日於奧賽

傷　逝

周輔成先生授課

聊與梅花分夜永

輔成先生百年祭

　　輔成先生誕於辛亥革命那年，依中國的傳統算法，今年是先生的百年誕辰。先生二〇〇九年五月二十二日駕鶴遠行，也逾週年。百年誕辰與仙逝週年交集，先生至仁之人，得百年之壽，真可謂「仁者壽」。

　　《馬太福音》中説，「人點燈，不放在斗底下，是放在燈台上，就照亮一家人」。先生就是一盞放在燈台上的燈。他照亮了一家人，這家裏有求善問道的莘莘學子，有漫遊精神世界的讀書人，也有辛勞於野的大眾。先生為他們啟悟、解惑、發言，一生跋涉於探索求真之途，經歷過徬徨困惑的苦惱，也飽嘗體悟明道的歡欣。無論逆境順境，先生都反身以誠，持守着中外先哲們所昭示的理想，擔負着闡發至善的勞作，一生不落名繮利鎖，以恬淡充和之氣，葆有着中國傳統讀書人的純正品格。

　　先生出身蜀中布衣，家境清貧，所幸自求學始，就

有機會接觸宣揚新思潮的書籍報刊，經親朋好友指引，享受到「雪夜關門讀禁書」的快樂。先生博覽群書，從中國古典到世界時新思潮無不涉獵。同時，「對俄國文學和托爾斯泰發生濃厚興趣」。先生一生致力於道德哲學，其立場、視角，頗受托翁影響。

先生一九三一年入清華大學哲學系，讀書期間，他筆耕甚勤，展現出人文科學方面的卓越才華。三二年，先生發表長文《倫理學上的自然主義與理想主義》，除對兩大倫理學派梳理闡發之外，又細緻論述「倫理學」、「科學的道德論」及「道德的形上論」的區別，批駁胡適之先生在此問題上的概念混亂。先生那時不過二十出頭。先生指出：「在努力道德的人，自己一定是真實地假想着正義是永存的，人的生命當付與正義。所以身體雖亡，只要正義可寄託吾生，如是道德生命自然必豐富，自然必含着不朽的意義了。」先生稱自己「是一位理想主義者」，並終身持守這一道德理想主義立場。

同時，先生又發表《格林的道德哲學》，全面論述了格林(T. H. Green)的倫理學體系。先生在研究康德倫理學時，注意到康德美學思想的重要。先生說：「我深感當時對康德的美學，而且康德美學中許多偉大的地方，如崇高或壯美問題、天才問題等等，也多不被重視。就大着膽子，參考西方人的著作，寫了這篇《康德的審美哲學》」（《康德美學思想探繹》楊振）。先

生的這篇文章對在中國開展康德美學思想研究實有奠基之功。

一九三四年，先生發表《克魯泡特金的人格》，高度讚揚克氏捨己愛人的崇高人道主義精神。先生從斯賓諾莎和克魯泡特金身上看到了一個讀書人所應進入的道德境界，「獨立精神是我們讀書人從書中得來的最高道德。」先生更進一步指出「我覺中國現代人有一個極大的錯誤意見，便是以為學問與精神乃是兩回事。以為有學問的人，不一定要有品德，有品德的人不一定有學問。……試看在學問上有成績的人，誰不是在精神上也是多麼偉大？他們何曾是把精神與學問分開？」（《論人與人的解放》459頁）。先生總結道：「西洋人對於有勃勃精神的人，總是一致佩服。他們終生最大的努力，也在這方面。他們寧願聽到一個可愛可敬的朋友，不願聽到一位權勢赫赫的人，所以他們愛革命者，也愛克魯泡特金這等人。我們可看西洋人對於愛，對於犧牲、自由、平等精神是何等的注意。」

一九三八年，國家民族處於生死存亡之際，先生與唐君毅等人在成都創辦《重光》，並任《群眾》雜誌主編。除了抗戰宣傳之外，先生開始反思文化問題，試圖從中國文化的根基處發掘救亡圖存的力量。先生發表《中國文化對目前國難之適應》一文，宣示「天助自助，能救自身者維恃自身發出的力量」。先生問道：「我們民族賴以生存的固有文化，是否有能力足以擔當

打破這危局的責任？」先生論文化立基於人格，為每一個體生命所有。先生指出：「我們講文化，要首先承認社會中每一個人都深受文化的洗禮，都有文化，也因而都有其莊嚴的人格。」先生闡發人權與人格的關係，指出：「僅僅是生命（或生存），與財產，並不能構成神聖的人權。必須以人格為根基，始能使人權成為不可侵犯的東西。須知，動物也有生命，有生存，但不能因此作為權利。……僅有經濟關係，僅有私產，亦不能成為權利；經濟，必須是有人格的人為其理想而努力所取得的成果，始有價值的意義，亦因而是不可侵犯的權利。」先生斷言，「文化該是這一個民族所有為其理想而努力之活動力。」它「是從久遠的過去所流來的潮水，人沐浴於文化之中，就是與一個巨大的生命之流結合。」這個生命之流亦是中華民族的文化之流，它濫觴於華夏田野，是民族屹立長存的最終保證。先生以為：「中國抗戰力量，不在中國都市，而實寄存於鄉間的農民身上。我們幾千年來文化之所寄託，都是在於鄉民的生命上。」先生從文化入手，進而立論於人格與人權，而終落此兩點於中國鄉民之身，實是抓住了民族存亡的關鍵。

抗戰後期，先生與唐君毅、牟宗三共創《理想與文化》雜誌。從雜誌的名稱，便可看出先生的精神追求。一九四三年，先生發表《莎士比亞的人格》一文。先生以一位哲人的眼光解讀莎士比亞。他拋開一般的文學批

評方法而直入人性秘府，以自己熾熱的心靈去呼應莎翁對世界的摯愛與笑罵。先生把自己的人生當作莎翁的一部戲劇來閱讀、觀看、體味。先生讀道德哲學，觀察探究人的品格，對世人百相瞭然於心，他悲哀，但在悲哀中能見出人性的光芒。這種善惡雜糅、明暗交織的人性，都具象在莎翁的戲劇中。莎翁希望從泥淖中拔擢卓越正大的品性來標識通往至善之途。先生追隨莎翁，要開闢出從個人悲苦化為人類哀痛的更高境界，這哀痛顯示出人性的莊嚴偉大。先生說：「我們絕不能說莎士比亞心中無悲痛，因個人利益而有的悲痛，可以消減到微不足道，但為他人，為人類的利益帶來的悲痛，卻隨人格的升高，而悲痛愈深。」悲哀的極致便是寂靜，在寂靜中的沉思能見出眾生平等。先生說：「皇帝、大臣、乞丐、小偷，在自然面前同樣屬於半人半獸，你何必羨慕他人！有時，名利、賞罰，正是一些政治野心家要我們為此而心衷繚亂，以便服服帖帖地聽他奴役。」先生從莎士比亞那裏讀出自由的真諦。

一九五四年先生所編《西方倫理學名著選輯》上編問世。此實為中國倫理學研究的奠基石。面對當時顯學初立於朝，生硬地對待民族文化遺產，先生憑其良心發言。在討論中國傳統思想遺產的繼承時，先生提出所謂「歷史價值的意義」，「第一，在當時條件下，（某一思想）是唯一的或特有的價值。這意思就是說：那種思想可能是當時最好的思想，是當時人類的最高成就。第

二，歷史價值，其作用必可傳於後世，甚至與社會同不朽。第三，歷史價值，可能是特定條件下的最高成就，後人未必能超過它。」這些闡發在當時「最高最活」的歡呼聲中，顯出特立獨行的品格。先生又說，「我們必須從愛每一進步的思想家和哲學家起，然後才會逐漸愛到整個進步傳統，哲學傳統。不如此，我們弄得每個歷史上的進步哲學家都像一架機器，面容憔悴，形體枯槁，其思想都只是機器中的馬達聲，不但不是一個活的思想家，而且都像是一個低能者。」在此，我們能聽到先生的憤怒，他所追慕和熱愛的先賢竟被追新競進之徒糟蹋成「低能者」，情何以堪！

先生坐言起行，五七年著《戴震》一書，細梳戴東原《孟子字義疏證》，指出戴震之釋《孟子》乃在指明「不是由道德規定生活，反過來，乃是人的自然生活規定道德。這個客觀規則並不妨害人類的自由。」先生進而將戴震的性命說比照斯賓諾莎之「內在必然性即自由」的論述，指出「戴震在性命問題上，差不多和斯賓諾莎得到了相同的結論，即戴震已看出命定的必然中有自由，自由中亦有命定的必然。」先生憑他廣博的學識、敏銳的思考，指出中外哲人在思想上的殊途同歸。

但先生更關注戴震思想的「人民性」。先生指出，戴東原作《孟子字義疏證》一書，絕非僅為「定義辭句」，「他的書是想使『古聖賢人以體民之情，遂民之欲為得理』這一思想得到充分實現……要使一切講理的

人，特別是統治階級，要設身處地為人民的情慾或實情着想。」先生自戴震對孟子的闡釋，見出儒家思想中的人本主義因素，先生指出，戴東原「以情絜情的主張，雖未必是人人平等的見解，至少是注意到人民一切情隱的見解，對人必設身處地去想。以一個統治者來說，如能懂得這個道理，便可明白『聖人治天下，體民之情，遂民之欲，而王道備』的道理。」

先生入清華研究院，知王國維先生曾擔心戴的思想「及身而亡」，以為觀堂先生的擔心並非杞人之憂，戴東原拼一生之力作《孟子字義疏證》，旨在闡發儒家思想之正道，而此道自漢以降湮滅不彰。先生曾講，宋以後論儒家以孔孟並稱，其實孔孟之間差別很大。孔孟雖都論仁，但孔子講「仁」，重在「親親」，孟子講「仁」，「義」也含在其中了。孟子論「仁」，分「以德行仁」與「以力假仁」，以德行仁，義在其中，便是正義，「以力假仁」，「仁」，「義」兩失，不過是統治者馭民之術。孟子之論君臣，絕非俯首帖耳的效忠關係，而是「事君以道」，以仁善為取捨標準。君昏，則可「易位」，可「去」，可「誅」，甚至大氣磅礴地宣稱「吾聞誅一夫之紂也，未聞弒君。」

先生極喜孟子，曾說「《孟子》可作枕邊書。」先生書房中壁上常懸親書《孟子》語錄：「居天下之廣居，立天下之正位，行天下之大道。得志與民由之，不得志獨行其道。富貴不能淫，貧賤不能移，威武不能

屈。此之謂大丈夫。」記得一次與先生談及孟子所論舜父瞽瞍殺人，而舜「竊負而逃」，先生拊掌大笑，説逃得好，自此可「遵海濱而處，終身訴然，樂而忘天下。」在孟子看來，舜以天子之尊，棄天下如敝屣，這才是儒者的大心胸。儒者絕非皆是唯唯諾諾、汲汲勢利之徒。循善而行才是儒學真義。此處與先生所論之康德理想主義倫理學頗有相通之處。世之至理，原無分畛域。

一九六二年，先生又作《論董仲舒思想》，從另一角度解釋儒家思想的流變。先生指出先秦儒家理想主義的光輝，自「定於一尊」，便暗淡無光。經董生之手，成為維護統治集團的護法之説。先生指出，董仲舒隱去了先秦儒家的「從道不從君」、「以道事君，不可則止」的自由高蹈。以「大一統」和不可僭越的君臣之禮將社會各階層禁錮起來，鑄就一套僵死殘酷的統治之道。先生指出，董仲舒以為「所謂正義，就是維護君權與政權，一切反抗君主和現實政權的行為，都是非正義的。」先生斥責説：「董仲舒這個思想，是發生在漢代。如果是發生在先秦，只怕先秦的儒家們一定要群起而攻之了。」在先生看來，先秦儒家「以道事君」的理想，包含着讀書人的人格尊嚴和自由選擇。高揚此一理想，讀書人乃一自由之士，無此理想，便不過策士、謀臣、奴才而已。

讀書人並非不問政事，處士橫議本是題中之意，但

此議乃是探究和闡發善為國本的理念，古之賢人並不拒絕教誨帝王，但絕非以奏折密札諂媚逢迎，而是以純正崇高的理念昭布於世。帝王中偶有具靈性者，聽到這昭布，追隨這理念，則天下幸甚，如亞里士多德之於亞歷山大，梭倫之於克里蘇斯。這一先秦儒家的重要思想，經孟子闡發光大，「古之賢王好善而忘勢，古之賢士何獨不然？樂其道而忘人之勢」，「唯大人為能格君心之非」。在先秦儒家眼中，君可以變，國可以去，而善的理念決不能依權勢者的意志而轉變。士，或讀書人(時新詞彙稱作「知識分子」，先生極少用這個概念，他總愛說「讀書人」)，是社會道德價值的最後守護人。這是先生一貫的信念。

先生尤厭董仲舒的三統相續論，先生指出，續三統的核心是一「經禮」，此為不變的原則，其內容不過親親尊尊。先生一針見血地指出，「董仲舒在這裏，是想證明，從客觀需要言，政權必須集中，秩序必須循尊尊之經禮；從歷史言，一切政權的變更，也只為了尊尊之經禮。」先生又說，「董仲舒關於政治制度的理論，由尊尊而經禮，而三綱，而三統，皆求使一套嚴格的上下有別的秩序，以此來形成集權中心。儘管有各種變禮及改制，亦不能改變這經禮。不但如此，所謂「變」，正是維護了這個「經」。先生以為「以後兩千年的中國歷代封建統治階級用以辯護他們的統治的理論，幾乎無不以此為根據。我們如說董仲舒是封建制度的大功臣，

這並不是一句誇張的話。」就此我們便可明白，何以一個聰明的書生「從君不從道」的精巧詭言，能成就專制帝國兩千年的江山。

先生批評董仲舒，因為在先生看來，自董生向漢武獻策獨尊儒術以來，先秦儒家思想中的民本觀、仁義觀便變質。讀書人本有的自由風範也磨滅殆盡，成為統治集團的工具。儒家的精義不彰，反淪為競進之術。「一經說至百萬餘言，大師眾之千餘人，蓋利祿之途然也。」而據稱孔子本人已見到仁義之禮衰微於廟堂，從而轉向民間，要「禮失而求諸野」了。先生指出：「孔子並不很受當時君主歡迎，自己隨時想到，『道不行，乘桴浮於海』。後來在抗暴秦的隊伍中亦有儒家信徒。『陳涉之王也，而魯諸儒持孔子之禮器，往歸陳王，於是孔甲為陳涉博士，卒與涉俱死』。」先生據此認為，「原始儒家不僅不是君主御用的智囊團或吹鼓手，甚至最早還是反專制主義的先鋒戰士。」先生拈出「儒分朝野」說，來標識他心目中儒家的精義與糟粕，其中寓意極值深思。

先生談及「儒分朝野」時說：「孔子與儒家未必相當，民間儒家與官方儒家未必相當。」在先生看來，所謂在野之儒，多是儒家理想的承繼和傳播者。從時間上看，他們大部分是先秦儒，信奉的是儒家經典理想，他們「守死善道」，以人為本，滿懷慈悲與惻隱之心，倡導「以不忍人之心，行不忍人之政。」宣佈「行一不

義，殺一無辜而得天下，皆不為也。」他們相信眾生平等，「愛人者人恆愛之」，「泛愛眾人而親仁」。對待權勢煊赫的君王權貴，他們絕無卑顏媚骨：「今之從政者何如？子曰：『斗筲之人，合足算也』。」「君子有三樂，而王天下不與存焉。」「說大人則藐之，勿視其巍巍然」。他們參與政事，以「從道不從君」為原則，「以道事君，不可則止」。無道之君，弒之無妨。他們謙遜地對待知識，從不以為真理可以獨佔，「多聞，擇善而從之」，「子絕四：毋意，毋必，毋固，毋我」。「吾有知乎哉？無知也。有鄙夫問於我，空空如也。」對認定的道義原則，則「雖千萬人，吾往矣。」他們皆是至情至性之人，「子於是日哭，則不歌」。「春服既成，冠者五六人，童子六七人，浴於沂，風乎舞雩，詠而歸。」他們珍視友誼，「君子以文會友，以友輔仁」「願車肥馬，衣輕裘，與朋友共敝之而無憾。」他們希望造就具備儒家理想人格的士人來擔當此價值的守護人。「士不可以不弘毅」，「在我者，皆古之制也，吾何畏彼哉。」真醇之儒所得之志，是先賢所傳的道德理想。持守此理想是讀書人的責任。此即為「尚志」，即尊崇以仁為核心的終極價值。肩負道德理想的弘毅之士，以仁為善的源頭，以義為實現善的手段。為達此理想，堅韌不拔，「造次必於是，顛沛必於是」。在此終極價值面前，王位權威皆不足道，仕途利祿皆不足惜。

在先生看來，儒家的經典理想說明了一個事實，

「儒家並不生來就是帝王或首領的同伙。」因而討論儒家學說，「首先要注意的是儒學上的一與多、普遍與特殊(或『共相與殊相』)的問題。」在指出儒家正宗所含的終極關懷和普遍價值後，先生又指出：「但歷代在朝多數人士，喜用儒家之理，大揮忠孝大棒，大興文字獄，以權謀私，以權殺士為得意，這確是令人厭惡的。」自漢武定儒家於一尊，儒學漸成專制王朝統治的理論依據，董仲舒之「三統說」變儒學為官方意識形態。儒家思想中那些有永恆意義的內容竟遭埋沒。先生指出：「歷代統治者，利用、曲解儒學以治國，大施淫威，欺壓人民，這不是人民之福，實是人民之禍。講中國的儒家道統傳統，不分清這點，必定會分不清真儒家或假儒家。以此論儒，無不入歧途。」

先生指出儒學走入歧途之後，並不放棄經典儒學思想中的終極關懷。先生反復強調「禮失而求諸野」，以為這是先賢寄儒家精義於人民之中。漢季亂世，魏晉相代，在一片混濁晦暗中，卻有一支奇葩出土。那就是被先生看作在野之儒代表的陶淵明。先生說：「如果我們以孔子或儒家作為我民族與文化的傳統，顯然我們既有人民的孔子與儒家，也有上層社會流傳的偽孔子與偽儒家傳統。」先生引陶淵明《飲酒》詩，來闡述他的思想：

> 羲農去我久，舉世少復真。
> 汲汲魯中叟，彌縫使其醇。

鳳鳥雖不至，禮樂暫得新。

洙泗輟微響，漂流逮狂秦。

詩書復何罪，一朝成灰塵。

區區諸老翁，為事誠殷勤。

如何絕世下，六籍無人親。

終日馳車走，不見所問津。

先生分析道：「陶淵明的本意，據我看來，雖然是在亂世紛紛的時代，嘆息真儒家傳統的衰亡，但更重要的是哀嘆，『真』的人民生活（包括樸質之真naive life和自發之真spontaneous life）的傳統喪失。……在詩中陶淵明雖未明白指責漢代董仲舒定儒學為一尊，但說到幾百年的官派儒學，統治帶來的結果是『六籍無人親』，這等於最嚴肅的痛斥官派儒學，也和秦始皇一樣，毀滅了真正的儒家和孔子。」

從這個論述中，我們可以見出先生心目中的真儒形象。陶淵明雖生於談玄之風甚熾的晉代，本心卻追慕先秦儒家的道德理想。他說「歷覽千載書，時時見遺烈」，似孟子所言：「在我者皆古之制也」。他吟詠道：「朝與仁義生，夕死復何求」，正是對孔子所云「朝聞道，夕死可矣」的認同。他詩中所唱「延目中流，悠想清沂，童冠齊業，閒詠以歸」，亦是對先賢「浴乎舞雩，詠而歸」之瀟灑風度的仰慕。他所立志的「先師有遺訓，憂道不憂貧」，更是直奉孔子為師，力行清貧而大道在心的生活。先生舉陶淵明為楷模，來表

達他對中華文化價值的認同，對先賢崇高人格的尊敬。因為陶淵明的生活態度是一種追求精神自由的態度。他不假清高以博風雅之名，也非「托懷忘情，遠詠老莊，蕭條高寄，不與時務經懷」，而是真正胼手胝足，躬耕壟畝的在野之儒。他胸懷高遠，堅持儒家先賢所倡的理念，窮不墜志，難不屈節，雖乞食亦樂在其中；看似避世高蹈，實則民憂滿懷，恬然南山之望，卻不忘精衛之魂，傲對顯宦貪夫，亦不失柔腸百轉。「靜寄東軒，春醪獨撫，良朋悠邈，搔首延佇」，「有酒有酒，閒飲東窗，願言懷人，舟車靡從」，這是何等深情的吟詠。誦詩懷人，這樣堅貞高潔之醇儒，後人能不追慕？

先生追慕前賢，並非空發懷古幽情，而旨在說明：人類的道德理想，無分古今中外，實是一以貫之，它既在「久遠」，又在「手邊」。陶淵明斥魏晉亂世為「真風告逝，大偽斯興，閭閻懈廉退之節，市朝驅易進之心」，千年後又何不如此？先生以陶淵明的詩句，來闡發唐君毅先生那條「通往至真、至善、至美的世界的道路」：「衰榮無定在，彼此更共之」，「採菊東籬下，悠然見南山」，「日入群動息，歸鳥靜林鳴」。先生說，「這是人路歷程，亦是天路歷程」。先生追跡古遠以昭當下，實因先生認定了「人性的永久性」。他說「當人性或生活，乖離其永久性的時候，不能不懷昔以思今，不能不對古、對舊、對昔有所戀……比較過去，而覺有不如過去之處，這正是人類在在永久性的表現。

人，也因為有此永久性的要求，不得不注重過去、現在、未來。」

先生在論唐君毅先生的著作時曾說：「唐先生的哲學中有人，唐先生的人中有哲學。」這亦是先生「夫子自道」。一九三二年，先生作《歌德對於哲學的見解》，在詳論歌德與斯賓諾莎的關係之後，又論及康德與歌德的人格，先生說：「我覺他們有一大特點值得我們模仿，即他們對於真理或理想之忠實。……今後我們認識西方大哲，均從他自己的人格下手。我以為要瞭解西方精神，除了此法，也萬難找另一條更通暢的路。」先生終其一生堅守他青年時立下的誓言，先生治學是把他的心放到思想中的。

先生思考的領域是價值的判斷與實現，是「應然」與「何以然」，它恰是韋伯「價值無涉」論的反例。一次與先生論及韋伯，先生說：「我與韋伯的價值無涉無涉」，後大笑說「這並不說明我與價值無涉」。先生的這個玩笑其實已經指明了韋伯論斷的不周全，它是阻擋政治說教的濁水湧入課堂的堤壩，但卻不應是阻斷思想與靈魂相通的藩籬。先生說：「有人說，理論著作，只有深淺之別，不會有哭笑之聲。我回答說，也許我就是這麼糊塗和不懂事吧。」先生明白，在「小聰明」面前，大智慧總顯得「糊塗」與「不懂事」。看看先生景仰的蘇格拉底吧，以常理觀之，他又何嘗不糊塗？為了堅守信念之「真」，行為之「義」，他竟然放棄了生

命。色諾芬讚嘆道：「有什麼樣的死比這樣最英勇地死去更高尚呢？有什麼樣的死比這樣最英勇地死去更幸福呢？有什麼樣的死比最幸福的死更為神所喜愛呢？」

先生畢生讀哲學，推理、論證這些理性慣用的方法本是先生自家活計。但先生卻常說他一生都在學習哭和笑。「我在學哭，也在學笑。但哭笑都學得不好。我羨慕莎士比亞對福斯塔夫的笑，羨慕達文西所畫《莫拉 里薩》的超善惡的笑，同時也嚮往托爾斯泰聽完柴可夫斯基的《如歌的行板》和讀完法國波埃西的《自願奴役論》後的哭。我要學他們，怎麼也學不到，不過我仍要哭笑。」先生並非不重視理性，只是見到它的局限，不能不尋找補救的方法。先生關注道德哲學，以為救社會先要救人心。卻見到隨人類進步，人的野蠻性卻並未隨之消弭。尤當先生看到「自古以來，那些用『莫須有』理由而直接或間接殺了千千萬萬無辜人民的人，有的還被稱作是『最大聖哲』、『民族救星』」，先生心痛。他問：「我們在『宇宙』或『現代』這兩本大書上，讀到這種篇章，能不淒然落淚嗎？」先生反觀士林，卻看到「古往今來，常有人在高台上向群眾大聲激昂地講經書、背條文，深刻玄妙。而我總愛低着頭，看看他們的心胸是否也有跳動？不幸，我常常是失望的。有些人的話，每每不是從心坎裏發出的，只是從喉管發出的。」先生寂寞了。

但先生並未沉默。近些年，他深感社會公義不彰，

便不停地為草根民眾疾呼。他苦口婆心地勸告那些權勢和金錢的主人：「你如果否認他應得的一切權利，或者，他謙遜，你卻認為他是低能可欺，他即使不立即報復，垂頭一聲不響，但誰也不能阻止他心中的憤怒，急盼你大難到來。」先生彷彿聽到遠古先民的聲音「時日曷喪，予及汝皆亡。」這不是「出自喉管」的囁嚅，而是出自心田的呼喊。在火中烹油、錦上添花的繁華盛世，先生的聲音似曠野中的流風。先生依然寂寞。

二〇〇七年，先生接受《南方都市報》採訪。先生已九六高齡，卻依然疾言厲色，抨擊士林腐敗，力斥名、利、權當道的鄉愿行徑「毒害青年」。先生對時下的風氣近乎絕望，他說：「現在的時代似乎不是作學問的時代，作學問的人沒市場，沒有學問的人滿天飛。這不是出人才的時代，而是毀人才的時代。」不怪先生憤怒，當下的士林已遠不是先生那一代人在青燈獨守、古卷常翻中凝練出的沉靜深邃。多年來，讀書人被驅趕著「與時俱進」，先被暴力，後被名利，回首一片狼藉，可以想見先生心中的悲哀。

三十五年前，我由先生領入哲學殿堂。那時，先生知我不過是個半文盲的小青工。但先生尊先賢遺訓，「有教無類」。先生教我，一無功課，二無課題，只告我應讀之書，讀後向先生複述內容及我的理解，有不解處由先生點撥。在親炙先哲典籍的同時，先生將正大的思想、純正的品味授我，如時雨潤物，化而無聲。先

生愛希臘，也只因那裏曾有思想的尊嚴。這尊嚴自生自足，從來不需權勢者恩准。正像維柯在他的大學開學演講辭中所引彭波尼的話：「凱撒，您可以給人民以公民權，卻不能給人民以語詞。」我從先生處學得珍視語詞，便是從先生處學得珍視思想的尊嚴。只因小子愚鈍，不能貢獻學術而愧對先生。

記得在那些陰晴不定的日子，先生曾閉門讀放翁，並集放翁句抒發心懷。他曾手書一聯授我：「獨吟古調遣誰聽，聊與梅花分夜永。」我牢記心頭，常暗自吟詠，體會古今聖賢的寂寞。在此寂寞的體會中能踵武前賢為己之學，而後為天下之學。此或可告慰先生。

哀朱洪

朱洪逝世週年祭

　　朱洪，你靜悄悄地走了，不覺間，時光偷換，又是一年駛過。巴黎夏夜的天空清澈，偶見流星劃過天幕。哪一顆是你？你穿越茫茫星河尋覓，找誰？我知道。十年的分離已太長，到了重逢的時刻。秦少游以為「金風玉露一相逢，便勝過人間無數」，但五十年人間相守，又豈能一筆抹過？

　　一年前那個夏季的清晨，小雁來電說「媽媽走了」。我只覺腦中一片空白，竟完全失語。想說幾句悲悼的話，又覺節哀順變一類的套話輕飄飄的，配不上你在我心中的份量。心底的懷念如窖中的紅酒，存得久才醇厚，如一蕊燭花，只在天黑時才撥亮它。

　　二〇一三年八月二日，我回京去看你，你見到我已叫不出名字，「趙」、「趙」了好幾次，要小雁提醒你才恍然想起「是越勝」。坐在一起吃飯，看你進食已相當困難，扶你起身，覺那軀體輕的不需用力，似乎立刻就可脫塵而去。這樣的耗竭又能拖多久？和你分手時我

劉賓雁朱洪一九五〇年在斯大林格勒

不敢回頭，怕此一別便天人永隔，更不願這最後的一瞥留下一個蒼老衰竭的身影。在我心裏，你永遠是七八年暮春時分，我們初見的樣子，優雅嫻靜又明慧果斷。

那天，我和他一起參加哲學所在中央歌劇舞劇院禮堂召開的討論會，主題是胡福明前不久發表的文章《實踐是檢驗真理的唯一標準》。我們倆正站在會場門口閒聊，Y先生過來，神秘兮兮地說：「這文章是耀邦同志改過的」。他喜不自禁，孩子般地笑不攏口。散會後說，「走，到我家喝點兒」。那會兒你們住在三里屯中國青年報宿舍，一個二居室的單元。門開了，你裊裊走來，秀美的臉上笑意盈盈。他對你說這是哲學所的同事，你柔聲說「歡迎，歡迎」。進到那間起居室，你利落地收拾掉屋子中間那張桌子上的字紙。我記得那是一張北京人家中最常見的折疊桌，有深棕色塑料貼面，是北郊木材廠的產品。你轉身回到狹小的廚房，不一會兒桌上就擺上了幾樣菜。那天晚上的菜我只記住了他親手做的俄羅斯肉餅，味道極佳。我們坐在一起邊吃邊喝邊談，他不厭其詳地給你講會上聽來的消息。他高興，你也高興，他喝得多，而你不喝。無論他講得如何興高采烈，你只是安靜地看着他。

半個月後，我去你那裏送關於平反右派的文件。他看後當場失望，你瀏覽了一遍，卻說「不一定，還是有可能的」。你回到小屋，迅速摘抄了一份，還我文件時，我看到了你娟秀的字體，這種字體本該用來寫情

哀朱洪

書，現在卻用來抄政治判決書。他的失望似乎完全不影響你的舉止，沒有一絲慌亂，依舊優雅，依舊安靜。我想你一定是江南水鄉中飄來的女子，因為你的文靜和他山東好漢的豪爽恰成對比。更何況他又在東北長大，那兒可是個出響馬的地方。你們兩人在一起，很像夏多布里昂對雷加米埃夫人的評價：「暴風雨畫卷上一抹寧靜之光」。他是畫卷，你是那束光。

人們喜談貝雅特麗齊，她的愛與死給了但丁寫《神曲》的靈感。但人們很少談珍瑪·多納提，是她和但丁共度流放時光，每夜燃起蠟燭，讓但丁譜寫不朽詩篇。人們喜談烏爾麗克，與她訣別，讓老歌德寫下《馬里恩巴德悲歌》，但人們很少談克里斯蒂安妮，是她在漫長的每日操持中，扶持歌德走向《浮士德》。人們讚頌十二月黨人的妻子，稱她們跨過茫茫雪原，追隨自己丈夫是「英雄的行為」，但亞·伊·達夫多娃卻淡淡地說：「我們哪裏是什麼女英雄，我們只是去找我們的丈夫罷了。」我知道，這恰是你的感覺。

他去勞改了，每月僅二十元生活費。但姐姐的兩個孩子要接到家裏撫養，加上大洪、小雁，四個孩子啊。你一聲不吭，一個人肩起來了。上班下班，運動檢討，心裏還惦念遠在勞改農場的他。孩子們在人前個個光鮮，像是富裕家庭的孩子，可小雁記得半夜醒來，看見媽媽低頭縫紉的背影。她明白，「是媽媽的一雙巧手維持着這個家庭起碼的體面和尊嚴」。你從未跟孩子們

談起過，你心裏也苦。有一次你和我談起他去勞改時，孩子們小，晚上安排他們睡下，一個人坐在旁邊靜靜地想：「這日子熬到哪天是個頭兒？」想歸想，天一亮，日子又從頭開始。可熟悉你的人都知道，你這個燕京大學新聞系的高材生，校園裏亭亭玉立的才女，引來多少愛慕，但偏偏是他擄去了你的芳心。可那時，籌辦《中國少年報》的是你，他只是你的翻譯。

他這個人，人性淳厚，嫉惡如仇，最見不得世事不公，弱者受苦。我說他有俄羅斯貴族氣，他認，反問我為何不是法國貴族氣。我説，法國貴族知忍讓，懂轉圜，遇事不一條道兒走到黑，而俄國貴族大多一根筋，信奉全或無的易卜生主義，只要玉碎，不要瓦全。所以行事方式更有高貴氣，也更受精神折磨，天成一群十二月黨人。他有這個氣質秉性，嫁他，要麼早早分手，要麼作一輩子達夫多娃。我知道你也曾困惑過，面對青年時代的理想和眼前的他，那種精神上愛與正確的撕裂何其苦痛，但最後，人性勝了。你知道他是好人，而那個專門迫害好人的establishment一定不好。當青年時的理想在現實中露出猙獰時，你反倒坦然了，你站起來扶住他，一扶就是一生。他說自打見了你，就覺你氣質不凡，是屠格涅夫筆下的女性。像誰？我想不出。阿霞？齊娜依達？蘇珊娜？莉莎？娜塔莉婭？誰都不像你，但她們的優雅、聰慧、自強和獻身，又都像你。

八十年代頭幾年，是給那些絕望中的人以希望的幾

年。他四處奔波，卻未承想給你帶來多少麻煩。八二年春節，我去三里屯給你們拜年，親眼看見樓梯上站着要向他傾訴的人。你在屋裏忙招呼，給排隊進了屋的人端茶倒水，有時還要留飯。碰到命運極苦，生活無着的人，他會囑你拿些錢接濟人家。他不當家不知柴米貴，而你卻要從日常計較中做貢獻，但你從不埋怨，凡有要求，只要手頭還拿得出，就送出去。小雁說你回國後有時會沒來由地問：「家裏還有錢用嗎？」我知道你不是怕自己沒了吃穿用度，你是想着「還能有餘力幫助別人嗎」？這是常年奉獻落下的後遺症。林培瑞說你是「聖女」，想必你在美國這些年也是一貫的作法。凡要奉獻時，絕不猶豫。你並不是基督徒，但福音書說的「人們的愛心冷了，但那堅持到底的，終將獲拯救」，卻極適合你。

九九年你們來巴黎，那是我們一生中最快樂的日子。十幾日朝夕相處，自由自在地參觀遊覽。說不完的話，談不完的課題。我和他爭論得面紅耳赤，你靜坐一旁微笑不語。我們在諾曼底漫遊，那是高乃依、福樓拜、雨果、莫泊桑的國度。在伽亞城堡，我告他屠格涅夫在法國一直住在不遠處，他又是興奮莫名。我真佩服他的俄文修養，隨口背出幾個段落，渾厚的聲音讓俄文句子如樂如歌，彷彿白淨草原上遼遠的簫聲，夢幻似的飄漾。你看着他，滿眼的愛意。當年他就是這樣擄獲了你的芳心吧？

　　　　　　　　　既見君子｜傷　逝

「美麗的夏天謝了，謝了，

明媚的日子飛逝無蹤

……

哦，我的光明，我的娜塔莎，

你在哪兒？為什麼看不見你？

　　從魯昂，聖女貞德火刑之地返巴黎途中，他累了，睡了，你和雪卻一路上談你在美國的生活安排，那種種生活的瑣事，醫療保險、退休保險、汽車房子、鏧鏧的教育，你都籌劃篤定，有條不紊。你那種隨遇而安的平靜，生活細節妥帖的安排，讓我聽着，心裏佩服到極點。小雁說你曾後悔在歐洲沒好好聽一場歌劇。我真悔恨，這錯在我呀！我竟沒想起去聽一場音樂會！現世無法彌補，但天國中有無數聖歌，像阿萊格里的Miserere，在你們身邊環繞，撫慰你們的心魂。

　　二〇〇五年十二月五日，巴黎時間晚九點，我突然接到譚老師電話，說他病危，急往美國打電話找你，你居然接到了電話。那天新澤西大雪彌天，你一人急急回家取些衣物。你告我他的情況，「很不好，真的很不好」，聲音略有焦慮，卻依然鎮定。又說，「我必須趕回醫院，不多說了」。當夜，他走了，料理後事期間有過幾次通話，你又完全恢復了兵來將擋，水來土囤的鎮靜決斷。我才放下心，其實又有什麼不放心的？你比起我們要能幹，堅韌得多。

　　二〇〇六年初，你告我，你要回去了，我還擔心冬

冬一人在美國行嗎？你說他已經大了，完全能獨立生活，你一點也不擔心。然後突然說：「我要把他帶回去，我如果不回去，他永遠也回不去了。」聲音低沉堅毅。我立刻明白你的所有考慮，便不再說話。沒想到〇六年底，去國十七年後，我也舟繫故園。到京就和你聯繫上了，三天後去看你。那是在金台路人民日報宿舍，你們的老房子。進屋我彷彿在做夢，還是你們離開時的那些傢具。你站在屋子中央，頭髮全白，身邊是小狗「美男子」，在普林斯頓時，他每天帶它散步。你領我們到了他的靈前，打開櫃門，見他的靈骨安在。我說「盈盈給爺爺磕頭吧，當年他馱着你滿處跑啊」。盈盈跪下，行了大禮。等她站起來，你一把攬她入懷，淚如雨下。相識二十多年，我從未見你落淚，這是第一次，也是最後一次。

一一年夏天再回國，他已入土為安。記得墓地設計好後，小雁曾發圖片給我，我以為設計的極好，你回話說「越勝說好就好」。這話讓我落淚。那塊樸厚的米色墓碑造型自然，有種展翅欲飛的感覺。四周青山環抱，居高臨下，巍然獨立。碑上乾乾淨淨，一字不留，他想說的話盡在不言中，何況不落言詮，更有無窮意味。他生而軒昂磊落，其不朽已在簡冊，又豈在乎曠野荒城？小雁帶我們去拜謁，說你也要來，讓她攔住了，否則又是一番傷心，歲數大了，傷心不得。小雁告我，你已在他身邊預留了位置，生不能長相守，死也要永相依。下

既見君子｜傷 逝

午回到你那裏，你約了張思之先生和胡舒立女士。見張先生風姿特秀，飄飄然若有仙氣。舒立則麗人清新，快人快語，交談間已見料理了幾件雜務，一派殺伐決斷。後來我們都成了好朋友，我想這是你送給我們的最好的禮物。

也就在那天，我覺出你敘事時有跳躍，小雁悄悄告訴我，你已患了阿茲海默症，尚在早期。有些病偏找上最不該得的人。杜普蕾患了慢性肌肉硬化症，那雙把大提琴拉的「老魚跳波瘦蛟舞」的手竟慢慢僵化，失去運動功能。我看過紀錄她最後時日的片子，捲縮在輪椅中，秋風吹起滿地的落葉，她讓人推着，行走在淒迷的秋色裏，我心好痛。而冰雪聰明的你，卻會得這種怪症。或許，你就是要退回記憶深處，像格拉斯《鐵皮鼓》中的那個孩子，棄絕一個群魔亂舞的世界。這又有誰知道？

一三年再去看你，你雖未能叫出我的名字，但一下子叫出了雪的名字，你仍認得她。待扶你上輪椅去吃飯，你一下子伸手給我，表示要我扶你起來。我知道，你心裏明白。但丁的弗朗切斯卡說「最慘烈莫過於在悲苦的現在回憶甜蜜的往昔」。所以你不要這個悲苦的現在，退回到記憶深處，讓過去成為現在，一切都是安美靜好。甚至在你踏上天路里程時，你也心明如鏡。在你停止進食後，小雁問你「媽媽，你還想多活些日子嗎」？你點頭，「那我們就去醫院，在那裏不吃飯可以

打吊針」，你堅決搖頭拒絕。「那你就得好好吃飯，我們就在家裏，哪也不去」，你更堅決地點頭應諾。但終歸已無力進食，就那樣醺醺睡着，安詳地走了。

九個月後，你趕到天山陵園，和他會合，從此永不分離。他離開你，走了十年，你追上他只用九個月。就像那天我們在河邊散步，他駄起盈盈大步流星往前趕，你說他走得快，走不遠的。果然，拐過彎就見他站在橋下陰涼裏擦汗，等着我們。是啊，他動身早，卻走不遠，從前在你心裏，現在在你身邊。

嗚呼，朱洪，我非不知大道移化，生死更替之理，然哲人萎謝，故友凋零，懷念疇昔，不免傷懷涕落。行者寒露霑衣，居者焉能安臥？我們暫寄此世，心懷感念。等你們吹起笛，我們就起舞。你們唱起哀歌，我們就哭泣。*

朱洪，朱洪，我們會想你。

---

* 耶穌基督說：「我拿什麼比這世代呢？好像孩子坐在街上招呼同伴，說：我們向你們吹笛，你們不起舞，我們唱起哀歌，你們不哭泣。」（《馬太福音》）。

萌萌，請聽我說

給萌萌遠行三週年

萌萌走了三年了。這怎麼可能呢？

九五年冬天，在巴黎蓬皮杜中心旁邊的咖啡吧裏，我們圍坐在一起喝咖啡。我坐在暗影裏，看淡淡柔和的燈光灑在你身上。你是那樣高興，秀美的臉上光彩照人。出了咖啡吧，你深深呼吸巴黎清冽的寒氣，說巴黎的冬夜有迷人的暗香。回到家裏，夜已深，你卻毫無倦意，和我們談自從八九年分手之後，你經歷的點點滴滴。這點滴中都滿溢着對朋友的熱愛、體貼，還有那蘊含着欣賞的譏諷，讓我們會心一笑，隨後一股暖流漾在心間。

那不就是昨天嗎？

八二年我上廬山之前去武漢看你和志揚。在蘋果湖你的宿舍裏，大家高興，都喝得半醉，清醒者只有你我，你悄悄地給我講那盞燈的故事，和那扇明亮的窗。是我的感覺太麻木，竟然責怪你敏感，是我的心太粗糙，竟嘲笑你的細膩。九月的武漢還潮熱，我們下樓，

鲁萌

在路邊高樹下慢慢地走，你仍執著地把你心中所感講給我聽，而不在乎我這個僱夫常常打擾你的詩境。路燈搖曳，光影婆娑，靜夜應和你輕輕的述説。

那不就是昨天嗎？

七九年九月底，一個陌生的聲音在我家門口問：「越勝是住在這裏嗎？」我推開門，迎面見一條漢子，臉上有雕刻的痕跡，旁邊一位青年男子，樸素憨厚，後面站着一位清麗的女子，秀目流盼，帶着好奇的神情。那男子發話，聲自丹田：「我是張志揚」，隨後轉身介紹説，「這是我的兩個朋友，肖帆和魯萌，他們想見見你。」從這一刻我們相識了。隨後進客廳坐下、談話，初見卻彷彿總角之交。三言兩語的接談，似乎在繼續一場開始了許久的對話。你一言不發，始終坐着，靜靜地聽。後來你對志揚説：「這是個好人」。這當是對我最高的評價了。那一刻至今，時間已流駛過整整三十年了，而在感覺上，那不就是昨天嗎？

後來，是不斷的通信。你有時會用黑格爾式的語言和我討論問題，我有點怕。因為我擔心德國思辯哲學的晦暗遮蔽了如你這樣輕靈的女子。我以為你的感覺和思維應該在幽石修竹、舒雲朗月之間。我喊出「打倒黑格爾、解放萌萌」的口號，卻不體會你是怎樣堅韌地在詩與思之間架橋鋪路，讓人們能通達被日常語言塞閉的疆域。你堅信打通兩造就別有洞天。而一旦你擺脱探索之苦，跑到長林豐草之間，自由地倘佯與歌唱，朋友們

便異常欣喜。那天收到你的信，打開信封，見到那跳躍的題目《女人是什麼，能是什麼》，我便感到了這種欣喜，似袁中郎聞幽人長歌：「一切瓦釜寂然停聲，屬而和者，才三、四輩。一簫、一寸管，一人緩板而歌，竹肉相發，清聲亮徹，聽者銷魂。」

那不就是昨天嗎？

你悄悄地走了，竟讓我們來不及說一聲珍重再見。或許你根本就知道無需告別，朋友們的想念和牽掛時時縈繞在你身邊。芳華搖落並不在蕭殺的秋天，落英繽紛、馨香遠播之後是初夏的來臨。我看見你從林間小路上走來，在夏日的清晨，身披朝露，清新妍麗。

那不就是昨天嗎？

願您乘槎渡天河

哀憶陳伯伯

　　陳伯伯去了。自去年入院，得到的消息都不樂觀。明知大去之期不遠，但心裏仍存一份企盼。因為前年初回京，幾次探望老人，見他精神甚好。老人前幾年多病，大愈之後，當有些年的好日子。離京返法前去與老人道別，陳伯伯知我要走，神情大異。與我相擁，言語竟至哽咽。我忙安慰他，說要他多保重，我不日即回來看他。他含淚點頭，似是與我定約。我回法不久就聽說他狀況堪憂。不過兩載，已是天人永隔。回想起來，那日分手，老人心中已預知此一別當永別，而我卻愚鈍，不解其意。若有靈知，該多與老人聊聊，多看老人幾眼啊。明知「人居天地間，飄若遠行客」，然一旦有親近的人重壤幽隔，淒戚徬徨終不能免。

　　上世紀八十年代，出入月壇北街，每遇老人，總見他慈祥地笑着，說話有南方口音，聲不高，音色卻亮，有抑揚頓挫的感覺，適於促膝長談。對我們這些孩子，不像常見的家長，威嚴、冷淡，而總是親切、熱情，讓

陳伯伯

你願意和他隨意聊些什麼。老人又極細心，見面會不厭其煩地噓寒問暖，吃過飯了嗎？渴不渴？要喝點什麼？有機會坐在一起吃飯，必是不斷為你添菜加飯。待客的那份厚道與細緻，處處顯著老輩溫良恭儉的教養。記得一日酷熱，去月壇尋嘉映不遇，老人午睡剛起。我本不想打擾，轉身要走。陳伯伯卻執意不肯，說看你一身汗，無論如何要歇一下。急急忙打開冰箱，找冰水給我，隨後就出去了，抱回一個碩大的西瓜，濕漉漉的，似是在外面冷水裏鎮過。西瓜挺沉，老人消瘦的身子略躬着，抱着這個大瓜有點吃力。我忙接過瓜，放在桌上，陳伯伯卻又轉身出去找刀、拿案板，立刻就要切瓜給我吃。看老人自然透出的那般殷切，你會感覺他待客的古道熱腸，我只能束手待在一旁，等他把切好的瓜兒塞到我手上。窗開着，五樓上，吹進屋的風仍是燠熱逼人，陳伯伯招呼我的這通忙亂已讓他汗流浹背，但他全不顧及，只是不停地切瓜，不停地讓我吃。多年了，閉上眼就看見他額頭上滿是汗水，不停地切瓜、切瓜的樣子。

陳伯母早陳伯伯而去。他們伉儷情深。伯母的離世讓伯伯中心痛澈，雖有孩子們精心照護，但多年伴侶，倏忽遠行，居人愁臥，怎能不思離魂？伯母後事料理妥帖之後，和于洋相約去看陳伯伯。那天我到的早，老大外出未歸，伯伯一人屋中獨坐，四圍寂寂。在門外看伯伯形只影單的樣子，有點傷心，叩門入室。伯伯見我，便輕聲打招呼，神情有些恍惚。經此大變，陳伯伯彷彿

衰老了許多，我敬問起居，見伯伯似無心多語，便靜坐一旁。陳伯伯卻突然説起話來，眼睛並不望着我，好像在自言自語。他在講述他和陳伯母相愛的往事，聲音輕輕的，語調緩緩的，聽不到刻骨的熱戀，唯有溫馨的柔情，像山中老泉，靜靜而孤獨地流淌。二十多年過去，我已記不得伯伯講的故事，但那個京城初夏的黃昏，夕暉滿映的小屋，一位憂傷盈懷的老人，在講述着久遠銷魂的愛……。像一幅裝在古銅色畫框中的油畫，深深地蝕刻在我的記憶中。

　　紅朝得鹿四十年來，數不盡的滌蕩斬殺，看不完的骨肉相殘。我本以為陳伯伯那一代人，早已被摧殘得心如死灰。但在這黃昏的絮語中，我知道了，周遭的飛沙走石，不能摧折人性堅厚者的那一寸柔腸。如今，陳伯伯、陳伯母二十年的分離終歸有期，天國中自有梧桐搖夜雨，朗月招歸魂。願二老天國相逢，重調琴瑟，再續清商。晚輩身遠異鄉，不能親往靈前一慟，只能遙寄此文，代我一哭。

　　陳伯伯一路走好！

晚輩　越勝叩上

中天月色好誰看

哭老朱

北風其涼
雨雪其雱
惠而好我
攜手同行
——《詩·北風》

二十二日下午，雪來電話，語氣急促，說有一個特別壞的消息，老朱走了。我一時沒明白，淡淡反問：「那個老朱？」雪急了，「老朱，咱們的老朱，朱正琳。」我驚呆了，不久前我們還在電話中長談，像往常一樣，他冷峻地細說天下事，掛機前說，「好好活着，有的好看呢」！之後他傳來視頻，是他教火娃唱《苦咖啡》，並留言說這歌已經傳到第三代了，八十年代初他從我這裏學的，傳給小蓬，如今又傳給了火娃。誰想不過二十多天，竟天人永隔！老朱，老朱，你走得也忒瀟灑，可讓我們如何接受？誰不知生命脆弱，卻沒想到會先臨到老朱身上，他是面對過生死的人，死神也該讓他三分啊！但天地無情，冷酷地擲人去直面向死而在的真

· 309 ·

朱正琳　　　　　　　　　　　　　　　　　　　　　　　　紹敏攝影

理。或許，老朱甩手而別正是他的命數，誰能想像一個纏綿病榻的老朱？只是近四十年來，老朱幾乎就是我們生活的一部分，平時感覺不到，惟當失去，才體會這缺失難以忍受。幾天來總幻想這是一個惡夢，醒來老朱又站在我們面前，仍像二○一二年，他身着晚霞，眺望拉多加湖萬頃金浪，慨嘆「今生得此足矣」！但冷雨敲窗，告訴我們，這已是一個沒有老朱的世界。

今年三月八日，老友旅行團自緬甸歸，在昆明機場轉機。老朱和傅大姐要趕火車，因時間緊迫，取出行李就匆匆而去。我追他們，想道聲珍重，但他們步履匆匆，竟沒趕上。我遠遠地喊一聲「老朱」，他回身招招手，說「保重，保重」，就拖着行李箱快步遠去。望着他身子被雙肩挎包壓得微躬，但邁步堅實，想他還硬朗，怎知這竟是最後一瞥。本來這次緬甸行老朱不想參加，但雪勸他，年紀大了，相聚的時間更珍貴，還是來吧。他第二天就回信說立即找丹洵報名。我真慶幸有這一勸，讓我們又在一起歡聚十幾天。「杜曲換耆舊，四郊多白楊」，生命總在不斷換屆，一茬又一茬。我們心知如此，還是忍不住想學浮士德，喊一聲：「你真美啊，請停一停」。這美是友誼的甘醇，這詩是老朱的最愛。

就在前一天的傍晚，船泊伊洛瓦底江邊，朋友們聚在沙灘的篝火旁，是誰唱起了那首緬甸民歌《海鷗》？「晚霞映紅伊洛瓦底江，活潑的海鷗自由飛翔……靜靜

的江水向東流，只有歌聲輕輕迴盪」。歌詞記不清了，大家東一句、西一句地湊，老朱又是格外認真，想起一句半句就投入、動情地唱，還不時蹲下身給火堆加柴。江風勁吹，火光映在他臉上，雖未飲酒，已顯酡顏。老朱愛唱歌，八十年代我們在黑山滬聚會，聊罷哲學總要在門前京密引水渠畔漫步、唱歌，從夕陽西下唱到冷月流空。潺緩清流，拂水柔條牽惹出多少憧憬。每一次唱歌，老朱都是主力。他愛引高爾基《童年》中那個小茨岡的話，「我要是有條好嗓子，一天從早唱到黑」。老朱嗓子不算好，調也拿得不特准，我嘲笑他會作曲。他坦然接受，仍是要唱便唱，唱得滿臉漲紅，青筋繃起，用他的話說，「任是走調也動人啊」。他是用心魂在唱。

二

我第一次見老朱是在西安丈八溝賓館，全國現代外國哲學年會在那兒舉行，時在一九八一年十一月中旬。我當時在會務組，任務是接待全國各地來的代表，登記註冊，分配房間。見面的情景我記得極清楚，但後來被老朱講得有點戲劇化。那天下午我當值，進來兩位年輕人，拿着邀請函來登記。一位小平頭，戴着黑邊眼鏡，鏡片後面目光狡黠，另一位身形消瘦，兩腮深凹，臉上線條清厲，雙目炯炯有神。他們就是嘉映和老朱。朱正琳這個名字我聽說過，因為他以所謂反革命罪入獄近五

年，出獄後報考張世英先生的研究生，以其對黑格爾哲學的精湛理解得分極高，張先生甚至一度懷疑考卷是否老朱所做。卻因有前科，底兒潮，為北大所拒。張先生力爭，北大外哲所沈少舟先生親赴貴陽面試，又極力伸手相救，幾經波折才被錄取。當時他寫的申訴被中國青年報以《考分第一，榜上無名，道理不公》為名發表。據老朱自己說，我當時抬頭瞥了他一眼，然後又低頭看手裏的表格，倨傲地說，「噢，朱正琳，聽說過。」這情景恐怕是真，但倨傲絕對是老朱的錯覺。老朱名滿天下，以我所知他的事跡，敬佩才對，何敢倨傲？

這次會議有個特點，就是年輕人，特別是社科院哲學所和北大外哲所的研究生聲氣相通，常逃會，私下開小會。在我印象裏，嘉映和老朱似乎就沒參加過大會，除了吃飯，會上基本看不到他們，兩人總躲在房間裏長談，有時甚至通宵不睡。那會兒他們煙都抽的兒，我每次去他們房間總見煙霧繚繞。嘉映斜倚牀上，老朱相對而坐，兩人一臉嚴肅。我那時忙於雜務，和他們聊得不多，倒是北凌常去他們房間，面帶微笑聽他們爭論。老朱的師妹王蓉蓉是西安人，請我們到她家作客。那天席間老朱給我留下的印象很不圓通，說話直來直去，好幾次頂得王小姐下不來台，倒是嘉映說話總是彬彬有禮，模棱兩可，透着股子可人勁兒。我見識老朱的機鋒，是在參觀旅遊時。去驪山華清宮，不用說，我是滿腦子的《長恨歌》，看到華清池的簡陋，不免大失所望。老朱

卻無動於衷，說去旅遊點，要把讀過的詩忘乾淨才好。結果我們從華清池一直聊到詩的結構與世界結構，這正是我當時關注的問題。老朱那天談的相當精彩，有些論述直接就是警句。後來有人招呼去登驪山看捉蔣亭，老朱坐下，頗為不屑，說不去了。這也正合我意，於是我倆又大聊一通西安事變在中國現代史上的意義，語多契合。下山時我想，這個老朱是可深交的人。會議結束後，在返程的火車上，我們又聚在一起，整整聊了一路。廣泛的話題，思想的撞擊，讓我們興奮無比。

我們這一代人，親身經歷過文革的瘋狂和思想禁錮的痛苦，突然碰到了一些有着同樣感受，思考同樣問題的人，而這些人素不相識，更遠隔千山萬水，那份驚喜真難以形容。「嚶其鳴矣，求其友聲」，曾在黑暗中孤獨地摸索的人，多麼渴望有一聲遙遠的鳴叫喚起晨曦。回到北京不久，我就收到嘉映的信，有一句話深深印在我心中，「這幾個人不是輕易就有的，該想個法子不散掉才好」。其實分手才幾天，我已經渴望和他們再見面了。我便邀大家在八二年元旦那天，來我炒豆胡同老宅相聚。那天一早我到地安門十字路口新開的「狗不理」包子店，排長隊買了好幾斤包子，聊餓了大家就囫圇吃點兒。那天來了七八個人，記得清的有老朱、嘉映、友漁、蘇國勛大哥。似乎從西安開始的談話一直沒有停止，只是更深入，更多彼此呼應。酒酣耳熱，意興湍飛，不覺暮色已降，我建議每人講一個與他生死有關

的故事。嘉映講的是在突泉一場生死相搏的鬥毆，我講的是被困在洪水中大唱《小夜曲》，但我們的故事和老朱的比就黯然失色了。這故事已被收入他的文集《裏面的故事》，題目叫《太平洋的故事》，是講他要砸斷自己的腿求保外就醫的事兒。這故事真稱得上是驚心動魄，更讓我吃驚的是，老朱講述時的那種平靜，好像是在說一件別人的事。但他講到舉起木滾子砸向自己的腿時，下意識地舉起雙手比劃，我見他手在空中神經質地抖動，手指間的煙捲上煙灰簌簌落下，我當時幾乎要窒息。故事結束在他出獄後一覺醒來，感覺一片寧靜。我被這最後的寧靜深深打動了。這故事讓我看到老朱的性格，勇敢堅毅又瀟灑曠達。

三

那天分手前，嘉映再提，見面應該有個大致的節奏，而且每次見面不要隨便聊完就一風吹，要有一個主題，最好還要把討論過的主題成文。結果大家基本說定，每月初在黑山滬嘉映那裏聚，由我事先提出一個討論的主題，聚會時討論便可相對集中。這就是黑山滬討論會的由來，這個討論會堅持了三四年時間，甚至在嘉映赴美留學後，還在嘉曜的主持下聚過幾次。當時討論的純學術問題基本上是每個人研究的專業。老朱做過布拉德雷的專題演講，我把他的講稿發表在《國內哲學動態》上，但其實每次聚會的話題極廣泛。這些談話常常

妙語迭出，老朱更是此中高手，他的視角總有特殊的地方，能在文本中見出常人所不見的深蘊。他最喜愛《浮士德》，凡談及此總是激情迸發。一次他和嘉映對談《浮士德》，他大讚瓦普幾司之夜這一章中歌德超絕的想像力，也談及郭譯的妙處，隨口背出「褓婆老母來獨殊，騎着一頭老母豬」，說大譯筆要雅就雅，要俗就俗，這才追得上歌德上天入地的想像力。我以前從未注意過這句子，聽老朱一誦，至今不忘。

老朱研究的專題是黑格爾與新黑格爾主義。他說他報考這個專業的原因是他曾下功夫研讀過黑格爾的《小邏輯》。但他後來做布拉德雷也興趣盎然。我覺得布拉德雷較之老黑格爾更合他口味。人說是什麼樣的人就讀什麼樣的哲學，這話大致不錯。你得對你研讀的對象心生喜愛才能讀的進去，才能與之對話。老朱咋一接觸，似乎是個極理性的人，其實不然。他骨子裏相當的感性，哲學打動他的不是邏輯、推理，而是哲學理論後面隱藏着的生活世界。這裏有經驗、意志、直覺，混沌一團的一個實存。所以他的畢業論文是《論布拉德雷的絕對經驗》。他在黑山滬談過他的論文主旨，是分析黑格爾的絕對精神與布拉德雷的絕對經驗的區別。他特別注意布拉德雷把個人經驗當作絕對經驗的基礎，說這會引向意志主義。他說，最讓他吃驚的是，布拉德雷把英國經驗主義傳統帶入歐陸理性主義，卻張揚了神秘的直覺主義。這個角度對我是完全陌生的，我問他布拉德雷有

沒有受叔本華的影響，他說要去探討一番。結果八五年他去湖北大學幫張先生籌建德國哲學研究所，果然花時間去讀叔本華。但拿來做比較的不是布拉德雷，而是弗洛伊德。因為我當時正在研讀《愛欲與文明》，所以和老朱談過幾次弗洛伊德，發現他早把布拉德雷放一邊了，倒很系統深入地讀弗洛伊德，而且有很多精彩的看法。由於馬爾庫塞在《愛欲與文明》中仔細討論過快樂原則，他從湖北幾次寫信給我，討論的就是這個問題。八八年我去湖北大學參加國際德國哲學討論會，他提交的論文題目就是《快樂原則：性愛形而上學探討之一，弗洛伊德與叔本華的一個比較》。我當時還嘲笑他怎麼把性愛當形而上學討論，這和他一貫的思路和感覺很不一致。他回答我，性愛形而上學實際上是個生命哲學問題。所以他讀弗洛伊德更偏重其中生命哲學的意義，而不是拿它當心理學。我想這就是他要拿叔本華和弗洛伊德做比較的原因。

四

和老朱初交，會覺得他狷介冷峻，冷冷的一副面孔。但和他談深了，便能感覺他內心熾熱。一旦他認你做了朋友，便要把臂入林、痛飲狂歌。他不自標名士，卻有建安竹林風致。但逢賞譽品藻，他更常一言中的。朋友們說他「毒眼」，因為他闖蕩江湖多年，經歷奇絕，但又絕不隨意臧否人物。如果與一群不太熟識的人相處，他反而顯得沉默寡言，其實他時刻觀察着、評判

着，只是皮裏陽秋，不露真言而已。與至交相聚，他每每高標特立，語多機鋒，常一語既出，滿座驚嘆。老朱是貴陽人，身上藏不住山民的硬朗與狂野。但其實，他內心敏感又多情，只是他努力不讓人看出來，要造一副盔甲來掩護。和他處久了，你才知道他對朋友是多麼細心又耐心。我們不知把多少難以對外人道的家長里短傾訴給他，他從不厭煩、躲避。但你若不向他伸手，他就冷冷地看着你在情天欲海中掙扎。你只要伸手，他就拉住你的手，不離不棄地牽着你往泥潭外走，不管你能否走得出去，他都在你身旁。

　　老朱努力抗拒的是一個「酸」字，這既指文人的顧影自憐，也指朋友交往時難免的依戀。「豈曰無衣，與子同袍」，這種「酸」也是英氣逼人呢。所以酸在他那裏並不是一個否定性的字眼，他其實是很寬容這個「酸」的，因為他自己也有酸的基因，只是怕酸多了站不住。雪給他寫信，說我和嘉映在巴黎常拿老朱調侃，他回信說：「換到我與越勝在一起，挨罵的就會是小毛。我若是和小毛在一起，越勝也難逃此劫。我甚至能想像小毛這樣開罵，『越勝這驢尾巴』！所不同的是，我和他們任何人單獨在一起，都趕不上他倆在一起的酸勁。國平說我是酸中帶辣，我也索性認了，像國平那種山西老陳醋，免不了會覺得天下無一人不泛酸，且酸味不正呢。」他是有意維護着自己的男子氣。其實最能反映老朱百鍊鋼化繞指柔的場景已被他記在《裏面的

故事》一書中。他「竄監」後被加雙銬毒打，但他一聲不吭，然後被扔到院子裏趴着。老朱敘述道：「我一個人擁有一片藍天。趴在地上，側臉看去，牆外的天好高好遠。我就讓自己那麼趴着，一動也不想動。身體剛好在房屋的陰影中，只有半條腿伸到陽光下。白雲淡淡，清風徐徐，光影斑斑，都是闊別已久！院子裏鴉雀無聲。寸心所在，猛然間感覺一陣柔和，眼淚於是奪眶而出，很想像浮士德一樣大喊一聲，『你真美呀，請停一停』。」我當年讀老朱這段敘述，心裏湧上一個類似的情景，就是《戰爭與和平》中，安德烈公爵看見炮彈落下時的感覺：「難道這就是死嗎？」安德烈一面想，一面用完全新的、羨慕的眼光看青草，看苦艾，看那從旋轉着的黑球冒出的一縷裊裊上升的青煙。「我不能死，不願死，我愛生活，愛這青草，愛大地，愛空氣。」這個場景多次被老朱提及，所以我猜想老朱一定是因為有過相同的感覺，所以對這個場景記得格外清楚。

五

說老朱是個曠達之人，朋友們不會有異議，他常常表現出土木形骸，隨遇而安的飄逸，也喜歡標榜風範小頹，疏放懶散，但這卻掩蓋不了他骨子裏的執拗氣。我曾與他論竹林諸賢，問他嵇阮之間更與誰近，他毫不猶豫地說，更與阮籍心氣相通，我想這是因為嵇康更顯出文化上的高標特立，而且傲氣逼人，以致鍾會想請他

看看自己的著述，都「畏其難，懷不敢出，於戶外遙擲，便回急走」。而阮籍表面上率性而為，但胸中暗結壘塊，輕易不發，至不能抑，則「舉聲一號，吐血數升」。老朱胸中有壘塊，只是這壘塊不關個人生活中的進退，名利上的計較，而出自他對精神生活的執著，這就是他不常為人所見的執拗之氣。一九八〇年他尚未出山，就與曠陽合作論人的專論，其中能見出他自青年時代就深入思考的問題。這思考起於他的「目睹」，他說，「十年浩劫，使我們目睹了人的基本權利喪失殆盡，目睹了瘋狂煽動下的自相殘殺，目睹了人與人之間的關係因告密、提防、自保而極度惡化，目睹了『早請示，晚彙報』種種宗教式的禮拜，在竭力繁殖人的自卑感與贖罪感，目睹了虛偽盛行、奴性泛濫，目睹了人的完全異化」。他引勃蘭兌斯的話作為這六大罪淵藪的確證：「精神上的聾，結果造成了啞」。所以他後來的努力說到底是想讓人的精神不聾，從而不啞。他籌辦《精神》，編輯《東方》，策劃《讀書時間》，就是這努力的一部分。

老朱的性格是，一件事一旦上手就全力投入，哪怕最終做不成，他也從不後悔當初的投入，因為那裏有精神在召喚。在《還有精神》一文中，他談到有青年人問他坐牢最大的感受是什麼，他衝口而出「精神生活是有的」，卻又為這回答有點「高大上」而不好意思。其實他在另一處有一個很真切的回答，「心中有那麼一點

　　　　　　　　既見君子｜傷　逝

點悸動着的東西，説柔弱也十分柔弱，説堅韌也十分堅韌，那也許就是生命？那也許就是精神」。我説他有執拗之氣，並不是説他事功上必要爭出結果，出本專著，評個職稱，撈筆經費。但他卻愛談堅持，因為他堅信，「精神生活是有的」。那不是什麼值得誇耀的事，那就是人的「普遍本質」。所謂「絕境」，正是精神頹敗或高揚的分界。用他的話説，「多堅持一分鐘，生活也許就會是另外一個樣子」。他在評駱一禾的詩時，更強調，「意志只是堅持，而不是受到牽引或推動」。而且他相當清楚，「首先因為你有所堅持，然後才有所謂絕境」。他為夭折的《精神》雜誌撰寫的獻辭，完美表達了他對精神生活的追求和體悟。我把它全文錄在這裏，可作他的墓誌銘：

被剝奪過的人，就知道精神之不可剝奪；被放逐過的人，就知道精神之不可放逐；被囚禁過的人，就知道精神之不可囚禁。

問題只在於：這一切，人如何承擔得起？

於是，我們聽見呻吟聲，彷彿世界已經破碎。就在這呻吟聲中，我們進入了歷史。

我們確實無可誇耀，愛與死都沒有什麼了不起。

有人説，還是皈依上帝吧！我説，再堅持一下，也許我能有一個自己。然而我早已預感到自己的覆滅，為了這，我將把我的全部軟弱獻給你。

六

八四年，老朱已到《中國法制報》上班，我很奇怪他為何會去那兒。但每次問他，他多語焉不詳。只記得他說過，「當年進北大不容易，是打進來的，現在留下更不容易」。我想或許他入學時有關是否應錄取他而引發的爭執始終是他學術生涯上空的一塊陰雲。但我仍高興他留在北京了。自八三年十一月嘉映赴美，黑山滬頗有些門庭冷落。所以我和老朱更是電話常通，書信往來也頻。我曾與他偶有唱和，記得曾有過「朝辭黑山滬，夕抵陶然湖」之類的句子。當時和他往來交流多的原因之一是他自八三年開始系統地讀弗洛伊德，持續了大約有一兩年時間。這段閱讀的成果是他為四川人民出版社出版的《現代西方著名哲學家評傳》一書撰寫了《弗洛伊德評傳》，這部書由袁澍涓老師主編，而袁老師是我的師母。為此，我曾和老朱去過我的導師徐崇溫先生在美術館後街的家，為撰寫的體例要求去請教袁老師。也因為我的論文做的是馬爾庫塞，又正在翻譯他的名著《愛欲與文明》。這部書用弗洛伊德的理論做批判工業社會的武器，所以我和老朱有過一段緊密的學術交往。我對老朱完成的《弗洛伊德評傳》評價很高。二〇一一年我們回北京，老朱送我《痕跡》一書，書中收了這篇文章，再讀時，那段時間的交談竟被一一喚醒。比如第五節《矛盾情感與人格學說》開篇就說，「我們因此是懷着『矛盾情感』活在這世上：當我們感覺到愛的時

　　　　　　　　　　　　　既見君子 ｜ 傷　逝

候，潛意識中卻深藏敵意，當我們感覺到恨的時候，潛意識又充滿善意」。記得我當時打趣他，說這是寫「戀愛心理學」。老朱寫文章絕不會寫那些乾巴巴的偽學術，總會把他的理解和體悟融入文字，否則不過重複前人咳唾之餘，以老朱的心性，他是斷然不取的。

　　說到推敲文字一事，確是老朱一大嗜好。他於文字上極苛求，而且願意與朋友一道詳究。那時，老朱，嘉映等幾個朋友經常互相傳閱文字，彼此修改，有時砍斫甚苛，也不以為忤。而我寫出的東西幾乎都要先送他們過目，等他們批評修改，這幾乎已成定例。甚至我去國之後，仍會設法把文稿呈老朱過目。這幾年，我講法國思想長廊，他見到文字稿仍要拿來改，推敲之細，連多一「的」字也不放過。在他的厲目之下，我做文從不敢敷衍，因我深知老朱火眼金睛，我倘有虛浮塞責之處，他豈能饒我？翻檢近三十年前與老朱的通信，幾次見他專門提及文章已寄我，要我提意見。信中說，「如今下筆若有鬼，不知道為什麼就寫成這個樣子，複印了兩份，寄給你看看，若還可讀，也請寄嘉映。如果你讀來覺得無聊，那就算了」。他提到的文章就是散文《月夜鄉情》，談的是他在德國看月亮的感受。不用說，乾乾淨淨一篇好文字。文中遊思散漫到二十年前，「月亮圓了，山林通明透亮。⋯⋯對面山上的狗又叫起來了」。我想誇他，說這幾句讓我想起《山中與裴秀才書》：「輞水淪漣，與月上下，寒山遠火，明滅林外，深巷寒

犬，吠聲如豹」。老朱回信擠兌我，「難道我們離開古人就沒有好句子」。還再次問我，「文章轉給嘉映沒有」？他很在乎嘉映的感覺。其實，我們在一起煮酒論文，難免不藏一段追慕古賢人的心腸，暗羨唐順之所謂「一段精神命脈骨髓，則非洗滌心源，獨立物表，具今古隻眼者，不足以與此」。自紅朝得鹿，士林凋零，煮鶴焚琴，掃盡斯文，我們每一念此，不免相對切齒。不過老朱比我樂觀得多。在一封談論文字的信中，我說了些極端的話，稱「四九之後無中文」，老朱回信說，「你說四九之後無中文，此話過矣。我們熟悉的幾位朋友的文字就不輸民國學人，嘉映縝密，國平散淡，治平宏大，光滬激昂，甘陽清通，友漁平實。而我對自己的文字卻常懷疑問，覺得筆下打滑。我之不自信處在我不知道是不是已傳達出我的所感，因為我身在其境，怎麼說都不會太壞。我沒把握的是那一點好處是不是容易被體會到，抑或還只是在我心中，並沒有躍然紙上，我希望你能仔細讀兩遍，然後把你的感受告訴我。我知道你寫東西若不夠富麗華贍，你就不收手，好像生怕埋沒了你肚子裏的那些辭句。我以為，不一定每發必是悲歌，但東西可以寫得瘦削一點，清厲一點，盡量少一些皮下脂肪」。我是照老朱的要求去做了，但恐怕仍達不到他的標準，但後來他說，「就因為是越勝，我容忍了」。

七

一九八四年上半年，我每天去北圖用功。四月的一天，京城春意撩人，中午離開北圖騎車回家，慢悠悠經過景山西街，路邊國槐串串槐花甜香沁人，間有合歡，綠葉婆娑，粉絨花正繁，不知咋的，突然想起老朱，極想見他，重溫樽前舊曲。到了地安門十字路口，想起建英今天也在家。早在八二年秋天，我就拉建英去了黑山滬，和嘉映、老朱成了好朋友。老朱和建英見過後對我說，「建英這小伙子很厚實哩」，這好像是貴陽人誇人樸實的話。隨後建英考取了北大的研究生，隨吳允增先生念計算機專業，離開清華到北大，和老朱嘉映成了校友。那時候，想見朋友大多不需事先約，興致一來，拔腿就去。老朱工作的《中國法制報》在陶然亭公園內借屋辦公，就在離湖邊不遠的一排簡陋的平房裏。我和建英不期而至，敲門問朱正琳在哪兒。屋子裏一群年輕姑娘，嘰嘰喳喳一陣喧鬧，歡笑聲中找來了老朱。老朱本來一臉依紅傍綠的得意，猛然見到我和建英，好不吃驚，旋即就高叫「你們怎麼跑來了」！便出門帶我們往湖邊散步。這會兒是京城最美的季節，公園裏水綠波平，岸柳婀娜，我們三人漫步湖畔，說不盡的喜悅。那天老朱談興極濃，我記得最清楚的就是他談《浮士德》。這本是他的看家本事，只是那天談得有新意，是談《浮士德》的現代意義。他認為《浮士德》中有現代知識論的問題。浮士德和梅菲斯特的關係就是人的求知

慾望、能力和毀滅性力量，即魔鬼的關係。他說，梅菲斯特就是工具理性的人格化，他和浮士德的合作與衝突反映出啟蒙思想的內在矛盾。他這一番話讓我想起霍克海默和阿多諾的《啟蒙的辯證法》，我們就這個問題談得相當深入，回家後我作了一個長長的筆記。但更有趣兒的是他和建英的對話。八三年復旦大學出版社出了董問樵先生的新譯本，老朱讀了，但他仍然認為郭沫若的譯本最有味道，說郭譯的詩情與氣勢最足，而董譯就太清淡了。邊說着，他就背誦了郭譯的獻詩片段：

> 友愛情深的聚會，如今久已離分
>
> 消失了的啊！是當年的共鳴
>
> 我的哀情，唱給那未知的人群聽
>
> 他們的讚嘆之聲，適足使我心疼
>
> 往日裏，曾諦聽過我歌詞的友人
>
> 縱使還在，已離散在世界的中心。

老朱說，董譯把郭譯的「共鳴」一詞改成「反響」是不對的，因為歌德就是要說，席勒、赫爾德這些聽過他的詩行並與之共鳴的朋友已經亡故，這獻詞就是為他們所寫。他講到高興處，真是顧盼神飛。突然他停住，衝着建英問，「我就搞不懂你老爹可是譯《浮士德》的人，怎麼能轉身又去寫那些馬屁文章？」建英一下子愣住了，吭哧了幾聲，突然大喊，「他那是跟毛澤東啊！」老朱哈哈大笑，說，「好，好，這個理由很充分」。建英的意思是說，郭沫若真心認為自己遇到了不

世出的明主，心甘情願做他的俳優。而老朱則更欣賞建英的急智。哎，想想建英也怪可憐的，招誰惹誰了，還得為他老爹背黑鍋？當然老朱這唐突的一問，絲毫不影響他和建英的友誼。他交的是一個「厚實」的朋友。

八

八五年，老朱決定要離京去武漢，因為張世英先生要在武漢湖北大學辦一個德國哲學研究所，老朱作為張先生喜愛和信賴的學生，去武漢籌辦此事。老朱的走，讓我很傷心，因為黑山滬的老人，漸漸要散盡了。嘉映已經赴美，嘉曜、建英、胡平也紛紛準備去國，友漁也準備去牛津，一時間朋友星散，這正應了《浮士德》裏老朱喜愛的詩行，「往日裏曾諦聽過我歌詞的友人／縱使還在，已離散在世界的中心」。當然，我稍感安慰的，一是武漢有志揚一幫朋友，老朱去不會寂寞，二是北京甘陽已雄心勃勃要起事了。可惜，陰差陽錯，老朱和武漢那個文化圈子處得並不愉快，其中原因既有安排上的偶然失誤，也有心性感覺上的不合拍。但為了籌辦國際德國哲學討論會，他時常來北京。甘陽籌劃的那一攤子事兒，他是從頭與聞的。甘陽也是張世英先生的研究生，但他入北大比老朱晚兩屆，是老朱的同門師弟。老朱對甘陽從來是另眼相待，更準確的說是「愛恨糾結」。他欣賞甘陽的才氣，也誇讚甘陽的文字功夫，甚至喜歡他身上常常冒出來的江湖氣，因為老朱是老江

湖了，所以他很知道這些江湖氣的由來。也正因為他是老江湖，所以甘陽很在意這位師哥。甘陽是罵遍天下人的，但我和他共事幾年，從未聽他對老朱有過一字的攻訐。相反，他時常問我，「這事兒老朱怎麼說」？甘陽組織《文化：中國與世界》編委會，老朱當然是他要網羅的人。但老朱婉拒了甘陽的邀請，為這事兒，老朱跟我談過好多次，原因說複雜也複雜，說簡單也簡單。他在給我的信中說：「甘陽事業初起，我相信我能幫他，也能合作。怕的是今後，以我與甘陽的性格，總不免抵牾。在這攤子事兒上，甘陽才不會搞什麼民主的」。應該說，老朱是有先見之明的。坊間傳，老朱對甘陽是拂袖而去，其實沒那麼戲劇化。事實是，兩個絕頂聰明的人，彼此估量透了對方，最終採取了井水不犯河水的友好相處。只是這友好之間，隔了一道鐵網。

八八年初，老朱來北京辦公務，知道他要來，我自是歡喜。那時我幫甘陽打理雜務，每天忙得不可開交。接老朱信，我便回他，信中說，「你來，我會安排去車站接你」。因為以往他來，我從未去車站接，而這次我新搬了家，有了自己的房子，說好他來就住我家，所以要去車站接他。那天陰冷，還飄着小雪花。我騎車到了北京站，在出站口接上老朱，見他帶着很重的行李。他左右張望了一下，有點奇怪地問我，就你一人？我沒理會他的問題，忙着帶他到一〇八無軌車站，讓他在蔣宅口下車等我。我用自行車馱着行李，慢慢蹬着，然後

在蔣宅口會上他，再帶他回家。於是，一〇八在前面開，我在後面蹬車跟着，從北京站到蔣宅口，再到安貞橋，幾乎橫穿京城南北，路着實不近。等我會上老朱，便推着自行車，帶着行李，老朱跟着我走。當時，安貞橋一帶正到處蓋樓，路也沒修好，都是坑坑窪窪的泥水坑。我們一腳深一腳淺到了科技館我的新房。進門安頓好，老朱突然笑了起來，說：「你的安排就是輛自行車啊，我以為你會安排輛汽車來接我。」我這才明白，他見我推輛自行車在站口等他時，那奇怪的眼光。娘的，他指望我派輛大奔去接他呢！後來老朱說，就是我信中這「安排」兩字，讓他吃了一驚，以為甘陽的編委會聲勢大振，連越勝都用「安排」這種大字眼了，既有大字眼，便有大陣仗，我理該「安排」輛汽車呀。誰知這「安排」就他媽一輛破自行車，這真讓我哭笑不得。我說的「安排」，就是安排我自己啊！況且我把老朱「安排」在一〇八無軌電車上，車雖大了點兒，好歹也是四個軲轆啊。

八八年四月，我也被安排，去武漢參加了德國哲學國際討論會，住在湖北大學校園內志揚家。因為我是帶着蓓蓓去的，白天我去開會，孩子就由慧超嫂帶着。卉子比蓓蓓大幾歲，也帶着妹妹玩兒。但我在那兒，就感覺老朱活得不愉快，一天到晚悶悶的，少了他人在北京的風采。我們一起去東湖，小蓬帶着蓓蓓在草地上騎車，我與老朱坐在樹下聊天。我手頭有一張照片就是那

天所攝。照片上老朱靠樹而坐，能見出一臉的落寞。回京不久，就接到他的信，說也準備去德國，要回北京進修一段德文。八八年初夏，嘉映因侍候母親的病，回京長住，友漁也從牛津回國了。難得黑山漍的老人，又一時聚了起來。嘉映、友漁都積極投入編委會的工作，但結果，如老朱預言，編委會內的民主運動以編委會的分裂告終，這是個太複雜的故事，不多說了。只是此刻，只有老朱顯出瀟灑。他是以局外人的身份看這些爭端，聚到一起論事，他每每發言精道，總能一針見血指出爭執的實質。那時甘陽常有信給我，由於老朱是局外人，我曾給他看過幾封。老朱看過一封甘陽以紅筆標出重點的長信，對我打趣兒說，「甘陽心裏的委屈和憤怒，都用紅線標出了，要你好好領會呢」。

九

八九年，對國家，對我們，都是一個轉折之年。國家改變了它的方向，我們改變了生活的軌道。在此歷史關頭，老朱恰恰在北京。我們共同經歷的一切，每一回想，都不禁心潮起伏。八九年春天傅大姐也到北京，陪老朱一段。老朱正在語言學院進修德文，準備年底赴德國。雪把北凌借給她住的房子，讓給老朱夫婦住。隨後事態的演變就不必說了，總之，前三門老朱住的地方，成了一個據點兒，每天人來人往。因為它離事件中心僅咫尺之遙，所以來歇腳的人不少。其實我當時完全置身

事外，在家裏忙着寫瑪麗亞·卡拉斯的稿子。當然心裏也是如在滾湯，焦慮不已。曉崧當時在《科技日報》，他們是持見好就收的態度。趙紫陽講話後，他們的報紙也呼籲在法制的軌道上解決問題。一天曉崧來，説報社要一篇社評，談在法制軌道上解決問題，讓老朱寫。當時大家正在熱鬧地爭論什麼問題，老朱起身到隔壁房間去草擬稿子，曉崧問他多久能寫完，最好今晚發排，明早見報。老朱回頭就來了句，「酒且斟下，某去便來」，他這是要溫酒斬華雄啊！這邊大家話還未停，老朱已拿着草擬好的社評回來了，真是「其酒尚溫」。第二天，社評見了報，題目是《用和平的方式爭取民主》。

出事當晚，老朱一直守在現場，此時傅大姐已回武漢。出事後老朱便從前三門搬到了科技館住。六月七日，有人叩門，開門大驚，是老友D前來尋庇護。他是事件後期的中心人物，當然危險。不用説，安排他住下，但D先生不改他平日優雅的生活習慣，早起常一身睡衣，一杯咖啡，再放上一張古典音樂唱片，頗為悠閒安逸。雪為我擔心，所以極惡D的舉止。老朱是坐過大牢的人，看我們對迫在眉睫的危險渾然不覺，心中暗暗着急。那幾日又偏偏一天一個通緝令，他便不與我商量，直接與D談，要他換一個地方。後來他們把D安排到另一個隱秘的地點，隨後又給他買了車票，送他離京。這些事兒全是老朱、雪和姐姐商量打點，對我一字

未露。那幾日，老朱逢晚便下樓巡視一番。十日晚，家對面的國防科工委四周突然槍聲大作，老朱又下樓看，一會兒上來，頗警覺地説，樓下突然多了許多帶袖章的街道大媽，四面巡視。我們今晚最好換個地兒住，便打電話讓曉崧開車過來。大約晚十點左右，我們一行，老朱、曉崧、雪抱着蓓蓓就出發，去蘇州街嘉曜的房子。誰知三環上戒嚴部隊盤查得緊，車到人大雙榆樹十字路口，路旁殺出一彪人馬，有警察也有士兵，大喊站住。車甫停，冰冷冷的槍口就直抵駕車的曉崧腦門兒。老朱坐副駕駛座，開門下車，跟士兵交涉，鎮定如常。此刻雪抱着蓓蓓也被喚下車，一位溫和的士兵過來，輕聲説，「婦女兒童上車吧」。雪抱蓓蓓上車，我們三個男人接受檢查，大約士兵看我們相似良民，便放我們走，只是扣住了曉崧的駕照，讓明早去海淀分局面談。幾天後是于洋兄找關係取回了駕照。到了蘇州街，剛剛經此動魄一幕的我們，一夜未睡，聊天到天亮。

十月，老朱走了。走前他幾次勸我，先出去呆一段兒。國內事情，一時還不知如何演化，結果我也在八九年底離開了中國。決定去國原因很多，但我想朋友們大半都走了，嘉映在美，老朱在德，友漁不久要赴英，北凌也準備去加拿大，我人在國外似乎還離得近些。特別是老朱就在德國，歐洲不大，彷彿就是近鄰。出國後，我給老朱寫過不少信，大約都是述説歧路徬徨的惶惑，對自己一百個不滿意，免不了臭罵自己。老朱回信説，

「你沒有必要把自己罵得一無是處,你沒有壞到那種程度。按照你自己的心性去生活,你管我的看法幹什麼。我雖尖嘴利舌,又能把你越勝怎麼地?『就像摯友和藹的目光,注望着我的命運』,這歌德筆下的月亮,説的就是我的眼光。你還要我説什麼嗎?總之,我不過希望你能把持住自己。出門在外,尤其要善自珍重,懂得珍重自己,就能懂得珍重別人。有了互相的珍重,天大的事兒就都能闖過去。人不就在這世上活一場嗎?有什麼大不了的。」那時,我們還想着能有機會去德國看他,因為他已經拿到了獎學金,可以再多呆一陣兒。但傅大姐生病,老朱就匆匆趕回去了。

十

自老朱回國,雖音訊不斷,卻一直沒有見過面,直到二○○六年底我首次回國,已逾十七年。那天到京,從機場直奔老朱在上地的新家,傅大姐以牛肉粉款待,味道絕佳。因趕着去看周先生,未及與老朱多談。其實見面後,沒有一點長別離的感覺,彷彿昨天才分手。後來老朱又請沈少舟先生和我們一起吃飯,沈先生見我便緊緊擁抱,老淚潸然。先生老了,不免多些傷感。但沈先生幾十年為黨服務,卻終不讓黨性吞噬人性,這要內心何等飽滿,才能抗得住那無邊的黑暗。

二○一一年再次回國,就在老朱家決定了來年的俄羅斯之旅。我與雪從巴黎直接飛莫斯科,行前北凌特別

囑我炸一罐醬帶上，説要在俄羅斯吃炸醬麵。不知為什麼，偏偏分配老朱負責保管這罐醬。老朱擔負起這個任務，頗恪盡職守，到哪兒都拎着那個裝炸醬的白布袋。一日，七子突然發難，説，我有一個問題，還沒吃炸醬麵，這醬怎麼就見少啊？我們家七子是個炸醬麵崇拜者，他的名言是「世上只有炸醬麵，拌着面還沒吃到嘴裏，就讓人流哈喇子」。北凌立即呼應，説，「那得查查監守自盜的問題」，這下子矛頭就指向了老朱。朋友們就開始起哄，有人説老朱在路上會偷偷吃一口，有人説老朱夜裏不睡覺，盡偷吃炸醬了。友漁還「陰險」地問，「老朱，你吃這麼多炸醬，不覺得鹹哪？」老朱起先還跟大家掙吧，後來見有人「拉偏手」，有人「落井下石」，真是百口莫辯，索性承認，就是自己偷吃了炸醬。結果，這就有了渣兒，大家隨時拿這個污名擠兑他，到後來他反倒受用起來。甚至最後發現是曉崧每晚在屋裏喝酒時，總拿俄羅斯小酸黃瓜蘸醬吃，大家也不給老朱平反。結果在老友旅遊團裏，老朱一直「享受」着這個冤假錯案。朋友們相聚在普希金的家園，滿溢着歡樂。在自聖彼得堡返莫斯科的遊輪上，北凌安排每天一個講座，指派我來講白銀時代，講阿赫瑪托娃。那天午後，朋友們聚在船上的會客間裏。陽光照進船艙，荏苒在朋友們身上。大家凝神靜坐，宛如一組雕像。我在講座最後朗誦了阿赫瑪托娃的《安魂曲》片段：

倘若有一日，在這個國家裏
有人想為我把紀念碑樹立
我對這隆重的盛舉表示同意
但，有一個條件不要忘記
不要建在我誕生的大海邊
我跟大海已經絕緣
也不要建立在皇村公園心愛的樹椿旁
傷心欲絕的影子，在那兒把我尋訪
而要建在這裏：我站立了三百個鐘點的地方
當時閂閂緊鎖，不肯為我開放。

不經意的一瞥，我見老朱眼含淚水，下來他對我說：「初不覺有什麼，但聽到『閂閂緊鎖，不肯為我開放』時，心一下子被抓起，眼淚就湧上來了。」這正是在朋友身上，我最珍視的品性。這群老東西，不管那顆心在礪石上磨蝕過多久，在豐盈的美與人性面前，永遠敏感、纖細、溫柔。

船過拉多加湖，正值夕陽西下，船若行在一片無涯的金海之上。老朱在甲板上繞行疾走，夕暉燦爛，映得他周身彤紅。他不時停下腳，扶欄遠眺，見天地蒼茫，金波奔湧，慨嘆一聲，「今生得此足矣」！北凌跟上一句，「這才哪兒到哪兒啊」！他是希望這幫老朋友能常相守，還有無數的快樂在等我們呢。吃完海盜餐的那天晚上，船經雅羅斯拉夫，駛入伏爾加河。大家不肯睡，都聚到上甲板，暮色已深，眼前森林綿邈，無盡無休。

天地相接處，一帶煙樹泛着亮灰色的光，暗藍的天空幽邃神秘，夜空中沒有月亮來照徹這無邊的靜謐。只有晚星點點。面對這無以言表的渾然大廓，沒有人說話，靜，靜，只聽水波拍擊船舷。我心中湧動着拉赫馬尼諾夫第二鋼琴協奏曲的廣板，敬畏與感動讓人喉緊鼻酸，直到半夜河風勁吹，涼意徹骨，我們才下樓回船艙，在樓梯口，老朱突然說，「從小讀俄羅斯，今天才算體驗到了」。

後來數年，正應了北凌那句話，「這才哪兒到哪兒啊」，我們結伴在貴州深山的馬鈴谷漂流；又橫穿德意志，在魏瑪拜謁歌德、席勒的靈柩；登瓦特堡，瞻仰路德譯經之所；在柏林牆前，親眼看到邪惡帝國崩塌的殘跡；在柏林音樂廳，聽杜拜麗特的哀歌；繞勃蘭登堡門，作東西德的穿越。我們還曾沿萊茵河谷，直上莫澤爾河，入盧森堡，在巴頓將軍墓前致意。也曾繞道香檳谷地，在滿坡的葡萄藤前，享受深秋的驕陽。旋踵間，我們又深入諾曼底，在古今戰場，憑弔勇士的英靈。還有，去登聖米歇爾山，看千年古刹腳下潮漲潮落。攀聖馬洛城牆，陪夏多布里昂傾聽大西洋的低吟。往盧瓦河谷香波堡，在密林中席地而坐，向綠樹傾吐我們的快樂。老朱曾在文章中引過索福克羅斯的名言：「能解答斯芬克斯之謎的人，是最強的人」。於是我們就來迎接挑戰，在金字塔四千年歷史的注視下，與斯芬克斯一較智慧的短長。尼羅河獨步古今嗎？但它熾日下雄健的白

帆，換不來「閒夢江南梅雨時，夜船吹笛雨瀟瀟」的幻美，這一切老朱都和我們在一起。

今年三月，與老朱同遊老撾緬甸，誰知這竟是最後一次陪老朱了。但老朱和朋友們在一起，他的生命就煥發異彩。在數十處佛門清靜之地，我們恭恭敬敬看信眾作長保平安的祈福。不知老朱可曾馨香禱祝？我想他不會。他早說過，「我走的時候，滿天星光閃爍。透明的月色裏，是誰趕來送我？」老朱啊老朱，原以為你是來陪我們遊玩，誰曾想你不言不語拉我們來送你。這十幾天你縱情歡笑，享受普拉邦特飛瀑的彩虹，湄公河輕舟的話語。河畔餐廳中你和燕飛大鬥機鋒，為傅蕾一句「你這麼不聽話，叫我怎麼跟隨你」而絕倒，又浮一大白。難道你是為了求得永生，便在仰光大金殿虔敬地赤足趺坐？難道你為一個永遠的離別，而在伊洛瓦底江畔燃火高歌？難道你是為長久的思念，讓我想起那支「默默祝福」：「就這樣悄悄離去，就這樣你我分離，說一聲珍重再見，我要默默地祝福你」。這支歌，我已忘了三十年，怎就偏偏在那一刻記起，又一字不漏地唱給你，難道你要我記下這些，只為讓愚賤的小粉紅來踐踏你高貴的骸骨？

今年九月九日，你作文《三劍客》，談到小宇之死時，你說：「三劍客之間，大概是依循古例，訂立了一種盟約的。而他，這是踐約去了。」文章結束時，你決絕地說，「如今三十年過去，頭是早已白了，老傢伙還

在坐等什麼！」你也要去踐這盟約？果然，你不再坐等，竟起而行，捨我們而去，去赴那劍客的盟約。

少時喜讀魏文《與吳質書》，但羨「昔日遊處，行則連輿，止則結席，何曾須臾相失」？及長，方嘆「徐、陳、應、劉，一時俱逝，痛可言邪」？一八年二月二十七日，我們在尼羅河中小島晚餐畢，在碼頭上等渡船，忽見鏡月流空，天地一白。友漁問，「今天是正月十五吧？月亮圓了」。眾人皆驚。于奇說，「過兩天才是十五」。但月亮已是圓了。於是大家聚到一處，攝影留念。你居中而站，一臉的得意。嗚呼，老杜有詩，「永夜角聲悲自語，中天月色好誰看」。月圓的日子還會有，但到那天，我們又到哪兒去叫你老朱呢？！

二〇一九年十二月九日草
二〇二〇年一月二十日稿成

讀既見君子

陳嘉映

更新世的好文章，懷憶親友的佔了相當比重，野夫《江上的母親》、徐曉《永遠的五月》都是名篇。越勝《燃燈者》懷憶周輔成、劉賓雁、唐克數篇亦在其列，現在又推出這本《既見君子》。這兩個集子裏的人物，越勝差不多都是在更新世開始前後結識的，以年齡論，他們或長越勝一代，或長幾年；以處境論，這些人當時往往格外落魄，倒是越勝常常伸出援手。而越勝也就在跟這些兄長的交往中，見賢思齊，成長起來。現在，越勝用他的情意、領悟、文采留下了吉光片羽，范競馬、朱正琳、萌萌、于基，或名人，或尋常百姓，一個一個，都帶着靈韻。他們的靈韻相互感應，瀰漫而成獨特的時代精神。那十幾年，專制控制或稍事猶豫或力不從心，有些自由的心魂竟偷空長成。

那短短的十幾年，在中國幾千年的歷史上也算異數，因其如此，頗不容易講給異代的讀者。越勝堪當此任。越勝飽讀詩、史，寫的是親友交往中一些小事，讀

者卻常能在其中讀到世代的興替，讀到廣闊人類感情的呼應。志揚帶越勝走在東湖，聊到《死於威尼斯》，從小說、劇本聊到電影裏的音樂，馬勒C小調第五交響樂第四樂章《柔板》，越勝遂隨口哼唱起《悼亡兒》。「志揚突然停步，似被這幾句歌調擊中，臉色因激動而顯頳紅，彷彿青澀少年偶遇暗戀的女子，頗有些手足無措，說我不知道這些歌，我們唱的都是蘇俄歌曲，你回去後一定要寄些馬勒的音樂來，話說得急，竟有些口吃。我被他打動了。只有真正懂美的人才會從幾句歌調中感覺到一個新世界。隨後兩人不再說話，言語已隨馬勒音樂的餘音遠去，靜默中只聽腳下沙石作響。」說來，這不算怎麼難能一見的場景，但讀者仍能從中讀出一個時代的片段。那時候，國門初開，你可能從沒聽說過馬勒、蒙克、蘭波。這不足為奇，我們今天也有很多很多沒聽說過的事情人物，只是，你想知道什麼，上網搜一搜就行，雖然上不了谷歌，也還搜得到個大概，而那時候，歌曲、新知、思想，大一半是從朋友口中得來。難怪，那時把朋友們連在一起的話題，是貝多芬和馬勒，是歌德和曼，是尼采和弗洛伊德，難怪，那時候的友情攜帶着更多的精神份量。

　　讀這些文字，我個人又有一層獨具的感知。文集中寫到的友人，多數我都熟識。越勝描述了他在西安會議初識朱正琳和我的場景。那時，我和朱正琳認識有一年了，卻也是在這一次西安之行才無話不談。我們在雙人

　　　　　　　　　　　　　　　　陳嘉映

間裏開始交談，不多久，自覺話題有礙，不要被隔牆之耳聽去，就走到操場上，邊走邊抽煙邊說話，說了一夜。我記性差，過去的事記不得很多，但那幾天聊到的內容，古稀如我仍一定能記下幾萬字。正琳深受德國古典哲學吸引，卻又批評說，一個個體系建得那麼完整，這本身就讓人起疑，一個人的思想感情，東一片西一片，把它們連起來的原是些虛線，來日他若也寫一本大書，一定要把哪些是實在的塊頭哪裏是虛線明明白白交待給讀者。這樣有見識的小評論，那幾天裏，不知交換了多少。那是精神交往的高光時刻，我想，我和越勝一樣的，我們的精神活力是由朋友們滋養的，我們內心的篤定是由朋友們支撐的。

惟我多年來囿於論理之學，即使少年時有過幾分才情，後來也枯萎了，狀物抒情已良非所能。於是我格外感謝越勝，代我，代我們，寫下這些特立獨行的友人，寫下那個稍縱即逝的時代。